BOLSONARO
A nova política de A a Z

Roberto de Lira

ALTA CULT
EDITORA

Rio de Janeiro, 2021

Bolsonário
Copyright © 2021 da Starlin Alta Editora e Consultoria Eireli. ISBN: 978-65-5520-142-0

Todos os direitos estão reservados e protegidos por Lei. Nenhuma parte deste livro, sem autorização prévia por escrito da editora, poderá ser reproduzida ou transmitida. A violação dos Direitos Autorais é crime estabelecido na Lei nº 9.610/98 e com punição de acordo com o artigo 184 do Código Penal.

A editora não se responsabiliza pelo conteúdo da obra, formulada exclusivamente pelo(s) autor(es).

Marcas Registradas: Todos os termos mencionados e reconhecidos como Marca Registrada e/ou Comercial são de responsabilidade de seus proprietários. A editora informa não estar associada a nenhum produto e/ou fornecedor apresentado no livro.

Impresso no Brasil — 1ª Edição, 2021 — Edição revisada conforme o Acordo Ortográfico da Língua Portuguesa de 2009.

Produção Editorial	**Produtor Editorial**	**Equipe de Marketing**	**Editor de Aquisição**
Editora Alta Books	Illysabelle Trajano	Livia Carvalho	José Rugeri
	Thiê Alves	Gabriela Carvalho	j.rugeri@altabooks.com.br
Gerência Editorial		marketing@altabooks.com.br	
Anderson Vieira	**Assistente Editorial**		
	Adriano Barros	**Coordenação de Eventos**	
Gerência Comercial		Viviane Paiva	
Daniele Fonseca		comercial@altabooks.com.brw	

Equipe Editorial	**Equipe de Design**	**Equipe Comercial**
Luana Goulart	Larissa Lima	Daiana Costa
Ian Verçosa	Marcelli Ferreira	Daniel Leal
Maria de Lourdes Borges	Paulo Gomes	Kaique Luiz
Raquel Porto		Tairone Oliveira
Rodrigo Dutra		Vanessa Leite
Thales Silva		

Revisão Gramatical
Alberto G. Streicher
Paola Goussain

Capa | Projeto Gráfico
Joyce Matos

Publique seu livro com a Alta Books. Para mais informações envie um e-mail para autoria@altabooks.com.br

Obra disponível para venda corporativa e/ou personalizada. Para mais informações, fale com projetos@altabooks.com.br

Erratas e arquivos de apoio: No site da editora relatamos, com a devida correção, qualquer erro encontrado em nossos livros, bem como disponibilizamos arquivos de apoio se aplicáveis à obra em questão.

Acesse o site **www.altabooks.com.br** e procure pelo título do livro desejado para ter acesso às erratas, aos arquivos de apoio e/ou a outros conteúdos aplicáveis à obra.

Suporte Técnico: A obra é comercializada na forma em que está, sem direito a suporte técnico ou orientação pessoal/exclusiva ao leitor.

A editora não se responsabiliza pela manutenção, atualização e idioma dos sites referidos pelos autores nesta obra.

Ouvidoria: ouvidoria@altabooks.com.br

Dados Internacionais de Catalogação na Publicação (CIP) de acordo com ISBD

L758b Lira, Roberto de
　　　　Bolsonário A Nova Política de A a Z / Roberto de Lira. - Rio de Janeiro : Alta Books, 2021.
　　　　224 p. ; 16cm x 23cm.

　　　　ISBN: 978-65-5520-142-0

　　　　1. Ciências políticas. I. Título.

2020-3025　　　　　　　　　　　　　　　　　　　CDD 320
　　　　　　　　　　　　　　　　　　　　　　　　CDU 32

Elaborado por Vagner Rodolfo da Silva - CRB-8/9410

Rua Viúva Cláudio, 291 — Bairro Industrial do Jacaré
CEP: 20.970-031 — Rio de Janeiro (RJ)
Tels.: (21) 3278-8069 / 3278-8419
www.altabooks.com.br — altabooks@altabooks.com.br
www.facebook.com/altabooks — www.instagram.com/altabooks

Para minha esposa Isabel e
meus filhos Henrique e Pedro,
que me completam.

Sobre o autor

Roberto de Lira é jornalista formado pela Universidade Metodista de São Paulo e possui mais de 20 anos de experiência em redações de grandes veículos como *Folha de S.Paulo*, *Gazeta Mercantil*, Agência Estado e DCI. Boa parte desse tempo foi dedicado às mídias digitais, seja em conteúdos de leitura em tempo real ou na distribuição de informação para sites noticiosos de todo o Brasil. Nesse período, especializou-se na cobertura econômica, destacadamente de empresas e negócios.

Cobriu como repórter, depois chefe de reportagem, editor, editor-executivo e diretor de redação importantes episódios como os leilões de privatização de estatais de infraestrutura dos anos 1990, impactos de crises financeiras e políticas na economia nacional e campanhas eleitorais municipais, estaduais e federais. Sua formação profissional inclui cursos de pós-graduação e MBA em Derivativos, Direção Editorial e Estratégias Digitais para Empresas de Mídia. Atualmente, desenvolve projetos ligados à educação financeira de jovens, adolescentes e adultos não bancarizados.

Agradecimentos

Difícil colocar em uma lista todas as pessoas que contribuíram de alguma forma para a minha formação pessoal, profissional e especificamente para a confecção deste livro. Como a família vem sempre em primeiro lugar, agradeço a minha mãe Maria de Lourdes e a meus três irmãos Rinaldo, Régis e Rogério. Dos tempos da faculdade, vou listar os três principais: Patrícia Brasil Galindo, Luca Bueno e Luciana Cantão Gomes, não necessariamente nessa ordem, porque as afinidades de nossa vida são daquele tipo "tudo junto e misturado".

Quando ainda estava buscando o tipo de profissional que desejava ser, a pessoa que enxergou um potencial que eu nem imaginava possuir foi a editora Rosa Dalcin, a quem nunca me cansarei de agradecer. Outra jornalista maravilhosa que só me indicou bons caminhos e deu bons conselhos foi a Beth Cataldo, que ainda me honrou com o prefácio dessa obra.

Alguns grandes jornalistas visionários que enxergaram lacunas e deficiências na formação dos profissionais da área e criaram ou organizaram cursos de aperfeiçoamento aos quais tive a sorte de participar não devem ser esquecidos: Carlos Alberto Di Franco, Noenio Spinola e Eugênio Bucci.

O que dizer então dos colegas das redações do regional ABCD da *Folha*, da *Folha da Tarde*, do *InvestNews* da *Gazeta Mercantil*, da Agência Estado, do DCI e das bancadas desses cursos citados acima? As trocas de informações, conversas no café e reuniões de pauta com essas equipes foram momentos de constante aprendizado. Em um listão rápido do tipo "cerimônia do Oscar", cito Marcelo Moreira, Rodrigo Vergara, Paula Cleto, Bianca Ribeiro, Hermógenes Saviani Filho, Célia Froufe, Claudio Feustel, Valmir Storti, Roberto Camargo, Cida Damasco, Carla Jimenez, Marina Guimarães, Solange Guimarães, Francisco Carlos de Assis, Wallace Nunes, Ricardo Gandour, Neusa Ramos, Alexandre Gaspari, Teresa Navarro, João Caminoto, Silvia Araújo, Beatriz Abreu, Irany Tereza, Clarissa oliveira, Jô Pasquatto, Anna França, Glaucia Nogueira e Pedro Favaro.

Como alguns laços são ainda mais fortes que os profissionais, cito separadamente Adriane Castilho (a Dine) e Elizabeth Lopes, cuja amizade nunca faltou. Um agradecimento mais que especial vai para Fábio Alves, repórter, editor, colunista, colega e amigo que me apresentou ao pessoal da Alta Books, na pessoa do J. A. Rugeri.

Sumário

A — 5

ABACATE
ACORDO DE PARIS
ACORDO MERCOSUL-UE
ADÉLIO BISPO DE OLIVEIRA
AI-5
ALIANÇA PELO BRASIL
ALT-RIGHT
AMAN
ANA CRISTINA SIQUEIRA VALLE
ANTICOMUNISMO
ANTIGLOBALIZAÇÃO
AQUECIMENTO GLOBAL
ARMINHA (FAZER)
ATIVISMO JUDICIAL
AUTÓDROMO AYRTON SENNA
AUTORITARISMO

B — 17

BALBÚRDIA
BANANA
BLAIR HOUSE
BILATERALISMO
BOLHA DO FILTRO
BOLHA SOCIAL
BOLSOMINION
"BRASIL ACIMA DE TUDO"
BRILHANTE ULSTRA
BRUNA SURFISTINHA

C — 25

CALHA NORTE
CÂNCER PENIANO
CANCÚN BRASILEIRA
CAPITÃO DE ARTILHARIA
CARLOS LAMARCA
CAVALÃO
CAVERNA DO DIABO
CENTELHA NATIVISTA
CÉSARE BATTISTI
CHACINA DA CANDELÁRIA
COMISSÃO ESPECIAL DE MORTOS E DESAPARECIDOS POLÍTICOS
COMISSÃO NACIONAL DA VERDADE
COMUNISMO
CONEXÃO BAIANA
CONSERVADORISMO
CONTROLE DE NATALIDADE
CORPORATIVISMO
CPAC

BOLSONÁRIO: A "NOVA POLÍTICA" DE A A Z

41 D

DECORO PARLAMENTAR
DECRETOS DAS ARMAS
DEMARCAÇÃO DE TERRAS INDÍGENAS
DESARMAMENTO
DESMATAMENTO
DIA DA COVARDIA E DA TRAIÇÃO
DIREITOS HUMANOS
DOUTRINAÇÃO
DULOREN

E 53

ELDORADO DOS CARAJÁS
ESAO
ESCOLAS CÍVICO-MILITARES
ESCOLA SEM PARTIDO
ESPCEX
ESPIRAL DO SILÊNCIO
ESTHER CASTILHO
ESTRANGEIRISMO
EXCLUDENTES DE ILICITUDE

61 F

FASCISMO
FAKE NEWS
FAMIR
FORO DE SÃO PAULO
FUJIMORIZAÇÃO
FUNDO AMAZÔNIA
FUNDO NAVAL
FUTEBOL
FUTURE-SE

G 69

GABINETE DO ÓDIO
GBS
GOLDEN SHOWER
GLOBALISMO
GLOBALIZAÇÃO
GRAFENO
GRAMSCISMO
GRUPO DOS 18
GUERRILHA DO ARAGUAIA

79 H

HÉLIO NEGÃO
HIENAS
HOMOFOBIA
HYLOEA

85

I

IDEOLOGIA DE GÊNERO
IDIOTAS ÚTEIS
IMPESSOALIDADE
INCITAÇÃO AO CRIME DE ESTUPRO
ISONOMIA

J

JAIR ROSA PINTO
JOÃO BATISTA CAMPELO

89

93

K

"KIT GAY"

L

LEI DA PALMADA
LEI ROUANET
LIBERALISMO
LIVE DAS QUINTAS
LOBBY DO CACHORRO-QUENTE
LUCIANO HANG
LUIZ FERNANDO WALTER

95

103

M

MAIORIDADE PENAL
MAIS BRASIL, MENOS BRASÍLIA
MAIS MÉDICOS
MAMADEIRA DE PIROCA
"MÃO DE OBRA NÃO ESPECIALIZADA"
MARCHA PELA DIGNIDADE DA FAMÍLIA MILITAR
MARXISMO
MARXISMO CULTURAL
MBL
MC REAÇA
MENSALÃO
MICHELLE DE PAULA FIRMO REINALDO
MINISTÉRIO DA DEFESA
MISOGINIA
MITO
MP DA LIBERDADE ECONÔMICA
MST

BOLSONÁRIO: A "NOVA POLÍTICA" DE A A Z

N

NACIONALISMO
NAZISMO
NEOCONSERVADORISMO
NEOFASCISMO
NEOLIBERALISMO
NEOPENTECOSTALISMO
NEPOTISMO
NIÓBIO
NOVA DIREITA
NOVA POLÍTICA
NOVA PREVIDÊNCIA

121

135

OCDE
OLINDA BOLSONARO
OLAVO DE CARVALHO
"OLAVETES"
OMBRO A OMBRO
OPERAÇÃO BECO SEM SAÍDA
OPERAÇÃO LAVA JATO

O

P

PACOTE ANTICRIME
PALAVRAS CRUZADAS
PALMITO
PARAÍBAS
PATRIMONIALISMO
PATRIOTA
PAULO FREIRE
PENA DE MORTE
PERCY GERALDO BOLSONARO
PDC
PFL
PINOCHET
PIRRALHA
PLANO REAL
POLITICAMENTE CORRETO
PONTO DE VISTA
POPULISMO
POSTO IPIRANGA
PÓS-VERDADE
PSICOSE AMBIENTALISTA
PP
PPB
PPR
PRAIA DO FORTE IMBUÍ
PSC
PSD
PSL
PTB

143

xiv

BOLSONÁRIO: A "NOVA POLÍTICA" DE A A Z

Q

161 — QUEERMUSEU
QUEIMADAS
QUEIROZ

R

"RAMBONARO"
REGIME MILITAR
REGINA GORDILHO
RESERVA YANOMAMI
REVOGAÇO
ROGÉRIA NANTES
BOLSONARO
ROBÔS SOCIAIS — 167

S

175 — SALDON PEREIRA FILHO
SÃO MIGUEL ARCANJO
SOCIALISMO

T

"TROFÉU" JACA
TRIPLO A
TROLL — 179

U

183 — URNA ELETRÔNICA

V

VAZA JATO
VOTO DE PROTESTO — 187

W

189 — WALTER BEZERRA CARDOSO PINTO

Y

YSANI KALAPALO — 191

Z

193 — "ZERO 1"
"ZERO 2"
"ZERO 3"

Prefácio:
Tributo ao Jornalismo

O alerta consta do próprio texto introdutório deste livro que nasce com o selo das obras necessárias para a compreensão do tempo em que vivemos: a supressão do debate marca o embate no mundo digital, o habitat por excelência do que se convencionou chamar de "nova política". É nesse ambiente conturbado, sobressaltado pela inquietação permanente, que Roberto Lira oferece em *Bolsonário* uma bússola para quem navega mares incertos da vida republicana brasileira.

Armado de minúcia e paciência, o autor esquadrinha a trajetória de Jair Bolsonaro, da caserna à Presidência da República, com atenção especial à longa passagem pela vida parlamentar da qual emergiu com valores muito próximos aos que cultivava quando ainda vestia farda. Nesse percurso traduzido em forma de dicionário, Lira captura não apenas as entranhas do presidente eleito em 2018, mas também as nuances da instável vida política do país, capaz de oscilar entre os extremos do espectro ideológico em uma escala vertiginosa.

O livro nos leva a cruzar com episódios que assombraram o adolescente de 15 anos, no Vale do Ribeira, onde tropas militares se movimentavam para capturar Carlos Lamarca, o capitão do Exército brasileiro que desertou em 1969 e se tornou militante da Vanguarda Popular Revolucionária (VPR). A cidade de Eldorado Paulista, onde vivia a família Bolsonaro, estava entre as possíveis rotas de fuga do grupo que optou pela luta armada para combater o regime ditatorial. Ali, o futuro presidente receberia um prospecto com informações sobre o ingresso na Escola Preparatória de Cadetes do Exército.

A ligação visceral que nutriu com o pensamento anticomunista e as instituições militares moldaram sua personalidade política, assim, desde muito cedo. É possível aprender no livro, por exemplo, que o lema "Brasil acima de tudo" não é uma invenção recente do capitão da reserva alçado ao mais alto cargo do Executivo, mas sim a saudação oficial da Brigada de Infantaria Paraquedista desde janeiro de 1985. Mais um recuo no tempo histórico, precisamente para 1969, e se encontra como nascedouro desse grito de guerra o grupo nacionalista Centelha Nativista, fundado por oficiais paraquedistas.

A pesquisa de fôlego que sustenta a obra, com seu título instigante, contribui também para desfazer impressões ligeiras sobre a atuação parlamentar de um presidente da República que costuma ser classificado apenas como obscuro integrante do chamado baixo clero do Congresso Nacional. O que emerge das páginas é um ativo defensor de causas conservadoras e dos interesses da corporação militar — ponto de partida de sua ascensão eleitoral. No Legislativo, ele consolidou posturas e propostas que ganhariam os holofotes ao se tornar inquilino do Palácio do Planalto.

É possível discordar de seu ideário, até de forma contundente. Mas, a partir deste livro, não se poderá desconhecer a realidade de que a vida parlamentar de Bolsonaro está assentada em iniciativas insistentes em favor de bandeiras que lhe são caras. Como em fevereiro de 1992, quando discursou em defesa da revitalização do projeto Calha Norte, desenhado para promover o desenvolvimento da região das calhas dos rios Amazonas e Solimões, assim como fortalecer a presença militar ao longo de 6,5 mil quilômetros de fronteiras com a Colômbia e a Venezuela, entre outros países vizinhos.

O tom do discurso de Bolsonaro registrado nas notas taquigráficas acessadas pelo incansável autor deste livro antecipava as preocupações que, uma vez eleito presidente, ganhariam visibilidade na mídia nacional e internacional. "Muitos espaços estão ficando vazios na Amazônia graças a incabíveis demarcações de terras indígenas, que poderão servir para alocar populações excedentes no Primeiro Mundo", afirmou da tribuna naquele momento do governo de Fernando Collor de Mello. As manifestações relacionadas à ocupação da Amazônia e à preservação da soberania nacional, aliás, multiplicariam-se ao longo dos anos.

Assim como se tornaram recorrentes as acusações que lhe foram dirigidas de quebra do decoro parlamentar, em uma sucessão de episódios mapeados no livro e que compõem um padrão agressivo e incontido de comportamento. O inventário de confrontos com outros parlamentares, com a imprensa, com os governos que se revezaram em seus mandatos como deputado federal e em mais tantos casos antecipa o estilo que impôs na condução do governo, a partir de 2019. Nada escapa ao rico painel montado por Lira e que permite perceber a personalidade do protagonista do livro em toda sua inteireza.

O verbete sobre a chacina da Candelária, o crime infame que atravessou a madrugada de 23 de julho de 1993, é a oportunidade para se detectar outra faceta importante das convicções de Bolsonaro. O episódio que culminou na morte de oito crianças e adolescentes ensejou um projeto de lei do então deputado para autorizar o recolhimento compulsório de menores que residissem em vias públicas, admitindo o uso de força policial para esse fim. Na visão do parlamentar notório por seu conservadorismo, benefícios previstos na legislação focada nessa faixa etária estariam melhor situados no campo da "utopia social".

Aquela não foi a primeira vez, e muito menos a última, que Bolsonaro se posicionaria de forma contrária a propostas sociais identificadas com o espectro da esquerda no Brasil. O grau de antagonismo revelou-se ainda mais profundo em relação a questões de gênero, de sexualidade e de métodos educacionais, resvalando para o combate aberto no campo cultural. É nesse ponto que os verbetes se entrelaçam e remetem ao nome de Antonio Gramsci, o pensador italiano que cunhou o conceito de hegemonia cultural como motor da dominação política. A luta contra os princípios do *gramscismo* perpassa boa parte do livro.

A categoria dos dicionários ou guias parece estreita para acomodar a tarefa de fôlego que o autor desempenha ao tecer o fio da narrativa política que envolve Bolsonaro e suas circunstâncias. A conexão estabelecida entre os verbetes — e a própria escolha desses — é capaz de formar um conjunto articulado de conceitos, eventos, personagens e incidentes. Ao final, o leitor conhecerá de perto tanto aqueles que protagonizam um momento singular na vida política brasileira como também os processos políticos e sociais que deram origem a eles.

Aqui estão também palavras e expressões que formam um novo léxico político, não apenas no Brasil, e que desenham com mais nitidez os contornos de fenômenos como a *Alternative Right*, a Direita Alternativa que nasce nas hostes conservadoras norte-americanas e reverbera no ambiente eleitoral brasileiro em 2018, ou como o conceito de antiglobalização, com a novidade de que, desta vez, é a direita a desfraldar esse credo que rema contra o avanço da integração global em termos políticos e sociais, quando não econômicos.

Mais comezinhas, embora não menos importantes, são as menções a aspectos que poderiam parecer meramente exóticos, como o gesto de imitar uma arma com as mãos, que se tornaria um dos símbolos da campanha eleitoral vitoriosa à Presidência da República. O primeiro registro público dessa mímica remonta ainda a 1987, em evento que envolve uma jornalista a propósito da divulgação de matéria contestada por Bolsonaro. Há espaço também para explicar a curiosa expressão "bolsominion" usada por adversários para identificar seus adeptos.

O livro estaria incompleto, no entanto, se não identificasse os familiares de Jair Bolsonaro que subiram com ele a rampa do Palácio do Planalto para se acomodarem na arena do poder. É na última letra do alfabeto que se encontram os filhos com apelidos derivados da palavra zero, do um ao três, e que se tornaram atuantes porta-vozes das posições ideológicas à direita. O engajamento que alcançaram nos espaços digitais de comunicação, ao apresentarem suas credenciais conservadoras sem subterfúgios, é um retrato nítido da nova realidade política com que se deparam os brasileiros.

O declarado propósito do autor de contribuir para resgatar das sombras da desinformação o debate político no Brasil é plenamente alcançado. A exuberância de seu trabalho não se circunscreve à extensa lista de referências bibliográficas, mas se distingue também pelo rigor e pela precisão com que tratou de temas polêmicos e personagens controversos. Ao final, restam em evidência as virtudes do jornalismo profissional, esse mesmo que, vilipendiado à direita e à esquerda, é capaz de entregar aos leitores resultados de qualidade e excelência. Roberto Lira prestou esse tributo ao jornalismo brasileiro.

Beth Cataldo, jornalista.

Introdução

O Brasil estava mesmo caminhando rumo ao socialismo nas últimas décadas? Discutir identidade de gênero é uma forma de ideologia? Neofascistas têm ganhado espaço no mundo? Globalistas querem acabar com o conceito de soberania nacional? Existe um marxismo cultural doutrinando o ambiente escolar? Neopentecostais tentam hoje impor uma agenda obscurantista de moral e costumes? Ou apenas defendem os valores da família tradicional? A mixórdia de teses, teorias de conspiração e explicações variadas de acontecimentos da vida política nacional sempre existiu, mas, na era digital, os debates estão perigosamente fora de moda e os significados originais dos termos parecem importar menos que suas interpretações circunscritas às bolhas sociais onde habitamos.

O desafio que o autor desse livro propõe é que, mesmo nesse ambiente de Fla-Flus ideológicos, há espaço para aprender, trocar e compartilhar conhecimentos, respeitar opiniões contrárias e encontrar formas de diálogo. E sem recorrer à desinformação. Um dicionário temático sobre a emergente "nova política", centrado na figura e na história do presidente Jair Bolsonaro — bem como nos debates provocados por ele, seus apoiadores e críticos — talvez consiga trazer algum esclarecimento sobre como a opinião pública brasileira encontrou respostas e depositou esperanças em um político conservador antes identificado apenas como do baixo clero da Câmara dos Deputados.

É inegável que o Brasil tem vivido um turbilhão político nos últimos tempos. As manifestações públicas que levaram multidões às ruas entre 2013 e 2016, impulsionadas por grupos que nasceram ou se desenvolveram em aplicativos de mensagens, chats, lives e hangouts, reverberaram insatisfações com as classes dirigentes que vinham se acumulando há anos, mas que não encontravam a devida divulgação e propagação. Era preciso criar uma nova espécie de política, afirmavam os expoentes desses vários agrupamentos que convocaram os protestos. Muitos deles expressavam opiniões conservadoras que pareciam camufladas por quase uma década e meia em um processo que a cientista política alemã Elisabeth Noelle-Neumann batizou de "espiral do silêncio" em meados dos anos 1970.

"No Brasil, ninguém que ser... de direita", afirmava matéria do jornal *O Globo* de 11 de junho de 2002. A memória ainda recente dos mais de 20 anos de regime militar e o início da arrancada que levaria o ex-líder sindical Luiz Inácio Lula da Silva ao Palácio do Planalto — inaugurando um período de 13 anos de domínio federal petista — constrangiam, para dizer o mínimo, vários políticos identificados com a agenda conservadora e liberal que estavam em evidência na época. Antônio Carlos Magalhães, Paulo Maluf e Ronaldo Caiado foram ouvidos naquela reportagem e disseram considerar que esse tipo de rótulo ideológico era uma coisa do passado.

Só um dos entrevistados de então fugiu do script e assumiu sua posição direitista: exatamente o deputado federal e capitão da reserva do Exército Jair Bolsonaro.

Naquele momento, ele já estava há mais de uma década na Câmara dos Deputados defendendo temas como respeito no tratamento dado aos militares, combate à criminalidade, legado do regime militar e um forte nacionalismo — posições naturais para quem passou boa parte da vida adulta na caserna. A retórica agressiva, por muitas vezes grosseira, transformara o capitão da reserva em um recordista de processos por quebra de decoro parlamentar. E em um natural porta-voz da direita.

Na noite de 28 de outubro de 2018, o mesmo deputado que construiu sua carreira parlamentar entre pautas corporativas militares e bate-bocas com políticos esquerdistas comemorou sua vitória na disputa presidencial no segundo turno das eleições contra um candidato do PT, o ex-prefeito de São Paulo e ex-ministro da Educação Fernando Haddad. Ainda que a alternância no poder seja um processo natural das democracias, muitos ficaram chocados com o que parecia uma radical transformação política do eleitorado nacional. Como explicar que a chamada "onda vermelha" de 2002 tivesse dado lugar, dezesseis anos depois, a um arrastão conservador e de tendência liberal que venceu ainda várias disputas estaduais e mudou o equilíbrio de forças no Congresso Nacional? Segundo boa parte dos vencedores, a tal "nova política" chegara ao poder.

Nos livros em que o cientista político Antônio Carlos Almeida mapeia a cabeça do eleitor brasileiro ficou provado que a população obedece a uma lógica simples quando precisa decidir seu voto: se está contente com a administração atual, tende a optar pela manutenção das forças políticas no poder; do contrário, escolhe opositores. Parece óbvio, mas muito político experiente ainda duvida disso. Em 2018, a soma de fatores como a ampla divulgação de escândalos de corrupção recentes, crise econômica gerada pelo descontrole dos gastos públicos e um palpável desalento com as ideias e respostas das gestões petistas abriu espaço para a troca de comando no Palácio do Planalto.

Um dado que fugiu a muitos analistas e jornalistas naquele processo eleitoral é que o discurso que acabou por prosperar na campanha não foi somente o da gestão eficiente ou sobre o tamanho do Estado, mas o de um suposto resgate de valores perdidos com o tempo e com o avanço do multiculturalismo. E aí apareceu com força um traço que autores como o próprio Almeida e o antropólogo Roberto DaMatta já haviam identificado no brasileiro: uma parcela substancial da população é hierárquica, apegada à família, patrimonialista e compartilha uma visão de mundo considerada por muitos como "arcaica". Um verdadeiro contraponto à era do "politicamente correto".

Sinais anteriores disso havia. Uma pesquisa sobre o Perfil da Juventude Brasileira realizada pelo Instituto da Cidadania e pela Fundação Perseu Abramo ainda em 2004, por exemplo, encontrou forte aderência dos jovens a teses conservadoras: 80% se declaravam contra o aborto, 57% eram a favor do serviço militar obrigatório, 75% aprovavam a redução da maioridade penal e 81% discordavam da descriminalização da maconha. O grande apego aos valores familiares e à religião verificado pelo estudo mostrava indícios de que a popularidade do governo Lula na época não residia essencialmente na concordância com dogmas caros à esquerda, mas a uma leitura mais pragmática dos anseios econômicos e sociais da população — que ele sabiamente aproveitou.

Em 2010, o *Datafolha* entrevistou 2,6 mil pessoas para averiguar suas posições em relação ao espectro político e constatou que 37% se definiram como "mais à direita", sendo que 14% desses afirmaram estar no lado extremo dessa afinidade política. Em setembro de 2014, utilizando critérios da *Pew Research* para medir a inclinação ideológica das pessoas, que confrontam informações antagônicas sobre temas sensíveis como influência da religião, apoio ou não à homossexualidade, porte de armas e maioridade penal, entre outras, o mesmo *Datafolha* chegou à conclusão de que 32% dos brasileiros se posicionavam na centro-direita e outros 13% se identificavam com os discurso da extrema-direita.

Quando um desgastado PT sofreu um forte revés eleitoral na disputa municipal de 2016, a Fundação Perseu Abramo voltou a campo e tentou decifrar como andavam as percepções e valores políticos na periferia paulistana, outrora uma região onde o partido exercia forte domínio. Os resultados mostraram mais uma vez a importância dada aos laços familiares e a crescente busca por comunidades religiosas, em especial por igrejas neopentecostais, como locais onde se podia encontrar uma satisfação psicoafetiva que não era oferecida por outros tipos de associação. Uma das causas era a queixa sobre o contínuo distanciamento do poder público nessas regiões. O estudo mostrou também que a população dessas áreas valoriza com vigor a ética do trabalho, o esforço individual e o mérito — uma tendência menos solidária do que supunha a esquerda.

A vitória bolsonarista, portanto, teve bases sólidas em uma parcela da população que se sentia desassistida, sub-representada ou mesmo esquecida pelo sistema político ou pelo debate público. Ainda assim, é notório que o Brasil permaneceu em forte polarização política antes e depois da disputa. Em 2018, enquanto Bolsonaro concentrou seus votos nas regiões Sul e Sudeste, Haddad levou a melhor no Nordeste. Nos estados dessa região, as políticas assistenciais e de distribuição de renda promovidas pelo PT no âmbito federal e por vários governadores de centro-esquerda nas últimas décadas reforçaram um antigo vínculo patrimonialista com o eleitor que se mostrou ainda resiliente.

Naquele embate eleitoral, outra característica marcante foi que explodiu na internet toda sorte de notícias falsas, leituras equivocadas de acontecimentos históricos, troca de acusações e reduções estereotipadas de teorias políticas e econômicas. A versão passou a interessar mais que o fato.

Esse ambiente confuso de conceitos, vontades e crenças gerou a ideia da elaboração de um guia, no formato de dicionário, em uma tentativa de combater a desinformação reinante em quaisquer campos políticos nos quais as pessoas se situem. A premissa desse trabalho é que a gênese dessa "nova política" precisa de seu próprio glossário para ser compreendida. Como Jair Bolsonaro foi uma espécie de catalisador da repulsa que o eleitorado demonstrou contra o establishment político que perdurou desde o final do regime militar, foi natural usá-lo como ponto de partida da pesquisa.

O estudo se iniciou com as primeiras aparições do militar na mídia — um artigo na revista *Veja* em 1986 reclamando dos soldos congelados pela sucessão de crises econômicas — e com sua entrada na política via Câmara Municipal do Rio de Janeiro, centro de debates e casa legislativa que se mostrava ainda insuficiente para as pretensões futuras do capitão.

Embora a escolha do título com o trocadilho "Bolsonário" possa sugerir algum viés humorístico, a pesquisa para que o resultado buscado fosse atingido foi séria e exaustiva. Fez-se necessário visitar as transcrições taquigráficas dos discursos, debates, proposições e votos na Câmara dos Deputados para montar o esqueleto da atuação parlamentar do capitão da reserva em seus quase 27 anos de trabalho legislativo, registrar suas opiniões sobre temas que acabaram retornando durante a campanha e comparar ideias antigas com atuais para entender onde houve ou não mudança de posição.

Muitos dos acontecimentos da vida pessoal e profissional do militar e deputado, alguns de contexto até anedótico, explicam aspectos de sua gestão no Palácio do Planalto. Boa parte do pensamento que o militar recém-chegado a Brasília defendia no início dos anos 1990 se manteve como convicção inabalável tanto na campanha presidencial como no exercício do mais alto posto de nossa administração pública e pode dar pistas sobre futuras ações e reações durante sua gestão.

Matérias, artigos e entrevistas publicados pelos maiores jornais e revistas brasileiros — felizmente, hoje disponíveis em acervos digitais — eliminaram o risco do asmático autor de se expor aos ácaros das bibliotecas onde o jornalista fazia suas pesquisas quando jovem. Muita bibliografia específica sobre política, sociologia e filosofia, documentários e vídeos também foram usados para montar o glossário dessa fase recente da história política brasileira.

Espero que esse livro, incentivado pela curiosidade do jornalista profissional e historiador quase acidental, baseado exclusivamente em fatos e relatos oficiais, possa auxiliar na compreensão do fenômeno político que foi a vitória presidencial de um parlamentar intransigente e quase exótico em um contexto de fortalecimento de valores conservadores no Brasil. Além da informação, se a leitura trouxer uma parcela do prazer e da satisfação que o autor experimentou em sua elaboração, o trabalho já terá valido a pena.

AI-5 Anticomunismo
Aliança Pelo Brasil
Arminha
quecimento global Autoritarismo
Bilateralismo Balbúrdia
Bolsominion
Brasil Acima de Tudo"
Brilhante Ulstra Comunismo
Conservadorismo
Decretos das armas
Desmatamento Direitos humanos
Doutrinação
Escola Sem Partido
Fascismo Fake News
Homofobia Misoginia
Olavo de Carvalho Kit gay Mito
deologia de Gênero
Lei Rouanet Marxismo
Nacionalismo Nazismo
Nióbio Queiroz Nepotismo
Pirralha Regime militar
ena de morte Socialismo

A

ABACATE

O fruto do abacateiro, conhecido por suas propriedades antioxidantes, entrou para a lista de termos relacionados ao governo de Jair Bolsonaro devido ao anúncio que o presidente da República fez em rede social, no mês de maio de 2019, comemorando a abertura do mercado argentino para o produto nacional. Os críticos se apegaram à irrelevância da fruta para a balança comercial nacional: em 2018, os US$16,3 milhões em abacates exportados pelo Brasil representaram míseros 0,007% de todos os embarques.

ACORDO DE PARIS

Acordo ambiental firmado em 2015, durante a 21ª Conferência das Partes (COP21), em Paris, com o objetivo de fortalecer a resposta global à ameaça das mudanças climáticas e de reforçar a capacidade dos países para lidar com os impactos decorrentes dessas mudanças. O compromisso básico das 195 nações participantes se resumiu em manter a temperatura média da Terra abaixo de 2°C superiores aos níveis pré-industriais, além de esforços para limitar o aumento da temperatura até 1,5°C acima desses níveis. As metas brasileiras (chamadas de NDCs), ratificadas pelo Congresso Nacional em 2016, são de reduzir até 2025 as emissões de gases de efeito estufa em 37% abaixo dos níveis de 2005, com contribuição indicativa subsequente de redução de 43% abaixo desses níveis até 2030. Para tanto, o país precisa aumentar a participação de bioenergia sustentável em sua matriz energética para aproximadamente 18% até 2030, restaurar e reflorestar 12 milhões de hectares de florestas e atingir uma participação estimada de 45% de energias renováveis na composição da matriz em 2030. Desde a campanha presidencial, Bolsonaro tem feito ameaças de abandonar o acordo (como fez Donald Trump em 2017) caso não sejam feitas mudanças nas metas, consideradas excessivas. O presidente brasileiro também alegou existir uma ligação entre o acordo climático e a formação de uma grande área internacionalizada de preservação na Amazônia, chamada de Triplo A, que atentaria contra a soberania do território nacional.

Ver Aquecimento Global; Desmatamento; Globalismo; Pirralha, Triplo A

ACORDO MERCOSUL-UE

Acordo entre os dois blocos econômicos que visa à criação da maior área de livre comércio do planeta. As negociações se iniciaram em junho de 1999, foram abandonadas durante um período e retomadas somente em 2010. Em junho de 2019, foi anunciado o acordo político entre os blocos, que permite a definição da abrangência e dos limites das trocas comerciais. Ainda será necessário conseguir a anuência dos parlamentos das 28 nações que fazem parte da União Europeia e dos legisladores do Brasil, da Argentina, do Uruguai e do Paraguai, processo que pode levar até dois anos. Segundo técnicos, pode demorar mais uma década até que as barreiras tarifárias e não tarifárias já negociadas sejam definitivamente derrubadas. Há resistências de setores agrícolas de países, como a França, e dúvidas no lado sul-americano sobre exigências ambientais, trabalhistas e sanitárias colocadas como condição essencial pelos europeus para a assinatura do acordo. Em agosto de 2019, em meio à crise causada pelas queimadas na Amazônia, o presidente francês Emmanuel Macron ameaçou suspender o acordo devido ao que ele considerou como menosprezo do governo brasileiro para com os compromissos ambientais assumidos. Ele não conseguiu apoio a esse tipo de punição junto aos demais representantes do G-7. Se concluído o acerto, haverá livre circulação de mercadorias e serviços em uma área que representa 25% do PIB global e um mercado de 780 milhões de pessoas. O empenho da gestão Bolsonaro em fechar o acordo representou uma mudança na política externa, uma vez que o Mercosul não era visto como prioridade e a estratégia de firmar acordos bilaterais era considerada predominante. A ameaça da volta do kirchnerismo em 2019 na Argentina, consumada com a vitória de Alberto Fernández em outubro, também fez o presidente brasileiro questionar até a continuidade do bloco sul-americano.

Ver Bilateralismo

ADÉLIO BISPO DE OLIVEIRA

Autor do atentado contra a vida do então candidato presidencial Jair Bolsonaro em 6 de setembro de 2018, durante a campanha eleitoral em Juiz de Fora (MG). O candidato estava sendo carregado nos braços por apoiadores no meio de uma multidão quando Adélio o atacou com uma faca na região do abdome, o que causou graves lesões nos intestinos grosso e delgado do político. Bolsonaro foi operado às pressas na Santa Casa de Misericórdia de Juiz de Fora e foi transferido para o hospital Albert Einstein no dia seguinte, onde ficou internado por 17 dias. Reportagens feitas nas semanas e meses seguintes permitiram montar um perfil do criminoso: antissocial, reservado, evangélico, andarilho, sem fortes laços familiares e declaradamente de esquerda, tendo sido filiado ao PSOL de 2007 a 2014. Recolhido ao presídio federal de Campo Grande (MS), Adélio passou por avaliações psicológicas, foi diagnosticado com grave transtorno mental e considerado inimputável em maio de 2019. O juiz Bruno Savino, da 3ª Vara Federal de Juiz Fora, decidiu pela absolvição imprópria de Adélio e pela internação por medida de segurança. Embora sempre tenha mantido ressalvas sobre a versão de que o criminoso agiu sozinho, Bolsonaro, por meio de seus advogados, não recorreu da decisão. Sites ligados à direita insistem na tese de que houve uma conspiração esquerdista para matar o então líder nas pesquisas de intenção de votos.

AI-5

O AI-5 foi a mais opressiva das 17 normas de natureza constitucional, chamadas de atos institucionais, expedidas pelo regime militar no Brasil desde a tomada do poder em 1964. Baixado pelo governo Costa e Silva em 13 de dezembro de 1968, o ato de número 5 do regime militar autorizava a Presidência da República a determinar o recesso do Congresso Nacional, das Assembleias Legislativas e das Câmaras de Vereadores, podendo inclusive decretar intervenção nas outras esferas de governo; permitia a suspensão de direitos políticos e a cassação de mandatos do Legislativo; restringia direitos civis; suspendia garantias de estabilidade para servidores; previa a decretação de estado de sítio; e suspendia a garantia de *habeas corpus* nos casos de crimes políticos e contra a segurança nacional, a ordem econômica e social e a economia popular. Nas considerações iniciais da medida, o governo entendia que "atos nitidamente subversivos, oriundos dos mais distintos setores políticos e culturais, comprovam que os instrumentos jurídicos, que a revolução vitoriosa outorgou à Nação para sua defesa, desenvolvimento e bem-estar de seu povo, estão servindo de meios para combatê-la e destruí-la" e que havia se tornado "imperiosa a adoção de medidas que impeçam que sejam frustrados os ideais superiores", "preservando a ordem, a segurança, a tranquilidade, o desenvolvimento econômico e cultural e a harmonia política e social do País". Imediatamente à edição do AI-5, foi instituída a censura nos órgãos de imprensa e se intensificaram as prisões não só de militantes de esquerda, mas também de jornalistas, escritores e artistas. Os historiadores passaram a se referir ao período posterior ao Ato como os "anos de chumbo". Em outubro de 2019, após uma série de gigantescas manifestações populares no Chile contra o desempenho do governo conservador de Sebástian Piñera, integrantes e apoiadores do presidente Jair Bolsonaro passaram a monitorar possíveis convocações para protestos similares no Brasil. Os saques e depredações que aconteceram em várias regiões chilenas lembravam ataques ocorridos no Brasil em 2013, realizados por grupos anarquistas que se denominavam "Black Blocs". O deputado Eduardo Bolsonaro comentou sobre a possibilidade de radicalização da esquerda no Brasil em uma entrevista ao canal da jornalista Leda Nagle, no Youtube, em 31 de outubro. E cogitou o que seria uma reedição do AI-5, se necessário. "Vai chegar o momento em que a situação vai ficar igual ao final dos anos 1960, quando sequestravam aeronaves, executavam autoridades, cônsules, embaixadores (...) execução de policiais, de militares. Se a esquerda radicalizar a esse ponto, a gente vai precisar ter uma resposta. Pode ser via um novo AI-5, pode ser via uma legislação aprovada por plebiscito, como ocorreu na Itália", disse. A repercussão da entrevista foi tão negativa que o próprio Jair Bolsonaro deu declarações públicas contra as ideias do filho Zero 3. "O AI-5 existiu no passado, em outra Constituição. Não existe mais, esquece. Cobre dele (Eduardo), não apoio. Quem quer que seja que fale de AI-5 está sonhando. Não quero nem ver notícia nesse sentido", afirmou o presidente da República. O presidente da Câmara, Rodrigo Maia, foi mais enfático: "Manifestações como a do senhor Eduardo Bolsonaro são repugnantes, do ponto de vista democrático, e têm de ser repelidas com toda a indignação possível pelas instituições brasileiras. A apologia reiterada a instrumentos da ditadura é passível de punição pelas ferramentas que detêm as instituições democráticas brasileiras. Ninguém está imune a isso. O Brasil jamais regressará aos anos de chumbo." Segundo o presidente do Senado, Davi Alcolumbre, "é lamentável que um agente político, eleito com o voto popular, instrumento fundamental do Estado democrático de Direito, possa insinuar contra a ferramenta que lhe outorgou o próprio mandato. Mais do que isso: é um absurdo ver um agente político, fruto do sistema democrático, fazer qualquer tipo de incitação antidemocrática". Também houve declarações de repúdio por integrantes do Supremo Tribunal Federal (STF), da Ordem dos Advogados do Brasil (OAB), da Associação Brasileira de Imprensa (ABI), da Anistia Internacional e de associações de juízes e procuradores, além de políticos de vários partidos. No dia seguinte, ameaçado por processos de cassação do mandato por quebra do decoro parlamentar, Eduardo Bolsonaro se retratou: "Se eu pudesse voltar atrás, eu não teria falado no AI-5, porque eu dei munição para a oposição ficar me metralhando", disse em uma entrevista ao *Programa do Ratinho*, no SBT. No dia 26 de novembro, menos de uma semana após o presidente enviar ao Congresso um projeto sobre o "excludente de ilicitude" em Operações de Garantia da Lei e da Ordem (GLO), o ministro da Economia, Paulo Guedes, voltou a citar o AI-5 em uma entrevista com jornalistas brasileiros e estrangeiros em Washington. "Quando o outro lado ganha, com dez meses você já chama todo mundo pra quebrar a rua? Que responsabilidade é essa? Não se assustem então se alguém pedir o AI-5", afirmou. Ele fez menção a uma declaração do ex-presidente Lula duas semanas após sua libertação da prisão em Curitiba (PR), onde ficou por 580 dias, quando afirmou que "um pouco de radicalismo faz bem para a alma". "Chamar povo para rua é de uma irresponsabilidade... Chamar o povo para a rua, para dizer que tem o poder, para tomar. Tomar como? Aí o filho do presidente fala em AI-5, aí todo mundo assusta, fala 'o que que é?' (...) Aí bate mais no outro. É isso o jogo? É isso o que a gente quer? Eu acho uma insanidade chamar o povo para a rua, para fazer bagunça. Acho uma insanidade." Guedes pareceu sentir que havia exagerado nas declarações e pediu "off" para a imprensa, mas foi alertado de que havia transmissão ao vivo de suas falas e amenizou o discurso na sequência. "É irresponsável chamar alguém para a rua agora, para fazer quebradeira. Para dizer que tem que tomar o poder. Se você acredita em uma democracia, quem acredita em uma democracia espera vencer e ser eleito. Não chama ninguém para quebrar nada na rua. Este é o recado para quem está ao vivo no Brasil inteiro."

Ver Excludentes de Ilicitude, Regime Militar, "Zero 3"

Aliança Pelo Brasil

Novo partido de linha nacionalista e conservadora criado pelo presidente Jair Bolsonaro, em novembro de 2019, após desentendimentos que levaram a sua desfiliação do PSL. No ato de fundação da nova sigla, no dia 21 de novembro, na leitura das bases e dos princípios da agremiação foram citados o respeito a Deus e à religião, bem como à memória, à identidade e à cultura nacionais, a defesa da vida, da família e da infância e a garantia da ordem e da segurança. No discurso inaugural, a advogada Karina Kufa disse que o Aliança pelo Brasil será uma legenda conservadora, soberanista e comprometida com o combate às falsas promessas do globalismo.

No programa, constam muitas das bandeiras defendidas por Bolsonaro há décadas, como o enfrentamento a manifestações de hostilidade e menosprezo à religião, a luta contra ideologias "nefastas" — como socialismo, comunismo e nazifascismo —, direito à posse e porte de armas, defesa à propriedade privada, combate ao aborto, repúdio à "erotização da infância" e à "ideologia de gênero", à corrupção e ao terrorismo. Houve também menção ao analfabetismo "gerado por métodos pedagógicos ultrapassados", uma citação indireta ao método Paulo Freire. Definido como presidente do partido, Bolsonaro discursou sobre sua antiga agremiação, o PSL, dizendo que "em um primeiro momento foi uma união maravilhosa", que levou a sua eleição à presidência, mas que depois os líderes da sigla passaram a "negociar a legenda, vender tempo de televisão, fazer do partido um negócio". Em uma transmissão ao vivo pelo Facebook, no dia da fundação da sigla, Bolsonaro revelou que o número escolhido para representar o partido será o "38". Embora seja natural associar o número ao popular calibre de arma de fogo, o presidente disse em um evento público, dois dias depois, que a escolha foi devida ao fato de ele ser o 38º presidente do Brasil. O Aliança pelo Brasil precisaria coletar 492 mil assinaturas até março de 2020 se pretendesse concorrer às eleições municipais. O TSE decidiu em 3 de dezembro ser possível a captação de assinaturas digitais para a criação de novos partidos, mas não definiu as regras para a validação dos nomes, o que colocou em risco a participação do Aliança nas eleições municipais de 2020.

Ver Conservadorismo, Globalismo, Nacionalismo, Neoconservadorismo, PSL

Alt-Right

Alternative right ou direita alternativa. É uma vertente mais radical do conservadorismo norte-americano, com forte atuação online e que tem como objetivo atacar qualquer iniciativa ligada ao multiculturalismo. Os grupos identificados com esse movimento criticam igualmente o feminismo, a imigração, a miscigenação, as políticas de cotas raciais, o livre comércio, as propostas de controle de armas e todas as formas de socialismo, existentes ou apenas alegadas. Como surgiram no ambiente digital, os adeptos dessa linha de atuação política optam pelo anonimato, frequentam páginas e sites chamados de "chans" e utilizam memes e outras formas de linguagem virtual carregadas de ironia e humor para insultar e ridicularizar pessoas ou grupos. Com isso, acabam muitas vezes por provocar e dominar os debates políticos, disseminando "fake news" e camuflando opiniões que poderiam ser classificadas como extremistas, usando como defesa a liberdade de expressão. Muitas vezes, as pessoas identificadas como *alt-right* são acusadas de defender a supremacia da raça branca, de emitir opiniões racistas e misóginas, de praticar o "assassinato de reputações" e de produzir discursos de ódio. A direita alternativa teve forte atuação nas eleições presidenciais dos EUA, em 2016, e nas brasileiras de 2018.

Ver Conservadorismo, Fake News, MBL, Misoginia, Neoconservadorismo, Nova Direita

A

AMAN

Academia Militar das Agulhas Negras, instituição de ensino superior responsável pela formação dos oficiais combatentes de carreira do Exército Brasileiro. Fundada em 1810 pelo príncipe regente D. João com o nome de Academia Real Militar, já teve como sedes o Largo de São Francisco (SP), a Praia Vermelha (RJ), Porto Alegre (RS), Realengo (RJ), até a atual instalação de Resende (RJ), que funciona desde 1944. Em 1951, recebeu a atual denominação. Bolsonaro prestou concurso para a AMAN no final de 1973, após um período de alguns meses como estudante da Escola Preparatória de Cadetes do Exército (EsPCEx), foi aprovado e passou os quatro anos seguintes estudando disciplinas ligadas às ciências humanas, exatas, sociais e militares. No último ano, especializou-se em paraquedismo. Foi uma notícia sobre a AMAN, já na década seguinte, que motivou o então capitão a escrever o artigo para a revista *Veja* que o tornou famoso nos quartéis. Em 19 de agosto de 1986, o *Jornal do Brasil* publicou matéria que citava a expulsão de cadetes da Academia por condutas consideradas impróprias. Bolsonaro alegou que o baixo soldo era, na verdade, a principal razão para a falta de motivação e a indisciplina dos estudantes.

Ver: Ponto de Vista

ANA CRISTINA SIQUEIRA VALLE

Segunda mulher de Jair Bolsonaro e mãe de seu quarto filho, Jair Renan. Ana Cristina conheceu o deputado federal no final da década de 1990, quando ele participava na capital federal de atos públicos pelos direitos dos militares. Ela era casada com um coronel da reserva e trabalhava na assessoria parlamentar de Jonival Lucas (PPB-BA). Jair e Ana Cristina viveram em união estável de 1998 até 2006 e o casal passou por uma separação litigiosa envolvendo a guarda do filho. Em 2009, ela mudou-se para a Noruega e levou o filho sem a autorização de Bolsonaro, que acionou o Itamaraty para resolver a questão. Reportagens das revistas *Veja* e *Época* durante a campanha eleitoral de 2018 trouxeram detalhes do processo na Vara da Família do Tribunal de Justiça do Rio de Janeiro que incluíam acusações sobre o "comportamento agressivo" e de "desmedida agressividade" por parte do deputado e também ocultação de patrimônio. Ana Cristina casou-se com um empreiteiro norueguês e só voltou definitivamente ao Brasil em 2014. Ela retirou as acusações contra o ex-marido e concorreu a uma vaga na Câmara federal, em 2018, usando o sobrenome Bolsonaro, autorizada pelo futuro presidente. Recebeu apenas 4,5 mil votos. Integrantes da família de Ana Cristina foram citados na reportagem de *O Globo*, em agosto de 2019, sobre as nomeações feitas por Jair Bolsonaro e seus filhos desde 1991. O pai, a mãe, uma irmã e primos de Ana Cristina exerceram cargos comissionados nos gabinetes durante vários anos e existe suspeita de que fariam parte de um esquema conhecido como "rachadinha", quando os políticos ficam com parte dos salários dos assessores.

Ver Nepotismo

ANTICOMUNISMO

Negação às ideias, práticas, associações e pessoas ligadas à ideologia comunista. A vitória dos bolcheviques na Revolução Russa de 1917 trouxe um temor de governos em todo o mundo de que a teoria de Karl Marx e Friedrich Engels sobre o socialismo suplantar o capitalismo pudesse motivar levantes similares em seus países. Isso iniciou uma estratégia de contrapropaganda e de perseguição política contra a "ameaça vermelha" que ganhou contornos até de extrema violência ao longo das décadas seguintes. Segundo o professor Rodrigo Patto Sá Mota, que investigou as origens e o desenvolvimento do anticomunismo no Brasil, a revolta que ficou conhecida como "Intentona Comunista", em 1935, praticamente foi a responsável pela construção do imaginário negativo da causa comunista, que passou de uma ideologia exótica exportada dos soviéticos para um perigo concreto de subversão da ordem social. A partir daquele momento, além do tradicional inimigo que era a Igreja Católica, avessa a teorias materialistas, os comunistas ganharam como adversários a elite militar brasileira. O professor destaca em seu trabalho que a exploração desse temor é historicamente utilizada para justificar intervenções autoritárias na vida política nacional, como em 1937 e em 1964. Em 1952, o deputado udenista Humberto Moura enviou à Câmara projeto de lei criando uma medalha de mérito anticomunista, a ser oferecida a militares e civis que comprovadamente tivessem combatido a Intentona de 1935. A justificativa apresentada foi incentivar o "ardor patriótico (...) daqueles que lutam para "a conservação das tradições do povo cristão e democrático". Jair Bolsonaro é um crítico histórico do socialismo e do comunismo, tendo feito inúmeros discursos e pronunciamentos contra políticos e partidos de esquerda, mas a primeira menção de seu nome à causa anticomunista remonta a 1986, antes de sua entrada na vida política. Em novembro daquele ano, o último pronunciamento do major Sebastião Curió (PDS-PA) como deputado federal foi a leitura de uma carta enviada ao capitão que havia sido punido por ter reclamado dos salários da tropa. Curió, que ficara famoso por sua atuação contra a guerrilha do Araguaia e depois no garimpo de Serra Pelada, lembrou de sua luta pela "integridade da Pátria, tentando evitar que sobre ela caíssem os tentáculos vermelhos da maior das ditaduras do mundo, a comunista" e afirmou estar na ocasião "passando bastão" para Bolsonaro. O capitão passou para a reserva remunerada e entrou na vida política dois anos depois, como vereador pelo Rio de Janeiro, mas Bolsonaro só chegou à Câmara dos Deputados em 1991. Em maio de 2016, seu filho Eduardo Bolsonaro apresentou um projeto para criminalizar a "apologia ao comunismo".

Ver Comunismo, Socialismo, "Zero 3"

ANTIGLOBALIZAÇÃO

É a oposição ideológica à globalização, feita tanto por críticos à direita como à esquerda do espectro político. A resistência à direita está relacionada ao nacionalismo

A

e ao protecionismo econômico. Os resultados de eleições recentes nos Estados Unidos e na Europa, que culminaram com o fortalecimento dos populismos de direita, mostraram a forte aceitação, por parte da população, dos discursos que embutiam o temor pela perda de padrões de vida que perduraram por décadas, de uma diminuição do sentido de identidade nacional e, também, da cultura local. São cada vez mais comuns os discursos sobre os perigos do livre comércio e do poder de empresas transnacionais, e sobre a fragilidade das fronteiras nacionais frente às influências estrangeiras. Os críticos à esquerda, por sua vez, veem na globalização uma face do antigo colonialismo ou do imperialismo econômico. Manifestações em reuniões de cúpula como o G-7 e o G-20, nos últimos anos, apontaram que parte dos manifestantes não seria contrária à globalização, mas a uma visão que eles consideram neoliberal desse fenômeno. Eles defendem que, mesmo admitindo a continuidade dos livres fluxos de capital e de pessoas, há conceitos e conquistas como democracia, direitos trabalhistas e proteção ao meio ambiente que não podem nem devem ser abandonados pelo mercado.

Ver Globalização, Neoliberalismo

AQUECIMENTO GLOBAL

É o nome dado ao contínuo processo de aumento da temperatura média da superfície do planeta Terra causado pela liberação sem controle de gases do efeito estufa na atmosfera. Esses gases são liberados pela atividade humana como o uso de combustíveis fósseis, a combustão causada pelos motores dos automóveis, a grande utilização de fertilizantes com base em nitrogênio ou a liberação de gás metano pelos rebanhos bovinos, entre outras causas. Isso impede a satisfatória dispersão do calor no planeta. Vários estudos científicos demonstraram que a temperatura média global em 2018 ficou 0,98°C acima dos níveis de 1850-1900, período conhecido como pré-industrial. Seguindo a tendência, as temperaturas poderão subir de 3 a 5 graus até 2100 e o consenso é o da necessidade de limitar essa elevação a, no máximo, 2 graus até 2030, meta admitida por quase 200 países durante a COP21 de Paris. No entanto, um relatório de 2018 do Painel Intergovernamental Sobre Mudanças Climáticas (IPCC) previu que muitos dos efeitos danosos ao meio ambiente, como escassez de alimentos, enchentes e incêndios florestais, seriam sentidos até 2040 mesmo com uma temperatura média 1,5 grau mais alta. Embora seja consenso entre a maioria dos cientistas, o aquecimento global é visto com desconfiança por vários líderes políticos. Donald Trump já chegou a zombar das conclusões durante uma onda de frio nos EUA, mesma crítica feita por Carlos e Eduardo Bolsonaro em tuítes que causaram controvérsia. Especialistas afirmam que eles confundem de propósito os conceitos de tempo e clima. Jair Bolsonaro afirmou, em dezembro de 2018, que acredita na ciência, mas que duvida das reais intenções de países europeus quando fazem críticas à preservação ambiental no Brasil. O chanceler Ernesto Araújo, por sua vez, disse em audiência no Senado que há um uso político dos dados e que a própria medição da temperatura pode ser distorcida pela posição das estações meteorológicas. Em setembro de 2019, em uma palestra realizada na Heritage Foundation, *think tank* conservador dos EUA, Araújo chamou de "climatismo" o tom alarmista sobre o clima usado pela mídia para criticar o governo brasileiro.

Ver Acordo de Paris, Acordo Mercosul-UE, Desmatamento, Queimadas

ARMINHA (FAZER)

O gesto feito com mão para simular o uso de arma de fogo virou uma espécie de símbolo da campanha de Jair Bolsonaro em 2018 e se fez presente nas várias aparições públicas após sua posse como presidente. O gesto pode ser entendido tanto como uma brincadeira quanto como uma referência às pautas do político ligadas à segurança pública ou mesmo uma apologia à violência (como definem seus críticos). A primeira menção pública do uso do gesto por Bolsonaro foi registrada pelos jornais *Folha de S.Paulo* e *Jornal do Brasil* em dezembro de 1987. Nas matérias sobre a audiência do Conselho de Justificação em que foi ouvida a repórter Cassia Maria Rodrigues — que divulgou a operação "Beco Sem Saída" na revista *Veja* —, é relatado que, antes do depoimento da jornalista, Bolsonaro teria feito o gesto em direção à repórter, que relatou a ameaça. Como candidato à presidente, Bolsonaro foi criticado na campanha por aparecer em fotos e vídeos ensinando uma criança a fazer o gesto. Ele também simulou o uso de armas na Marcha para Jesus em junho de 2019, já como presidente. Em setembro, o deputado federal Eduardo Bolsonaro (PSL), filho "Zero 3" do presidente, postou uma foto fazendo o mesmo gesto em frente à escultura de bronze pela não violência instalada na entrada do prédio da ONU. A obra foi inspirada no assassinato de John Lennon, em 1980. Após receber críticas, o deputado disse que a escultura desarmamentista servia "para depreciar o papel fundamental das armas na garantia da segurança, das liberdades e da paz". Ignorando o passado pacifista do ex-Beatle Lennon, Eduardo ainda questionou: "O que aconteceria se John Lennon estivesse armado?"

Ver Desarmamento

ATIVISMO JUDICIAL

É o nome dado à interferência, muitas vezes considerada excessiva, do Poder Judiciário, principalmente do Supremo Tribunal Federal (STF), em questões de mediação de conflitos interpretativos das leis, sejam constitucionais ou infraconstitucionais. Há duas visões sobre essa judicialização de questões que deveriam ser próprias do processo legislativo. A primeira defende ser necessária a atuação mais ativa quando se faz a aplicação de interpretações da Constituição em situações não previstas no texto normativo. Outra é mais crítica e aponta exageros quando o Judiciário se aproveita das falhas de funcionalidade do Legislativo, ou até de sua atual crise de legiti-

A

midade, e acaba causando um conflito na doutrina da separação dos três poderes e suas atribuições. Especialistas apontam que a maior atuação de juízes não é um caso apenas brasileiro, mas comum no desenvolvimento das sociedades democráticas do período pós-Segunda Guerra Mundial. Mas a experiência brasileira tem mostrado particularidades desde a promulgação da Constituição em 1988. A argumentação é que, como o País havia emergido de um período de forte repressão política, os constituintes elaboraram uma Carta com um excesso de direitos, muitos deles sem a devida regulamentação ou discussão mais aprofundada, o que acabou por exigir uma interferência mais ativa dos juízes. Nas décadas que se seguiram, fatores como as barganhas políticas para sedimentar o presidencialismo de coalizão, denúncias de corrupção sem a devida investigação por conta do corporativismo e falhas na representatividade motivadas pela autopreservação dos parlamentares acabaram por gerar tanto a disfuncionalidade do Congresso como a perda de legitimidade das Casas. É esse vazio legislativo que costumeiramente é preenchido pelo STF. Em dezembro de 2016, o deputado federal Jair Bolsonaro foi enfático ao denunciar o que chamou de usurpação de poder: "O Conselho Nacional de Justiça e o Supremo Tribunal Federal têm trilhado um caminho que está nos engolindo. Lá atrás, resolveram legislar sobre nepotismo (…), sobre união civil, (…) posteriormente analisaram a questão sobre réu e condenado. (…) Legislaram também sobre os limites da imunidade parlamentar. (…) Está na iminência de tipificar a homofobia como se racismo fosse. Mais grave ainda é a questão do aborto. O Supremo não pode usurpar nossos poderes." Em fevereiro de 2017, quando se lançou mais uma vez à presidência da Câmara, Bolsonaro clamou pela independência do Legislativo. "O Poder Legislativo se apresenta subserviente ao Executivo e submisso ao Judiciário", afirmou. O eleito foi Rodrigo Maia (DEM-RJ), com 293 votos. Bolsonaro teve a adesão de quatro deputados e ficou em último lugar. Eduardo Bolsonaro não estava entre seus eleitores, porque estendeu as férias e estava surfando na Austrália. O governo Bolsonaro começou envolto nos conflitos entre poderes. Decisões do Executivo, como a transferência da atribuição de demarcação de terras indígenas da FUNAI para o Ministério da Agricultura, foram barradas pelo Supremo. Em resposta, o PSL, partido do presidente até novembro de 2019, desengavetou um projeto de 2016 que inclui entre os crimes de responsabilidade dos ministros do STF a usurpação de competência do Congresso Nacional.

AUTÓDROMO AYRTON SENNA

É um projeto de um novo autódromo no estado do Rio de Janeiro com o objetivo de abrigar as provas de Fórmula 1 no Brasil a partir de 2021, em substituição à pista paulistana de Interlagos, que sedia a prova desde 1990. O contrato entre a prefeitura de São Paulo e a empresa norte-americana Liberty Media, que promove a F1, encerra-se em 2020. Os cariocas acalentam a volta da competição em sua cidade há décadas. Entre 1981 e 1989, a prova aconteceu na pista de Jacarepaguá, mas o antigo terreno foi utilizado para a construção do Velódromo, visando à realização dos Jogos Olímpicos de 2016. Em 2011, surgiu uma oportunidade de utilização de uma área na floresta do Camboatá, em Deodoro, em terreno pertencente ao Exército brasileiro. Porém descobriu-se que a área possuía restos de armamentos, explosivos e outros artefatos frutos de treinamentos que ocorreram no local no passado. Após uma longa negociação para a doação e limpeza do terreno, foi apresentado um projeto de R$850 milhões; o traçado tem 5.386 metros e 20 curvas. O desenho é do arquiteto Hermann Tilke, que foi o responsável pelas pistas de Xangai (China), Sepang (Malásia) e Sóchi (Rússia), e pelo circuito urbano de Baku, no Azerbaijão, entre outros. Em maio de 2019, Bolsonaro encampou a ideia e participou de solenidade da assinatura da carta-compromisso com o governador fluminense Wilson Witzel e o prefeito do Rio, Marcelo Crivella, destacando que não haverá aplicação de recursos públicos na obra. Em junho, ele se reuniu com o CEO da Liberty Media, Chasey Carey, e afirmou que havia 99% de certeza de que a prova se realizaria no Rio de Janeiro em 2021. Mas o empresário ponderou que ainda havia negociações com São Paulo para a renovação do contrato. A prefeitura do Rio lançou um edital e o único interessado foi o consórcio Rio Motopark, formado pelas empresas de Crown Consulting, CSM, e B+ABR Backheuser e Riera. O Ministério Público Federal viu indícios de irregularidades, porque a firma de consultoria teria participado da elaboração do edital, e suspendeu a contratação do consórcio. A liminar foi derrubada em agosto e o grupo vencedor precisa conseguir todas as licenças ambientais para iniciar as obras. Em 1995, Bolsonaro havia sugerido outra forma de homenagear Ayrton Senna, com um projeto de lei para transformar o dia 21 de março, aniversário do piloto, no "Dia do Desportista Nacional". O projeto foi arquivado.

AUTORITARISMO

Sistema político que contrasta com a democracia e desafia as liberdades individuais, porque prevê a concentração de poder nas mãos de um líder, ou grupo dominante, com legitimidade suficiente para que sua autoridade seja reconhecida e obedecida voluntariamente. Estudos sobre liderança fundamentados nas teorias do sociólogo Max Weber afirmam que esse princípio de autoridade pode ser baseado tanto em uma lógica jurídica racional, como na personificação de alguma tradição ou simplesmente no carisma de um líder. Historicamente, regimes autoritários surgem após uma crise de governança de uma democracia e são justificados pela necessidade de reordenar e reestruturar a sociedade. Essa é uma linha de raciocínio muito utilizada por Jair Bolsonaro para legitimar o regime militar que perdurou no Brasil entre 1964 e 1985. Em discursos realizados por conta do aniversário da "Revolução" de 31 de março, invariavelmente é citada a iminência de um golpe de esquerda para explicar a reação do meio militar e a substituição do governo. Nos dias atuais, qualquer ato de repressão, intolerância, restrição de liberdades individuais ou redução de autonomia é genericamente classificado como autoritário.

AI-5 Anticomunismo
Aliança Pelo Brasil
Arminha
Aquecimento global Autoritarismo
Bilateralismo Balbúrdia
Bolsominion
'Brasil Acima de Tudo"
Brilhante Ulstra Comunismo
Conservadorismo
Decretos das armas
Desmatamento Direitos humanos
Doutrinação
Escola Sem Partido
Fascismo Fake News
Homofobia Misoginia
Olavo de Carvalho Kit gay
Ideologia de Gênero Mito
Lei Rouanet Marxism
Nacionalismo
Nióbio Queiroz Nepoti o
Pirralha Social
Pena de morte

B

BALBÚRDIA

Foi como o segundo ministro da Educação do governo Bolsonaro, Abraham Weintraub, referiu-se a eventos políticos, manifestações partidárias ou "festas inadequadas ao ambiente universitário" que estariam acontecendo em estabelecimentos de ensino federais. Esse foi um dos critérios apresentados pelo ministro ao jornal *O Estado de S. Paulo* para definir os alvos do contingenciamento de recursos pelo MEC, citando especificamente as universidades federais de Brasília (UnB), Niterói (UFF) e Bahia (UFBA). Entre os exemplos de balbúrdia, Weintraub elencou: "sem-terra dentro do campus, gente pelada dentro do campus." As declarações levantaram suspeitas sobre a motivação política nas escolhas do MEC para controle dos custos, após o governo federal anunciar, em março de 2019, um contingenciamento de R$29,5 bilhões do Orçamento Geral da União. Alguns dias depois da entrevista do ministro, o secretário de Educação Superior, Arnaldo Barbosa de Lima Junior, esclareceu que todas as universidades federais sofreriam bloqueios de verbas, afastando a acusação de direcionamento ideológico. Em setembro, Weintraub voltou a se queixar do ambiente universitário em entrevista ao *Estadão*: "As universidades são caras e têm muito desperdício com coisas que não têm nada a ver com produção científica e educação. Têm a ver com politicagem, ideologização e balbúrdia. Vamos dar uma volta em alguns campi por aí? Tem cracolândia. Estamos em situação fiscal difícil e onde tiver balbúrdia vamos pra cima." No final de novembro, o ministro foi ainda mais enfático, ao acusar universidades federais de promoverem cultivo de maconha e desenvolverem drogas sintéticas. Sem apresentar evidências, ele afirmou em entrevista ao *Jornal da Cidade Online*: "Você tem plantações de maconha, mas não são três pés de maconha, são plantações extensivas de algumas universidades, a ponto de ter borrifador de agrotóxico. Porque orgânico é bom contra a soja para não ter agroindústria no Brasil, mas, na maconha deles, eles querem toda tecnologia à disposição. (...) Você pega laboratórios de química — uma faculdade de química não era um centro de doutrinação — desenvolvendo drogas sintéticas, metanfetamina, e a polícia não pode entrar nos campi." Ele repetiu as acusações em audiência na Câmara dos Deputados no início de dezembro. O presidente Jair Bolsonaro demonstrou, em um evento público no Tocantins, em 12 de dezembro, estar alinhado à visão de Weintraub sobre as universidades federais. Sobre esse tema, ele comentou: "Entre as 200 melhores universidades do mundo, tem alguma brasileira? Não tem. Isso é um vexame. O que se faz em muitas universidades e faculdades do Brasil, o (que o) estudante faz? Faz tudo, menos estudar."

BANANA

O fruto da bananeira entrou no radar político de Jair Bolsonaro em 2014, quando uma instrução normativa do Ministério da Agricultura autorizou a importação de bananas do Equador para o Brasil. Além da relação afetiva com a cultura do produto — o capitão da reserva passou a infância e a juventude no Vale do Ribeira, grande polo produtor da fruta —, o deputado ouviu demandas de outras regiões brasileiras. O Brasil se situa entre a quarta e quinta posição de maiores produtores globais do item, embora destine a maior parte de sua colheita para o consumo interno. Já o Equador é o maior exportador mundial, sendo responsável por pelo menos um terço dos embarques do produto, que geram uma receita anual superior a US$3 bilhões ao país. Além do impacto econômico sobre a agricultura familiar em cidades como Eldorado, Iporanga, Registro, Sete Barras, Miracatu e Juquiá, entre outras, o político citou no plenário da Câmara, em maio de 2014, o risco da introdução no país de pragas comuns à banana no exterior, como a sikatoga negra e o moko da bananeira. "Tanto é verdade que as pragas estão sendo importadas que, desde o plantio da banana até a sua colheita, aqui no Brasil, fazem-se oito aplicações de fungicidas; enquanto no Equador são de 30 a 40 aplicações." O deputado também criticava a motivação política da medida, uma vez que o político de esquerda Rafael Correa presidia o Equador naquela ocasião e, portanto, o parceiro comercial faria parte do Foro de São Paulo. Pouco antes da realização do segundo turno das eleições presidenciais brasileiras de 2014, Bolsonaro aproveitou o assunto para sugerir como tema no debate final entre a petista Dilma Rousseff e o tucano Aécio Neves: "Sugiro que pergunte para ela (...) esse é o Programa Mais Bananas? Já não bastam os 'bananas' que há no PT, que estão roubando nosso país? Esse é o Programa Mais Bananas?", ironizou. Empossado presidente, Bolsonaro anunciou em uma transmissão ao vivo pela internet, em março de 2019, que os estudos para revogação da instrução estavam "nos finalmentes". Ele disse ainda que não conseguia entender como uma banana sai do Equador, viaja "cerca de dez mil quilômetros" e chega com o preço competitivo ao Ceagesp. O presidente mostrou-se irritado com uma notícia publicada pelo jornal *O Globo*, que ele atribuiu à *Folha de S.Paulo*, sobre um suposto benefício que a proibição traria a um sobrinho seu que é produtor rural no Vale do Ribeira, além do aliado político Valmir Beber. "Asseguro que nenhum parente meu tem empresas dedicadas a produzir bananas ou negócios com essa fruta."

Ver Foro de São Paulo

BLAIR HOUSE

Antiga residência do jornalista e político norte-americano Francis Preston Blair, que foi conselheiro dos presidentes Andrew Jackson, Martin Van Buren, Franklin Pierce e Abraham Lincoln. Em 1942, o governo dos Estados Unidos comprou a casa localizada na Avenida Pensilvânia — em frente à Ala Oeste da Casa Branca — para servir como moradia diplomática oficial de líderes de outros países que estivessem em visita ao presidente norte-americano. O local, que mantém os móveis, porcelana, tapeçaria e prataria originais, também serve como residência temporária para os presidentes eleitos nos dias anteriores a sua entrada na Casa Branca. A Blair House já hospedou figuras históricas como o primeiro-ministro britânico Winston Churchill, a rainha Elizabeth II, a primeira-ministra israelense Golda Meir e dezenas de outros governantes e convidados nas últimas décadas. Em março de 2019, pouco antes de embarcar para sua primeira visita oficial aos Estados Unidos, o presidente Jair Bolsonaro escreveu no Twitter que se hospedar na Blair House era uma "honraria concedida a pouquíssimos chefes de estado". No entanto, os ex-presidentes Fernando Collor de Mello (1990), Fernando Henrique Cardoso (1995), Luís Inácio Lula da Silva (2007) e Dilma Rousseff (2015) também ficaram na residência diplomática em suas visitas aos EUA. Antes deles, a Blair House já recebera Juscelino Kubitschek, João Goulart e Emílio Garrastazu Médici.

BILATERALISMO

Em termos econômicos, é a opção por realizar acordos entre duas nações para permitir privilégios no comércio entre elas — como redução e até remoção de tarifas — que não são estendidas a outros países. Essa política contrasta com o multilateralismo, linha que defende acordos entre grandes blocos de países para a maximização de seus efeitos. Embora esteja alinhada com o discurso do presidente norte-americano Donald Trump sobre os riscos à soberania nacional advindos do "globalismo" da Organização Mundial do Comércio (OMC), a gestão de Jair Bolsonaro autorizou a continuidade das conversas e a assinatura do acordo Mercosul-UE em junho de 2019. O bloco sul-americano sempre recebeu críticas do deputado e depois do candidato Bolsonaro, mas já na presidência ele relativizou seu antagonismo ao elogiar o fim da influência ideológica no bloco.

Ver Acordo Mercosul-UE, Globalização, Globalismo

BOLHA DO FILTRO

Nome dado ao isolamento intelectual que pode ocorrer quando os sites fazem uso de algoritmos para presumir seletivamente as informações que um usuário gostaria de ver e, em seguida, fornecem sugestões a esse usuário de acordo com essa suposição. Essas suposições são feitas com base em informações relacionadas ao próprio usuário, como comportamento de cliques antigos, histórico de navegação, histórico de pesquisa e geolocalização. Os resultados de pesquisa personalizados do Google, o fluxo de notícias indicadas do Facebook e as sugestões de vídeos do Youtube são exemplos desse fenômeno, também classificado como bolha social. Segundo o ativista de internet, Eli Pariser, esse é o mais provável motivo para que os sites apresentem apenas informações que respeitem a atividade anterior do usuário. Em seu livro, *The Filter Bubble*, Pariser defende que, ao serem confinados nessas bolhas, os usuários correm o risco de ter um contato significativamente menor com pontos de vista contraditórios, causando o citado isolamento intelectual. Em sua obra, ele alerta que há cada vez menos espaço na web para os encontros casuais que tragam *insights* e aprendizados e que isso acaba por tolher a criatividade, característica cuja origem vem muitas vezes da colisão de ideias de diferentes disciplinas e culturas. O próprio avanço da democracia pode ser comprometido quando uma grande massa de usuários fica presa em uma versão estática e cada vez mais estreita de si mesma — um loop sem fim. No Brasil, os grupos localizados à direita do espectro político têm sabido aproveitar melhor esses filtros.

Ver Bolha Social, Alt-Right

BOLHA SOCIAL

Nome dado ao autoisolamento de indivíduos na internet, que acabam interagindo e trocando opiniões, gostos, culturas e estilos de vida apenas com quem tenha comportamentos semelhantes aos seus. Quando o assunto é política, esse comportamento potencializado por algoritmos de personalização da navegação pode levar à segregação ideológica. Os indivíduos mais isolados socialmente costumam trocar informações e experiências nos canais de internet conhecidos como "chans". Nesses grupos, protegidos pelo anonimato, proliferam conversas associadas aos discursos de ódio, misoginia, homofobia e racismo, e outras violências contra minorias.

Ver Bolha do Filtro, Alt-Right

BOLSOMINION

Forma pejorativa para designar os apoiadores de Jair Bolsonaro, criada a partir da fusão de seu sobrenome com a expressão em inglês "minion", que significa servo, lacaio, assecla. Minions também são os fiéis seguidores do personagem Gru, vilão do filme de animação *Meu Malvado Favorito*. As imagens dos seres unicelulares e amarelos da animação são usadas constantemente em memes para tentar ridicularizar os defensores do governo Bolsonaro.

"BRASIL ACIMA DE TUDO"

O lema citado tanto em discursos como em documentos oficiais pelo presidente Jair Bolsonaro (acrescido do complemento "Deus Acima de Todos") é a saudação oficial da Brigada de Infantaria Paraquedista desde janeiro de 1985. O brado foi inicialmente usado pelo grupo nacionalista Centelha Nativista, que nasceu da iniciativa de oficiais paraquedistas no início de 1969.

Ver Centelha Nativista

BOLSONÁRIO: A "NOVA POLÍTICA" DE A A Z

BRILHANTE ULSTRA

O coronel Carlos Alberto Brilhante Ulstra foi um militar que comandou o DOI-CODI em São Paulo no período de setembro de 1970 até dezembro de 1973. Em 2008, tornou-se o primeiro militar a ser reconhecido pela Justiça como torturador durante a ditadura. O coronel ganhou notoriedade em agosto de 1985, quando exercia a função de adido militar na embaixada brasileira em Montevidéu, no Uruguai, e foi reconhecido pela atriz e deputada Bete Mendes como um de seus torturadores no período em que esteve presa. A parlamentar fazia parte de uma comitiva durante a viagem oficial que o presidente José Sarney fez ao Uruguai naquele ano. Ulstra sempre negou ter praticado torturas no DOI-CODI, mas outras denúncias afirmam que o Dr. Tibiriçá — codinome de um dos torturadores citados no livro *Brasil: Nunca Mais* — seria o coronel. Em seus livros *Rompendo o Silêncio* e *A Verdade Sufocada*, no entanto, ele listou dezenas de vítimas militares e civis que foram mortas por ações de guerrilheiros e apresentou dados e detalhes da prisão de Bete Mendes, então integrante do grupo VAR-Palmares, que colocariam em contradição o relato da deputada. Ele também contou sobre várias ocasiões em que teria atuado como "educador" de jovens cooptados pela guerrilha e sobre tratamentos dignos que teria prestado a detentas, incluindo uma grávida. Em maio de 2013, durante depoimento à Comissão da Verdade, o coronel confirmou a participação no grupo de repressão ao "terrorismo", mas permaneceu em silêncio quando inquirido sobre a prática de torturas. O coronel da reserva citou em seu segundo livro apenas os deputados Bolsonaro e Wilson Leite Passos como exemplos de parlamentares que defendiam uma equidade de tratamento entre os mortos de ambos os lados nos "anos de chumbo". O amigo capitão também é lembrado em um dos livros de Ulstra com uma foto de 2004, quando foi feita em Brasília a afixação de cruzes brancas na Esplanada dos Ministérios em homenagem "às vítimas do terrorismo no Brasil". É comum Ulstra ser tratado com reverência por Bolsonaro, tendo sua memória citada até mesmo em 2016, durante o voto do então deputado federal na sessão da Câmara que decidiu pela continuidade do processo de impeachment da presidente Dilma Rousseff. "Perderam em 64. Perderam agora em 2016. Pela família e pela inocência das crianças em sala de aula, que o PT nunca teve. Contra o comunismo, por nossa liberdade, contra o Foro de São Paulo, pela memória do coronel Carlos Alberto Brilhante Ulstra, o pavor de Dilma Rousseff", disse o deputado ao dar o sim ao processo. Ulstra morreu em outubro de 2015, vítima de um câncer. Na Câmara, Bolsonaro fez um discurso breve, mas forte, sobre o coronel: "(Ulstra) enfrentou maus brasileiros, verdadeiros doentes mentais que, treinados por Fidel Castro e financiados pela União Soviética, tentaram aqui implantar a ditadura do proletariado. Perseguido após a Lei da Anistia, que só valeu para os traidores, foi também um símbolo de resistência para nossa juventude. Esperamos que seu espírito e seus valores encarnem nos brasileiros, civis e militares, neste momento em que os inimigos de ontem estão no poder hoje." Em agosto de 2019, o presidente da República recebeu a viúva de Ulstra, Maria Joseíta, em almoço no Palácio do Planalto.

BRUNA SURFISTINHA

Filme brasileiro de 2011, protagonizado pela atriz Deborah Secco e baseado no livro *O Doce Veneno do Escorpião*, biografia da ex-garota de programa Raquel Pacheco, que trabalhava com o pseudônimo Bruna Sufistinha. A película levou aos cinemas naquele ano cerca de 2 milhões de espectadores, mas só se tornou polêmica em 2019 quando o presidente Jair Bolsonaro citou o filme como símbolo de projetos cinematográficos que não deveriam mais receber "dinheiro público" por meio da Agência Nacional do Cinema (ANCINE). Para mostrar o novo direcionamento que pretende dar ao organismo de fomento do cinema nacional, o presidente indicou, no início de 2020, os nomes do colunista social Edilásio Barra, conhecido como Pastor Tutuca, e da diretora do Festival Internacional de Cinema Cristão (FICC), Veronica Brendler, para ocuparem dois cargos na diretoria colegiada da ANCINE, tradicionalmente composta por quatro pessoas. Na época, as outras duas vagas estavam com o diretor-presidente Alex Braga Muniz e com o capitão de Mar e Guerra da Marinha Eduardo Andrade Cavalcanti de Albuquerque.

AI-5 Anticomunismo
Aliança Pelo Brasil
Arminha
Aquecimento global Autoritarismo
Bilateralismo Balbúrdia
Bolsominion
"Brasil Acima de Tudo"
Brilhante Ulstra Comunismo
Conservadorismo
Decretos das armas
Desmatamento Direitos humanos
Doutrinação
Escola Sem Partido
Fascismo Fake News
Homofobia Misoginia
Olavo de Carvalho Kit gay
Ideologia de Gênero Mito
Lei Rouanet Marxismo
Nacionalismo Nazismo
Nióbio Queiroz Nepotismo
Pirralha Regime militar
Pena de morte Socialismo

C

Calha Norte

É um plano de gradual ocupação de uma extensa área de fronteira na região Norte do País elaborado pelo Conselho de Segurança Nacional em 1985, a pedido do presidente José Sarney. Segundo o site do Ministério da Defesa, que coordena o Calha Norte desde 1999, o programa já investiu desde sua criação aproximadamente R$3 bilhões em favor do desenvolvimento regional. A primeira fase do programa consistia no fortalecimento da presença militar ao longo de 6,5 mil quilômetros de fronteiras na região das calhas dos rios Amazonas e Solimões entre o Brasil, Colômbia, Venezuela, Suriname e Guiana, com obras estruturais que serviriam de base para uma efetiva ocupação pela população nacional. Segundo um artigo de autoria de Sarney no *Correio Braziliense* em julho de 1993 (quando ele já era senador da República), a determinação para a criação de um programa de desenvolvimento para a Amazônia foi motivada pelos relatos de invasão do território brasileiro por guerrilheiros e narcotraficantes oriundos da Colômbia. Segundo o senador, a intenção era transformar a região das calhas dos rios em fronteiras vivas, intensificar as relações bilaterais, estimular trocas comerciais, solidificar a presença brasileira na área e ampliar a presença da Funai junto às populações indígenas. Segundo o político maranhense, era um Plano de Desenvolvimento da Amazônia, com a preocupação de conciliar a soberania nacional com a proteção do meio ambiente. Mas o projeto foi recebido com desconfiança pelo risco de militarização da Amazônia, suspeita estimulada, segundo Sarney, por grupos internacionais interessados na exploração das riquezas naturais e na biodiversidade das áreas. Embora o discurso oficial das Forças Armadas fosse o mesmo do presidente, é fato que havia temores de infiltração política e incursões armadas na região por grupos de guerrilha armada de inspiração marxista. Também havia forte tensão na divisa com o Suriname, que naquele momento estava sob o governo socialista do general Desi Bouterse. Políticos da região Norte faziam acusações na época de que organizações não governamentais com patrocínio internacional, muitas delas ligadas a grupos religiosos, utilizavam a defesa da causa indígena como fachada para facilitar a exploração mineral ilegal. O projeto Calha Norte começou oficialmente em 1986, com a destinação de quase 1 bilhão de cruzados para a construção e melhoria de pistas de pouso e a instalação de batalhões de fronteira, mas os recursos minguaram nos anos seguintes. Em fevereiro de 1992, já sob o governo de Fernando Collor de Mello, o deputado federal Jair Bolsonaro discursou defendendo a revitalização do projeto, que, "de maneira não patriótica, continua não na geladeira, mas no congelador do governo Collor". Ele se queixou que, mesmo o governo Sarney, tinha instalado "timidamente" apenas 15 pelotões naquela região. Em maio de 1998, na gestão FHC, o capitão reformado voltou a comentar sobre o Calha Norte. "Aquela região, como todos sabem, além das riquezas minerais abundantes e inexistentes ou escassas em países de Primeiro Mundo ou em suas colônias, constitui permanente perigo para nós pelo fato de não termos competência ou coragem para explorá-la." Segundo ele, "muitos espaços estão ficando vazios na Amazônia graças a incabíveis demarcações de terras indígenas, que poderão servir para alocar populações excedentes no Primeiro Mundo". Ele aproveitou a ocasião para mais uma vez atacar a criação do Ministério da Defesa: "É muito mais difícil se dobrar um militar nas questões de interesse nacional, de soberania nacional, do que um civil. Então, poderia, por exemplo, um ministro civil, despreparado ou alçado nessa situação por critério politiqueiro, simplesmente de vez garrotear o Projeto Calha Norte, que hoje em dia sobrevive a duras penas, com parcos recursos." No mesmo discurso, deu pistas de como pode ser sua atuação na Presidência da República. "É ainda uma esperança. Caso um dia tenhamos um Presidente nacionalista e preocupado com o futuro do nosso País, poderemos reativar esse projeto. Nós, pouco a pouco, ao reativá-lo, consolidaremos nossa faixa de fronteira", afirmou. Em abril de 2003, no início da administração Lula, Bolsonaro voltou ao tema: "Está mais do que na cara que no momento não temos condições de mexer nessa questão, porque parece que os americanos têm aquela área como território seu. O que podemos fazer? A Comissão da Amazônia vem propondo que façamos uma legislação que venha não só facilitar a instalação de pelotões de fronteira de nosso Exército, como também permitir que eles sirvam de polo de colonização para garantir aquela área a nosso País. Espero que o Projeto Calha Norte não seja sepultado por incompetência legislativa ou falta de recursos no Orçamento." No mesmo espírito do projeto original, foi revelado, em fevereiro de 2019, que o governo Bolsonaro estuda a criação de um plano de ocupação da Amazônia, preliminarmente chamado de Projeto Barão de Rio Branco, que prevê três grandes obras para integrar o Calha Norte (no Pará) a centros produtivos: uma hidrelétrica em Oriximiná, uma ponte sobre o rio Amazonas e a extensão da BR-163 até o Suriname. Detalhes desse projeto foram revelados pelo site *The Intercept Brasil*, em setembro de 2019, a partir de gravações de uma mesa redonda promovida pela Secretaria Especial de Assuntos Estratégicos em abril na capital paraense. Segundo a reportagem, os participantes do debate falaram de uma preocupação do governo com a "campanha globalista" que "relativiza a soberania na Amazônia" e que usa ONGs, população indígena, quilombolas e os ambientalistas como instrumentos. A Secretaria respondeu que o programa ainda se encontra em fase de discussão e que a reunião era um debate entre diversos atores, além do governo, "especialmente as pessoas que vivem na região a ser atendida pelas iniciativas que serão propostas". Entidades indígenas já divulgaram notas de repúdio sobre o projeto, que pode prejudicar mais de 40 povos diferentes no território brasileiro, distribuídos em mais de 208 aldeias e com uma população superior a 8,7 mil pessoas.

Ver Demarcação de Terras Indígenas, Globalismo, Reserva Yanomami

Câncer Peniano

O câncer de pênis é um tipo raro da doença, com maior incidência em homens que têm 50 anos ou mais, embora possa atingir também os mais jovens. A doença está associada à má higiene íntima, à infecção pelo HPV e a homens que não se submeteram à circuncisão. Ainda na campanha eleitoral e depois como presidente, Jair

Bolsonaro citou em entrevistas e discursos os riscos dessa doença como um símbolo do que a falta de informação sobre práticas consideradas banais de higiene pode causar. Embora não seja um assunto corriqueiro comentado por políticos, a Sociedade Brasileira de Urologia confirma o dado citado por Bolsonaro de que, em média, mil homens sofrem todos os anos com a amputação total ou de parte do pênis devido à incidência da doença. Segundo o Instituto do Câncer (INCA), o câncer desse tipo representa 2% do total de casos da doença em homens no Brasil. Em 2015, foram registradas 402 mortes por esse motivo.

Cancún Brasileira

É como o presidente Jair Bolsonaro acredita que a região de Angra dos Reis (RJ) pode ficar conhecida no futuro caso sejam feitos investimentos em turismo a partir de flexibilizações da legislação ambiental. O envolvimento de Bolsonaro com a região é antigo, uma vez que ele já acampava por ali nos anos 1970 e comprou em 1990 um terreno, tendo construído uma casa na vila histórica de Mambucaba, praia próxima a Parati. Nessa época, a Costa Verde foi demarcada como Estação Ecológica de Tamoios, abrangendo as ilhas, ilhotas e parcéis da região, tornando a pesca proibida. A fiscalização só foi intensificada muitos anos depois. Pescador costumeiro na região, o então deputado federal foi flagrado com seu barco ancorado e uma linha de pesca na água no costão da Ilha de Samambaia em janeiro de 2012, recebendo do Ibama uma multa de R$10 mil, além de ser alvo de processo por crime ambiental. O caso serviu para que Bolsonaro passasse a defender todos os pescadores artesanais da região, que estariam sendo "perseguidos" há anos pelos técnicos do órgão de fiscalização. Ele apoiou os projetos de lei dos deputados Luiz Sérgio (PT-RJ) — ministro da Pesca quando Bolsonaro foi multado — e de Felipe Bornier (PSD-RJ), que liberavam embarcações particulares, pesca artesanal ou amadora, além da utilização das praias por banhistas, na ESEC Tamoios. Mas o tratamento recebido pelo capitão da reserva por parte dos fiscais do Ibama, considerado por ele ofensivo, gerou uma espécie de cruzada pessoal do futuro presidente da República. Em 2013, mesmo tendo sido o autor de várias tentativas de flexibilizar o Estatuto do Desarmamento, Bolsonaro propôs um Projeto de Decreto Legislativo para retirar dos fiscais do Ibama e do ICMBio a permissão do porte de armas. "Se aquele que vive com bandido 24 horas por dia não pode ter porte, por que o pessoal do Ibama pode ter, já que é uma região de tanta paz assim?", perguntou emuma audiência pública realizada em Angra do Reis. Em dezembro de 2018, logo após a eleição presidencial, a Superintendência do Ibama no Rio anulou a multa do futuro presidente. Uma das primeiras medidas do ministro do Meio Ambiente, Ricardo Salles, foi a revisão de todas as Unidades de Conservação do país, porque muitas delas teriam sido delimitadas "sem critério técnico". Três meses após a posse do novo presidente, o chefe do Centro de Operações Aéreas da Diretoria de Proteção Ambiental do Ibama, José Augusto Morelli (que multou Bolsonaro em 2012), foi afastado do cargo. A intenção de ampliar o turismo na região foi citada por Bolsonaro ainda na pré-campanha, em junho de 2016, durante uma reunião da Comissão de Turismo da Câmara. "O cara (turista) pega pardais na estrada (radares de velocidade), não tem segurança, e ainda há pessoal do governo para multar e esculachar aqueles que vão fazer turismo. É lógico que não vai ter turismo. Bilhões por ano são jogados fora, porque falta coragem de discutir a questão ambiental. Essa política ambiental não serve para o Brasil", afirmou. No final de outubro de 2019, após voltar de uma visita oficial a países da Ásia e Oriente Médio, Bolsonaro revelou que havia recebido promessas de investimentos no valor de US$1 bilhão para dotar a área de toda a infraestrutura necessária para a exploração turística. Ele disse ter recebido dos presidentes da Câmara, Rodrigo Maia, e do Senado, Davi Alcolumbre, sinais positivos sobre uma possível aprovação de projeto de lei para revogar decretos de proteção ambiental em Angra dos Reis. Segundo ele, a região pode ser "o maior centro turístico da América do Sul".

Capitão de Artilharia

Posto máximo alcançado por Jair Bolsonaro no Exército Brasileiro até passar para a reserva remunerada em 1988 devido a sua candidatura ao cargo de vereador no Rio de Janeiro.

Carlos Lamarca

Capitão do Exército brasileiro e militante da Vanguarda Popular Revolucionária (VPR) que desertou e se tornou guerrilheiro durante o regime militar. Lamarca servia no 4º Regimento de Infantaria de Quitaúna, em São Paulo, quando em 1969 furtou — com a ajuda de outros militantes — algumas dezenas de fuzis FAL, metralhadoras, revólveres e munição para serem usados no treinamento e em ações de guerrilha. O campo de treinamentos, localizado no Vale do Ribeira (SP), foi descoberto pelos militares, que mobilizaram um enorme contingente para a região. Entre as possíveis rotas de fuga dos militantes da VPR estava Eldorado Paulista, onde vivia a família de Bolsonaro. Então com 15 anos, o futuro capitão, deputado federal e presidente da República ficou impressionado com a movimentação e chegou a se oferecer para passar à tropa informações sobre a região, que conhecia bem porque costumava andar pela mata para extrair palmito. Foi das mãos de um dos militares envolvidos na ação antiguerrilha que Bolsonaro recebeu um prospecto com instruções para o ingresso na Escola Preparatória de Cadetes do Exército. O futuro presidente da República já relatou por diversas vezes que era possível na época ouvir disparos vindos da mata, fruto de combates entre os guerrilheiros e as tropas federais. "Com 15 anos de idade, eu estava na Praça Nossa Senhora da Guia, em Eldorado Paulista, quando passou um caminhão, vindo do interior. Dentro, estava o ex-capitão Lamarca, com um bando de marginais, meteu fogo para tudo quanto é lado. Seis soldados foram fe-

Bolsonário: A "Nova Política" de A a Z

ridos e uma senhora levou um tiro na perna", lembrou em um discurso em agosto de 2013. Lamarca escapou do cerco, continuou na clandestinidade e foi morto em 1971, no interior da Bahia. Em 1996, a Comissão Especial de Mortos e Desaparecidos Políticos do Ministério da Justiça aprovou uma indenização para a família de Lamarca e de outro guerrilheiro, Carlos Marighela, o que gerou forte reação contrária de Bolsonaro. "O sr. Carlos Lamarca não passa de um traidor, safado, sem-vergonha, um péssimo exemplo para a juventude brasileira, de uma maneira geral, e um péssimo exemplo para as Forças Armadas. E quem o defende é mais vagabundo do que ele", disse em 12 de julho de 1996. Quase dez anos depois, a Comissão de Anistia decidiu promover o guerrilheiro morto ao posto de general, elevando o valor da pensão para sua viúva. O deputado Bolsonaro criticou a decisão, porque o capitão Lamarca não havia sido expulso do Exército, mas desertado. Por diversas vezes, o capitão da reserva citou o assassinato do tenente Alberto Mendes Júnior pelo grupo de Lamarca durante o cerco no Vale do Ribeira como prova de seu desprezo pela vida humana. O militar se ofereceu como refém aos guerrilheiros em troca da liberdade de soldados subordinados a ele e, depois, foi morto a coronhadas para evitar que fornecesse informações sobre o destino dos revoltosos.

Ver Dia da Covardia e da Traição, Comissão da Verdade, Comissão Especial de Mortos e Desaparecidos Políticos

Cavalão

Apelido que Jair Bolsonaro ganhou ainda quando cursava a Academia Militar das Agulhas Negras devido a seu desempenho nas atividades físicas. Suas biografias contam que ele foi recordista em corrida de 4km fardado e que se especializou em pentatlo militar, competição que une tiro, natação com obstáculos, corta-mato, lançamento de granadas e corrida com obstáculos. Em sua ficha consta que em 1982, quando cursava a Escola de Educação Física do Exército (EsEFEx), Bolsonaro foi o primeiro classificado em uma turma de 45 capitães e tenentes.

Caverna do Diabo

Ponto turístico localizado no parque estadual de mesmo nome dentro do município de Eldorado (SP), onde Jair Bolsonaro passou parte de sua infância e adolescência. É a maior caverna do estado de São Paulo, com 6,2 mil metros de extensão, sendo 600 metros abertos para visitação. Também é conhecida como Gruta da Tapagem. Bolsonaro citou a atração turística em um de seus primeiros discursos na Câmara dos Deputados, em 8 de março de 1991.

C

Centelha Nativista

Grupo nacionalista criado no início de 1969 por oficiais paraquedistas, ainda no início da vigência do AI-5. Segundo artigo do Coronel Cláudio Tavares Casali, os integrantes defendiam o "nacionalismo não xenófobo", o "amor ao Brasil" e o uso de meios que reforçassem "a identidade nacional", evitando "a fragmentação do povo pela ideologia (...) da velha luta de classes do marxismo". Eles adotaram como símbolo um raio com as cores verde e amarela, uma oração que terminava com o brado "Brasil Acima de Tudo" e uma carta de princípios que defendia "ordem", "disciplina", "progresso", "harmonia de classe por meio da distribuição de renda", "estímulo à iniciativa privada" e rigor na "punição dos crimes contra o povo, o Estado e a Nação". Integrantes do Centelha elaboraram um fracassado plano no final daquele ano para impedir a decolagem do avião com presos políticos usados como troca pelo embaixador norte-americano Charles Elbrick, sequestrado por integrantes das organizações de esquerda ALN e MR-8. Após esse insucesso, o grupo invadiu um prédio da *Radio Nacional* e leu um manifesto considerando a libertação dos prisioneiros "um ato de fraqueza" do regime vigente. O Centelha também tentou interferir sem êxito na sucessão do marechal Costa e Silva ao defender o nome do general Afonso Augusto de Albuquerque Lima para a Presidência da República a partir de uma sublevação que se iniciaria em Salvador (BA). Derrotados, vários dos integrantes foram transferidos para outros estados. A medida enfraqueceu o grupo nas altas esferas do poder, mas serviu para a conquista de adeptos em outros quartéis, segundo o artigo do coronel Casali.

Ver "Brasil Acima de Tudo"

Césare Battisti

Ex-ativista italiano de extrema esquerda capturado pela Polícia Federal, no Rio de Janeiro, em março de 2007. O Supremo Tribunal Federal autorizou a operação de captura devido a um pedido de extradição feito pelo governo italiano, porque Battisti fora condenado, na década anterior, à prisão perpétua por crime cometido no país durante os anos 1970. O fugitivo internacional militava no grupo Proletários Armados pelo Comunismo (PAC), ligado às Brigadas Vermelhas — organização responsável pelo sequestro e morte do ex-premiê italiano Aldo Moro em 1978. As acusações contra Battisti eram de participação em ações armadas do PAC que causaram a morte de quatro pessoas entre 1978 e 1979. O ex-militante fugiu da prisão em 1979, passou um período escondido no México e se estabeleceu na França em 1990, favorecido pela Doutrina Mitterrand, que não reconhecia pedidos de extradição por motivos políticos. Battisti viveu como escritor em terras francesas até 2004, quando uma mudança na orientação política do país colocou seu asilo em risco. Enquanto a Justiça francesa debatia seu caso e ele estava em liberdade vigiada, Battisti fugiu para o Brasil. Após sua captura pela PF, seu caso virou mais um ponto de atrito entre políticos de esquerda e de direita brasileiros, além de gerar debates entre juristas que divergiam sobre uma possível autorização para a entrega de sua custódia ao governo italiano. Isso criou embaraços diplomáticos para o Brasil que se estenderam até 2019. O pedido de extradição do italiano chegou ao STF em maio de 2008 e o ministro Tarso Genro concedeu status de refugiado político a Césare Battisti em janeiro de 2009 — mesmo com parecer contrário emitido pelo Comitê Nacional para os Refugiados (CONARE). Em fevereiro daquele ano, Jair Bolsonaro discursou criticando a decisão de Genro e afirmando que os crimes cometidos por Battisti nada tinham de políticos, assim como os cometidos pela esquerda brasileira durante o regime militar. Ele afirmou ainda que o Brasil não podia passar essa mensagem de conivência com o crime. "Sou o primeiro a falar (sobre o caso) para mostrar aos italianos que nós não somos coniventes com a marginalidade, com a criminalidade, com a indecência, com a imoralidade, com assassinatos, com sequestros, com homicídios. Nós defendemos o bem. Mas, lamentavelmente, este governo, composto por alguns sequestradores e homicidas, defende esses bandidos internacionais." O deputado foi relator de um projeto para modificar a legislação sobre a concessão de asilo político no país para pessoas que cometessem crimes cujas penas estão previstas no Código Penal brasileiro. Seu parecer foi favorável ao projeto. O STF começou a julgar o pedido de extradição em setembro de 2009 e decidiu, em novembro, que o status de refugiado era ilegal, mas deixou a decisão final com o presidente Lula, por prerrogativa constitucional. Em um de seus últimos atos como presidente, em dezembro de 2010, Lula negou a extradição. Um recurso do governo italiano foi apreciado em junho de 2011 no STF, que manteve a decisão do ex-presidente brasileiro e ordenou a libertação do ex-ativista italiano. A situação jurídica de Battisti se complicou após o impeachment de Dilma Rousseff, em 2016. No ano seguinte, já sob o governo Temer, o processo de extradição foi reaberto no STF e, em outubro, ele foi detido pela PF em Corumbá (MS) por suspeita de evasão de divisas, ao tentar entrar na Bolívia com 2 mil euros e US$5 mil em espécie. Ele ficou em liberdade vigiada, com uso de tornozeleira eletrônica até abril de 2018, quando obteve um *habeas corpus* no STJ. Naquele mês, foi denunciado pelo Ministério Público de São Paulo por ter dado endereço falso na documentação para seu casamento em 2015. O avanço de Bolsonaro nas pesquisas de intenção de votos para a Presidência da República também elevou o risco de prisão para o ex-ativista. Nessa época, em um almoço com embaixadores em Brasília, o candidato do PSL prometeu Battisti como "presente" para um diplomata italiano. Em outubro, pouco antes do segundo turno das eleições, o futuro presidente reafirmou via Twitter o compromisso de "extraditar o terrorista amado pela esquerda brasileira". Também na rede social, o líder da extrema direita da Itália, Matteo Salvini, pediu a extradição do "terrorista vermelho" na mesma mensagem em que parabenizou o capitão da reserva pela vitória na eleição. Em dezembro de 2018, o ministro Luiz Fux, do STF, determinou a prisão cautelar para fins de extradição de Battisti. Novamente foragido, o italiano foi capturado por agentes da Interpol e da polícia boliviana em Santa Cruz de la Sierra, em 12 de janeiro de 2019. A Polícia Federal brasileira chegou a mandar um avião para a Bolívia, mas as autoridades locais

C

decidiram enviá-lo diretamente para a Itália, para cumprir o restante de sua pena. Em março, quando Battisti confessou pela primeira vez sua participação nos crimes, Bolsonaro escreveu no Twitter que o italiano era um "herói da esquerda que vivia em colônia de férias no Brasil proporcionada pelo governo do PT e por suas linhas auxiliares (PSOL, PCdoB e MST)". Em seu discurso na abertura da Assembleia Geral das Nações Unidas em setembro de 2019, o presidente citou o caso Battisti para ilustrar a nova orientação do Brasil nos casos de asilo político: "Terroristas sob o disfarce de perseguidos políticos não mais encontrarão refúgio no Brasil."

Chacina da Candelária

Episódio de repercussão internacional ocorrido na madrugada de 23 de julho de 1993 na cidade do Rio de Janeiro. Oito menores de rua foram assassinados a tiros enquanto dormiam sob uma marquise próxima à Igreja da Candelária, no centro da cidade. As investigações apontaram para a participação de policiais militares e de ex-PMs como autores do crime, que teria sido cometido em represália à depredação de uma viatura horas antes. No mês seguinte, em 11 de agosto, o deputado Jair Bolsonaro apresentou um projeto de lei acrescentando ao Estatuto da Criança e do Adolescente (ECA) artigos que autorizavam o recolhimento obrigatório de menores que estivessem residindo nas vias públicas de forma errante e fora da guarda dos pais ou responsáveis, podendo ser usada até a força policial para tal fim. Na justificativa do projeto, o deputado afirmava que o Estatuto concedia aos menores uma série de benefícios que, "infelizmente, situam-se no campo da utopia social". No texto, ele argumentava que a situação do país gerava desagregação da família e lançava às ruas milhares de crianças vagando em um ambiente de opressão, o que as levava à delinquência. A referência à Candelária está implícita no trecho que diz: "A violência que ele (o menor) pratica se volta contra a sociedade e faz esta se revoltar contra ele." E ainda: "Não podemos permitir que hordas de menores famintos e revoltados agridam a sociedade e se percam para o futuro." Em outubro de 1993, o projeto recebeu parecer contrário da Comissão de Segurança Social e Família da Câmara. Foi arquivado em fevereiro de 1995. Bolsonaro voltou a se referir ao episódio em 2014, no contexto de discutir propostas de redução da maioridade penal. Em fevereiro daquele ano, ele relembrou que "uns menores vagabundos praticavam assaltos, roubos, com caco de vidro no pescoço de motoristas" e que "alguém aloprou, foi à noite lá e alguns desses marginais acabaram sendo mortos; alguns sobreviveram". Entre esses sobreviventes da Candelária estava Sandro Barbosa do Nascimento, que em junho de 2000, já com 21 anos, foi o responsável pelo sequestro do ônibus 174, em um caso que sensibilizou o país. Sandro manteve 10 pessoas reféns por horas e executou uma professora com três tiros. Baleado e preso, chegou sem vida ao hospital. "Se esse menor tivesse cumprido uma pena séria, com toda a certeza aquele crime não teria ocorrido lá na Candelária e, ele estando preso, não teria executado uma professora inocente alguns anos depois", afirmou o deputado em discurso.

Ver Controle de Natalidade, Maioridade Penal

Comissão Especial de Mortos e Desaparecidos Políticos

Órgão de Estado criado em dezembro de 1995 e subordinado à Secretaria de Direitos Humanos da Presidência da República. Tem como finalidade o reconhecimento de pessoas mortas ou desaparecidas em razão de violações aos direitos humanos ocorridas após o golpe civil-militar de 1964, os esforços para a localização dos corpos de mortos e desaparecidos e a emissão de pareceres sobre os requerimentos relativos a indenizações solicitadas por familiares dessas vítimas. Ainda em agosto de 1995, durante a tramitação do projeto que criava a comissão, Jair Bolsonaro discursou contra sua aprovação, chamando as manifestações de apoio a essa causa de "vergonhoso ato de revanchismo patrocinado pela esquerda burra e retrógrada". O projeto contemplava, segundo o deputado, com polpudas indenizações, os familiares daqueles que no passado "quiseram entregar o Brasil ao regime comunista". A CEMDP iniciou seus trabalhos em 1996, mesmo ano em que o jornal *O Globo* publicou uma série de reportagens sobre a guerrilha do Araguaia, a partir de documentos fornecidos por uma fonte das Forças Armadas. Isso aumentou a pressão de setores da sociedade pela localização e identificação de restos mortais de vítimas do regime militar. Jair Bolsonaro fez vários pronunciamentos públicos contra o que ele considerava uma tentativa de transformar em heróis os guerrilheiros, chamados por ele de terroristas. Ele acusou a comissão, por exemplo, de obter depoimentos de moradores da região do Araguaia contrários ao Exército em troca das indenizações que foram garantidas por lei. Em tom de provocação, afixou cartaz na porta de seu gabinete na Câmara com os dizeres "quem procura osso é cachorro". Já como presidente, Bolsonaro realizou, em 2019, uma intervenção na comissão, trocando integrantes. O ato foi considerado uma represália contra a gestão da CEMDP que cobrou o presidente por declarações sobre a morte do militante da Ação Popular (AP) Fernando Santa Cruz, desaparecido em 1974. Fernando era pai do presidente da OAB Felipe Santa Cruz, que virou desafeto do presidente ao defender o advogado de Adélio Bispo de Oliveira, autor do atentado à faca contra Bolsonaro. "Um dia, se o presidente da OAB quiser saber como é que o pai dele desapareceu no período militar, eu conto pra ele. Ele não vai querer ouvir a verdade", afirmou o presidente. Ele sugeria que o militante teria sido morto por integrantes da própria AP, em um "justiçamento". Dias depois, a comissão emitiu uma retificação do atestado de óbito de Fernando Santa Cruz, reconhecendo que sua morte ocorreu "em razão de morte não natural, violenta, causada pelo Estado Brasileiro". Sobre as mudanças, o presidente declarou: "O motivo é que mudou o presidente, agora é o Jair Bolsonaro, de direita. Ponto final. Quando eles botavam terrorista lá, ninguém falava nada. Agora mudou o presidente."

*Ver Carlos Lamarca, **Comissão Nacional da Verdade**, Guerrilha do Araguaia*

C

Comissão Nacional da Verdade

Comissão temporária criada por lei em 2011 e instituída em 2012 para investigar violações aos direitos humanos praticadas em decorrência de motivação política em períodos de exceção no Brasil. O 3º Plano Nacional de Direitos Humanos (PNDH-3), editado em 2009 pelo governo Lula, trouxe como um dos eixos orientadores o direito à memória e à verdade, definindo que a investigação do passado é fundamental para a construção da cidadania. Para dar andamento a esse resgate da memória, que ganhou força desde o início dos anos 1990 pela persistência de familiares de mortos e desaparecidos durante o regime militar, o PNDH-3 previu a elaboração de um projeto de lei para que fosse criada uma Comissão Nacional da Verdade, que examinaria violações dos direitos humanos praticadas no contexto de repressão política durante aquele período. O projeto seguia o exemplo de outros países latino-americanos que passaram por ditaduras militares: a comissão da Argentina, por exemplo, foi criada em 1984, e a do Chile, em 1991. O Brasil já havia conseguido, durante o governo FHC, o reconhecimento dos crimes cometidos pelo regime e a indenização para vítimas e familiares, mas o novo projeto trouxe a possibilidade até da revisão da Lei da Anistia, com punição criminal, o que revoltou vários comandantes militares, políticos e historiadores. Pressionado, Lula amenizou o texto do projeto, trocando a expressão "apurar" para "examinar" e o governo não fez muita força para aprová-lo em 2010, devido à campanha presidencial. O sinal verde só aconteceu em novembro de 2011 — os trabalhos começaram em maio de 2012 e sua duração foi prorrogada até o final de 2014. O relatório definitivo foi entregue à presidente Dilma Rousseff e ao Conselho Nacional da Ordem dos Advogados do Brasil (OAB) em 10 de dezembro de 2014. Nos compêndios, foram registrados 434 casos de mortes e desaparecimentos de militantes políticos e 377 pessoas foram responsabilizadas pelos crimes, incluindo presidentes e ministros militares. Jair Bolsonaro sempre se opôs à criação da comissão, chegando a defini-la como "Comissão da Calúnia", ainda em 2009. A argumentação era que haveria desequilíbrio na escolha dos integrantes, o que traria vícios na investigação. Ele também cobrava que fossem apurados não só crimes e violações cometidos pelos órgãos de repressão do regime militar, mas também pelos militantes de esquerda, que promoveram assaltos, atentados, assassinatos e "justiçamentos" entre os anos 1960 e 1970. Os clubes Naval, Militar e da Aeronáutica publicaram, na mesma época do relatório da comissão, uma lista de 126 pessoas, civis e militares, que foram mortas durante ações da luta armada contra o regime. Em fevereiro de 2010, o deputado fez um de seus discursos mais inflamados contra a criação da Comissão: "Vamos acabar com essa história de preso político, de torturado político. Nenhum deles diz por que foi torturado. Muitos o foram, sei que foram. Mas, em meu entender, faltou executá-los. E, agora, eles voltaram. Costuma-se dizer que prostituta não se aposenta; bandido também não se aposenta. Eles voltaram a delinquir agora com uma caneta na mão, com paletó e gravata." Em abril, em uma reunião da Comissão de Direitos Humanos que convidou o ministro da pasta, Paulo Vannuchi, para debater a criação do grupo que investigaria esse passado recente da vida nacional, Bolsonaro acusou o desequilíbrio na escolha da equipe: "Eu volto à questão da composição da Comissão. Eu não posso admitir que latrocidas, torturadores, sequestradores, assaltantes, terroristas se transformem em presos e desaparecidos políticos muito bem remunerados. Isso eu não posso admitir. E esta Comissão vai levar ao endeusamento desse pessoal", alertou. Vannuchi contra-argumentou que a composição do grupo seria de atribuição do Legislativo e que a comissão não teria função judicial ou punitiva: "Aqui ninguém está olhando para o retrovisor", afirmou o ministro. Em 2011, a proposta apresentada pelo governo previa a escolha de dois nomes indicados por partidos de oposição de um total de sete integrantes. Entre 2012 e 2013, Bolsonaro foi à tribuna várias vezes para questionar a isenção desses participantes. Ele destacava que Paulo Sérgio Pinheiro, professor de Ciência Política, não poderia presidir a comissão, porque havia sido o criador do projeto da mesma. Além disso, a psicanalista Maria Rita Kehl fora editora do jornal de esquerda *Movimento*, o juiz Gilson Dipp e os advogados José Cavalcanti Filho e Rosa Maria Cunha defenderam presos políticos no regime militar e o ex-procurador da República Claudio Fonteles fora membro da Ação Popular no período. O ex-ministro da Justiça no governo FHC, José Carlos Dias, era criticado por Bolsonaro por ter redigido, em 1977, a *Carta aos Brasileiros*, repudiando a ditadura. Em março de 2016, durante uma discussão no plenário com o deputado petista Carlo Zarattini, Bolsonaro voltou a se referir à comissão: "Veredito da Comissão da Verdade não vale. Sete patetas integraram a Comissão da Verdade! Todos foram indicados por Dilma Rousseff."

Ver Carlos Lamarca, Comissão Especial de Mortos e Desaparecidos Políticos

Comunismo

Segundo a teoria marxista, é um estágio de desenvolvimento da sociedade que se caracteriza por uma economia de abundância, com a abolição da propriedade privada, das classes sociais, da divisão do trabalho e da necessidade de forças opressoras do Estado. Esse modelo seria uma evolução da sociedade socialista, que, por sua vez, emergiria da inevitável substituição do modelo capitalista pela ditadura do proletariado. Como essa doutrina foi formulada a partir de conceitos como a visão materialista da história e da pregação da luta de classes, o ideário comunista sempre foi combatido pelos defensores do conservadorismo — em especial, o religioso — e do liberalismo econômico.

Ver Anticomunismo, Conservadorismo, Socialismo

Conexão Baiana

Foi como Jair Bolsonaro se referiu aos deputados baianos Jonival Luca, Jairo Azi e Sérgio Brito, acusados de terem recebido dinheiro em 1993 para se filiarem ao Partido Social Democrático (PSD), que buscava um número mínimo de parlamentares para lançar um candidato presidencial no ano seguinte. O esquema foi comandado por Onaireves Moura (Paraná) e Nobel Moura (Rondônia) e denunciado por Álvaro Dias, que presidia o PP. Os valores envolveram quantias de US$50 a US$100 mil e oito deputados teriam aceitado o acordo. Bolsonaro chegou a assinar uma ficha de inscrição no partido, mas recuou quando soube que havia um esquema de compra de filiados. Então no PPR, ele afirmou ter sido procurado na época por representantes do partido e que chegou a receber um convite para reunião em São Paulo, onde seria fechado o acordo, envolvendo uma empreiteira não especificada e o governador paulista Luiz Antônio Fleury Filho. Ele se negou a comparecer a essa reunião e foi chamado como testemunha pela Corregedoria-Geral da Câmara. Onaireves e Nobel tiveram seus mandatos cassados no final de 1993. A Casa também cassou o mandato de Itsuo Takayama (MT), que trocou o PP pelo PSD após o pagamento de US$30 mil.

Conservadorismo

Visão política que defende a preservação e a continuidade das tradições, embora aceite as mudanças contingentes da sociedade, sem rupturas. Essa linha de pensamento surgiu das críticas que pensadores como o irlandês Edmund Burke fez das ideias iluministas que desembocaram na Revolução Francesa de 1789 e ganhou adaptações por situações políticas de diferentes épocas e locais. Um conservador acredita que a sociedade é orgânica, baseada em valores tradicionais que devem ser respeitados e que a desigualdade nas relações sociais é algo natural. Tentativas de modificar essa realidade concreta a partir de ideias abstratas, portanto, seriam um convite à desordem e à destruição dos valores da sociedade.

Ver CPAC, Neoconservadorismo

Controle de Natalidade

Um dos temas mais debatidos pelo deputado federal Jair Bolsonaro, que defendeu, desde o primeiro mandato, que procedimentos de controle de natalidade ou de planejamento familiar podem e devem ser usados para prevenir problemas como "violência, fome e miséria". No Congresso Nacional, proposições nesse sentido foram apresentadas já nos anos 1980, muitas vezes criticadas pela Igreja Católica. Com a promulgação da Constituição de 1988, começaram a surgir propostas para regulamentar o parágrafo 7 do Artigo 226, que trata especificamente desse assunto: "O planejamento familiar é livre decisão do casal, competindo ao Estado propiciar recursos educacionais e científicos para o exercício desse direito, vedada qualquer forma coercitiva por parte de instituições oficiais ou privadas." Sem a devida regulamentação, os abusos dessa prática tornaram-se comuns, especialmente em regiões mais pobres. Em 1992, foi criada uma comissão parlamentar de inquérito para investigar esterilizações em massa que estariam ocorrendo em território nacional. Os depoimentos de médicos e especialistas reacenderam o debate e incentivaram novos projetos a respeito, um deles de Bolsonaro (PL 4322/93) assegurando aos casais o direito a cirurgias de laqueadura tubária e vasectomia na rede pública. No entanto, foi um projeto anterior (PL 209/91) do então petista Eduardo Jorge que avançou tanto na Câmara como no Senado, sendo transformado em lei em 1996, com ressalvas de que as cirurgias só poderiam ser realizadas em adultos com mais de 25 anos, em casais com dois filhos e nunca durante a gestação, parto ou pós-parto. O presidente Fernando Henrique Cardoso vetou alguns artigos, tendo sido criticado até pela primeira-dama Ruth Cardoso. Em sessão conjunta, o Congresso derrubou os vetos e a lei entrou em vigor em janeiro de 1996. A partir de 2001, Bolsonaro passou a defender que a idade mínima para a autorização das cirurgias pudesse ser reduzida para 21 anos e até 18 anos, além do fim da exigência de número de filhos. A convicção de que essas medidas seriam essenciais para reduzir a pobreza e a miséria no país foi um dos motivos alegados por Bolsonaro para ter sido o único deputado a votar contra o projeto que criava o Fundo de Erradicação da Pobreza em dezembro de 2000, considerado um embrião do Bolsa Família. O deputado também alegou que não concordava com a origem dos recursos — que consistia na elevação da alíquota da CPMF e do IPI — e que duvidava de sua destinação final. Em fevereiro de 2007, no contexto da defesa do projeto que reduzia a maioridade penal para 16 anos, Bolsonaro voltou a citar o controle de natalidade como medida para conter a violência: "Minha esposa fez laqueadura. E daí? Não devo satisfação a ninguém. Paguei, ela fez. (...) Quem não tem recursos continua parindo, fazendo cada vez mais filhos, de forma inconsequente, o que gera violência. Não temos como educar essa molecada." Projetos idênticos ou similares foram apresentados por toda a família Bolsonaro nas últimas décadas: pela ex-esposa Rogéria e o filho Carlos, na Câmara Municipal do Rio de Janeiro; pelo filho mais velho, Flávio, na Alerj; e pelo deputado federal Eduardo, ·m seu primeiro mandato. Curiosamente, Bolsonaro revelou, durante a campanha presidencial, ter revertido uma vasectomia a pedido da atual esposa, Michelle, o que possibilitou o nascimento de sua filha caçula, Laura. Em 30 de janeiro de 2020, o ·residente voltou a se submeter a um novo procedimento de vasectomia.

Ver Rogéria Nantes Bolsonaro, "Zero 1", "Zero 2", "Zero 3"

Corporativismo

Organização social na qual decisões políticas, econômicas e sociais são tomadas ou influenciadas por grupos corporativos, que podem ser segmentos econômicos, sindicatos, partidos políticos e igrejas, entre outras fontes de pressão e lobby. A relação de Jair Bolsonaro com práticas corporativistas é dúbia, uma vez que ele critica há décadas as corporações partidárias, mas defende, desde antes da vida política, os interesses da classe militar. Como presidente, tem tomado decisões influenciadas por grupos como associações de empresários e líderes religiosos.

C

CPAC

A Conservative Political Action Conference (CPAC) é a principal reunião dos conservadores nos Estados Unidos e acontece desde 1974. É o momento no qual as pessoas ligadas à nova direita aproveitam para trocar informações, elaborar e compartilhar estratégias e pautar os discursos para as eleições presidenciais e parlamentares. A iniciativa surgiu em um período no qual a direção do Partido Republicano ainda se recuperava dos efeitos da renúncia do vice-presidente Spiro Agnew, em 1973, por acusações de corrupção, e enfrentava as investigações a respeito do escândalo Watergate, que acabaria por derrubar também o presidente Richard Nixon. A linha considerada populista e moderada do governo Nixon, mantida depois pelo vice Gerald Ford, desagradava de tal forma aos conservadores que crescia a intenção de se criar um terceiro partido nos EUA. A principal celebridade política da CPAC em seu princípio era o governador da Califórnia Ronald Reagan, cujos históricos discursos nas primeiras reuniões anuais serviram para sedimentar não só as bases do grupo, mas também da campanha presidencial que o levou à Casa Branca nas eleições de 1980. A linha econômica adotada de redução do tamanho do Estado, cortes de impostos e desregulamentação dos mercados é usada ainda hoje como manual por vários políticos de direita em todo o mundo. A CPAC continuou a influir na vida política dos norte-americanos nas décadas seguintes. Foi em seus eventos que prosperou uma linha mais radical dos republicanos, chamada de Tea Party, que tinha a ex-governadora Sarah Palin entre seus expoentes. Foi na CPAC de 2011 que Donald Trump classificou a si mesmo como conservador e anunciou que concorreria à presidência. A aproximação da família Bolsonaro com ideólogos conservadores dos EUA, como o ex-estrategista de Trump, Steve Bannon, facilitou a importação do evento para o Brasil. Entre os dias 11 e 12 de outubro de 2019, a CPAC Brasil reuniu em São Paulo mais de mil participantes, que ouviram palestras de Eduardo Bolsonaro, dos ministros Ernesto Araújo, Abraham Weintraub, Damares Alves e Onyx Lorenzoni, de intelectuais e convidados como a ex-jogadora de vôlei Ana Paula Henkel.

Ver Alt-Right, Conservadorismo, Neoconservadorismo, Nova Direita

AI-5 Anticomunismo
Aliança Pelo Brasil
Arminha
Aquecimento global Autoritarismo
Bilateralismo Balbúrdia
Bolsominion
"Brasil Acima de Tudo"
Brilhante Ulstra Comunismo
Conservadorismo
Decretos das armas
Desmatamento Direitos humanos
Doutrinação
Escola Sem Partido
Fascismo Fake News
Homofobia Misoginia
Olavo de Carvalho Kit gay
Ideologia de Gênero Mito
Lei Rouanet Marxismo
Nacionalismo Nazismo
Nióbio Queiroz Nepotismo
Pirralha Regime militar
Pena de morte Socialismo
D

Decoro Parlamentar

Termo jurídico usado para caracterizar um esperado modo de comportamento de um político dentro de preceitos e limites pré-estabelecidos. No caso da Câmara dos Deputados, há um Código de Ética e Decoro Parlamentar para orientar o comportamento dos legisladores e para detalhar os procedimentos disciplinares e as penalidades aplicáveis em caso de descumprimento de tais normas. Existe uma lista de procedimentos considerados incompatíveis com o decoro parlamentar e puníveis com a perda do mandato: abusar das prerrogativas constitucionais, receber vantagens indevidas no exercício da atividade parlamentar, realizar acordo financeiro envolvendo a posse de suplente, fraudar o andamento do trabalho legislativo para alterar o resultado de alguma deliberação, omitir ou falsear informações relevantes sobre bens e interesses patrimoniais e praticar irregularidades graves que afetem a dignidade da representação popular. Outra série de condutas impróprias faz parte da lista, como perturbação da ordem das seções, prática de ofensas físicas ou morais e fraude no registro de presença nas sessões. Mas esses atos acabam por gerar penas mais brandas, como advertência, censura verbal ou escrita e perda temporária do mandato. Devido ao estilo agressivo e contestador, Bolsonaro foi diversas vezes acusado de quebra de decoro. Em 1993, por ter defendido o fechamento do Congresso Nacional; em 1995, por ter causado confusão em uma sessão da Comissão do Trabalho que ouvia o ministro da Administração Luiz Carlos Bresser Pereira e chamado o colega Wigberto Tartuce de "sem-vergonha"; em 1999, por reafirmar em uma entrevista à TV Bandeirantes que o regime militar deveria ter fuzilado Fernando Henrique Cardoso; em 2009, por ter afixado um cartaz na porta de seu gabinete comparando com cachorros quem buscava os restos mortais dos guerrilheiros na região do Araguaia; em 2011, por ter interpretadas como racistas e homofóbicas declarações dadas ao programa CQC; em 2013, por ter trocado empurrões com o senador Randolfe Rodrigues (PSOL) em frente à antiga sede do DOI-CODI no Rio de Janeiro; em 2014, por repetir que não estupraria a deputada Maria do Rosário porque ela "não merecia"; e, em 2016, por ter dedicado seu voto pela admissibilidade do processo de impeachment de Dilma Rousseff ao coronel Brilhante Ustra, acusado de ter praticado torturas durante o regime militar. As únicas penas a que Bolsonaro foi submetido por expressar opiniões foram de censura verbal. Ele próprio afirmou que se policiava para evitar novas representações. Em 2001, comentou: "Sempre critiquei o Congresso Nacional. Agora, critico com mais polidez, senão serei cassado; já respondi a cinco processos e seria cassado no sexto."

Ver Fujimorização

Decretos das Armas

Promessa de campanha de Jair Bolsonaro, a flexibilização do porte de armas constava no programa oficial de governo entregue ao Tribunal Superior Eleitoral (TSE) em 2108 e passou a ser tratada como questão de honra para o presidente, tanto que, entre janeiro e outubro de 2019, oito decretos e um projeto de lei do Executivo foram enviados ao Congresso Nacional tratando do tema. O primeiro decreto (9.685) ampliou a permissão para a aquisição de armas em situações de "efetiva necessidade" e incluiu entre os beneficiários as categorias de servidores públicos antes não contempladas com a liberação do porte, além dos residentes em áreas rurais e em áreas urbanas com elevados índices de violência. Em 7 de maio, foi publicado novo decreto (9.785), que ampliou as possibilidades de porte: a duração da licença passava de cinco para dez anos; categorias profissionais como políticos, caminhoneiros, advogados e jornalistas foram incluídas no texto; e havia a previsão de que civis receberiam autorização para possuir armas e munições antes restritas às Forças Armadas, como fuzis. Na época, Bolsonaro afirmou que o decreto mais amplo havia sido feito "no limite da lei". Segundo o presidente, não era uma política pública, mas um "direito individual do cidadão à legítima defesa" que estava sendo atendido. Ele também citou que a maioria da população queria essa flexibilização, embora uma pesquisa do Datafolha realizada em abril apontasse que 64% dos brasileiros concordavam com as restrições ao porte de armas. O novo decreto passou a ser atacado não só por políticos e organizações que apoiavam o desarmamento, como também por parlamentares que viam na edição das medidas uma usurpação de competências do Poder Executivo. Duas semanas depois, o governo revogou a norma anterior e publicou outra, atenuando concessões consideradas excessivas, como a permissão para armas de grosso calibre e a liberação de locais de prática de tiro para menores — que só foi aberta a adolescentes acima de 14 anos e com a permissão de dois responsáveis. Em junho, no entanto, diante da decisão do STF sobre a inconstitucionalidade dos textos e da solicitação do Senado pela suspensão dos decretos em vigor, o governo Bolsonaro revogou as resoluções, editando outros três decretos menos abrangentes. Também foi enviado um projeto de lei para "diminuir a subjetividade" da autorização do porte de armas.

Ver Desarmamento

Demarcação de Terras Indígenas

A preocupação com o direito originário dos povos indígenas às terras por eles ocupadas remete à época do Império. O Alvará Régio de 1860 registrou que os "ditos gentios", os índios, eram os primários e naturais senhores das terras, que essas não podiam ser tomadas deles. Segundo a FUNAI, esse direito consagrado, ainda no início do processo de colonização, foi mantido no sistema legal brasileiro, por meio da Lei de Terras de 1850, das Constituições de 1934, 1937, 1946 e da Emenda de 1969, além da Lei nº 6.001/73, chamada de Estatuto do Índio. Todo esse marco regulatório anterior foi consagrado no capítulo dos direitos territoriais indígenas da Constituição de 1988. Antes da atual Carta, considerava-se como moradia fixa do índio apenas a área associada ao trabalho agrícola, sem levar em conta a necessidade de extensões mais amplas que o contorno próximo das aldeias para outras atividades naturais dos povos, como caça, pesca e coleta. Eram as chamadas "ilhas". Só depois de 1988 é que o princípio da diversidade

Bolsonário: A "Nova Política" de A a Z

cultural como valor passou a ser respeitado e promovido e a questão da territorialidade e da reserva contínua passou a ser rediscutida. Atualmente, existem mais de 560 terras indígenas regularizadas, que representam cerca de 12,5% do território nacional, localizadas em todos os biomas, com concentração na Amazônia Legal. Jair Bolsonaro chegou à Câmara Federal em 1991, ano em que foi conduzida uma Comissão Parlamentar de Inquérito (CPI) para avaliar os riscos de internacionalização da Amazônia e véspera da realização da conferência da Organização das Nações Unidas (ONU) ECO-92, no Rio de Janeiro. Em boa parte dos 44 depoimentos colhidos pelos parlamentares na CPI, aparece o temor de que organizações estrangeiras voltadas a questões indígenas — incluindo missionários evangélicos — e de meio ambiente estivessem participando de um grande plano para reduzir a soberania brasileira sobre territórios ricos em recursos naturais. Em novembro daquele ano, o presidente Fernando Collor de Mello deu início ao processo de demarcação da reserva Yanomami e Bolsonaro queixou-se da falta de empenho do ministro do Exército Carlos Tinoco em preservar uma faixa de 50 quilômetros na fronteira, como prevê a Constituição. O tema dos "excessos" da demarcação foi recorrente nos anos de atuação parlamentar do capitão da reserva. Ele classificou o território nacional como um "queijo suíço" em abril de 1995 e ironizou que não existiam ONGs para cuidar de índios que viviam em terra pobre. "Temos que urgentemente colocar um fim nessa criminosa indústria de demarcação de terras indígenas", acusando interesses dos países do G-7 em explorar as riquezas dessas áreas. Ele também alertou que uma proposta de renovação do Estatuto do Índio embutia o risco de criação de "estados autônomos" dentro do Brasil. Outro risco seria o de notícias sobre "falsos massacres" em aldeias gerarem pressões por ocupação da região por forças de paz. Em junho de 1996, o deputado se referiu à reserva dos caiapós, no sul do Pará, como "Caiapônia" e criticou a exploração do mogno feita pelo cacique Paulinho Paiakã. Em 2006, disse que a demarcação dos yanomamis não havia sido feita pela FUNAI ou pelo governo brasileiro, "mas basicamente pelo governo americano, visando ao bem-estar de seu povo no futuro". Durante a crise entre índios, garimpeiros e produtores de arroz no processo de demarcação da reserva Raposa Serra do Sol, em Roraima, o deputado se pronunciou a favor dos agricultores. Em uma audiência em maio de 2008 para discutir a retirada dos "não índios" da reserva, o ministro da Justiça, Tarso Genro, classificou como terrorismo os ataques feitos por arrozeiros contra algumas tribos. "Terrorista é você", devolveu Bolsonaro. Naquela sessão, o índio Jecinaldo Sateré Maué jogou um copo-d'água no deputado, porque, segundo ele, "não tinha uma flecha". Em dezembro de 2013, quando o Congresso Nacional aprovou um acordo bilateral entre os governos brasileiro e francês de atuação contra a exploração ilegal de ouro em zonas protegidas ou de interesse patrimonial, Bolsonaro elogiou o deputado Bala Rocha (SD-AP), que apresentou voto contrário em separado na Comissão de Relações Exteriores, alegando riscos à soberania nacional por conta dos interesses da França na fronteira entre o Amapá e a Guiana. A mesma linha de raciocínio foi seguida pelo filho do capitão da reserva na Câmara. Em 2015, quando lideranças Guarani-Kaiowá denunciaram uma política de "genocídio" dos índios no Mato Grosso do Sul por conflitos fundiários, Eduardo Bolsonaro (então no PSC-SP) afirmou que as terras da região estavam com os fazendeiros e foram compradas do estado por meios legais há décadas. "Os senhores realmente acham que vão entrar naquelas terras na marra? Então, já que é na marra, olho por olho e dente por dente, então, os senhores não podem reclamar do conflito." E continuou: "Nós já temos uma área maior do que a região Sudeste inteira demarcada como terra indígena. O que mais os senhores querem?" No ano seguinte, quando os conflitos geraram a morte de um agente de saúde indígena, o filho Zero 3 afirmou que a FUNAI incentivava o conflito, invadindo fazendas à força e realocando índios sem negociação. Também há críticas a respeito de uma visão paternalista do estado para com as tribos. Em abril de 2015, Bolsonaro declarou que "o índio não fala nossa língua, não tem dinheiro, é um pobre coitado que está sendo tratado como animal de zoológico. Confina-se o índio lá dentro (das reservas). E por pressões internacionais, em especial". A posição contrária à concessão de extensas terras aos índios fez parte da campanha de Jair Bolsonaro à Presidência da República. Em 2017, ainda pré-candidato, ele disse em uma visita a Várzea Grande (MT) que um futuro governo seu não demarcaria um centímetro quadrado de terras para os índios. Já eleito, acrescentou à frase a condicionante "no que depender de mim", antevendo os entraves que enfrentaria nos poderes Legislativo e Judiciário para rever os territórios já delimitados. Fez parte dessa estratégia a entrega da prerrogativa de demarcar terras para o Ministério da Agricultura, medida que foi abortada em agosto de 2019 pelo STF. Em julho, o Executivo enviou projeto de lei para regulamentar a atuação de garimpeiros em terras indígenas demarcadas. "Hoje, 14% do território brasileiro está demarcado como terra indígena, mas é preciso entender que nossos nativos são seres humanos, exatamente como qualquer um de nós. Eles querem e merecem usufruir dos mesmos direitos de que todos nós", afirmou. Foi no dia 24 de setembro de 2019, durante seu discurso de abertura da Assembleia Geral da Organização das Nações Unidas (ONU) em Nova York, que Bolsonaro deu à comunidade internacional um claro recado que suas convicções sobre o tema permaneciam as mesmas. Em um trecho dedicado à indígena Ysany Kalapalo, que acompanhou a comitiva presidencial nos Estados Unidos, o presidente disse que não aumentaria para 20% do território a área demarcada, "como alguns chefes de Estados gostariam que acontecesse". Ele criticou líderes dos índios reconhecidos internacionalmente, como o Cacique Raoni, que "são usados como peça de manobra por governos estrangeiros em sua guerra informacional para avançar seus interesses na Amazônia" e declarou que as ONGs dedicadas à causa indígena "teimam em tratar e manter nossos índios como verdadeiros homens das cavernas". Segundo o presidente, "os que nos atacam não estão preocupados com o ser humano índio, mas sim com as riquezas minerais e a biodiversidade existentes nessas áreas", destacado que as reservas Yanomami e Raposa Serra do Sol têm grande abundância de ouro, diamante, urânio, nióbio e terras raras, entre outras riquezas. Em fevereiro de 2020, na cerimônia que comemorou seus 400 dias na presidência, Bolsonaro assinou o projeto de lei que autoriza e cria regras para a mineração e para a produção de energia elétrica em terras indígenas, por meio de pagamentos de taxas e royalties para as tribos locais.

Ver Reserva Yanomami, Triplo A, Ysany Kalapalo

Desarmamento

Desde a redemocratização do Brasil, enquanto se noticiava o recrudescimento da violência pública, ampliou-se o debate sobre a necessidade de maior controle sobre a venda de armas para a população. Propostas de legislação mais restritiva, elevação de tributos e taxas e campanhas pelo desarmamento passaram a surgir não só no plano federal, como também no estadual e municipal. Na apresentação do Programa Nacional de Direitos Humanos, em 1996, entre as propostas de ações governamentais de proteção à vida e à segurança das pessoas, já constava a sugestão de implementar programas de desarmamento, com ações coordenadas para apreender armas e munições de uso proibido ou possuídas ilegalmente. No Brasil, o porte ilegal de arma de fogo foi considerado contravenção até a aprovação da Lei 9.437, de 1997, que passou a definir o ato como criminoso, com detenção de um a dois anos e multa. Em 2003, o Congresso aprovou o Estatuto do Desarmamento, que tornou ainda mais difícil de se obter o porte de arma e elevou a pena para o porte ilegal. Mas o governo foi obrigado a aceitar a realização de uma consulta popular sobre o artigo mais controverso da lei, que proibiria a venda de armas no Brasil. Esse referendo foi marcado para outubro de 2005. Jair Bolsonaro, bem como outros parlamentares ligados à questão da segurança pública — pejorativamente chamados de "bancada da bala" —, critica as iniciativas de se controlar o acesso às armas pelos "cidadãos de bem", enquanto criminosos têm acesso a armamentos cada vez mais modernos e potentes. Durante a tramitação do projeto, ele discursou contra as novas regras: "Se uma pessoa em sua própria casa ou na fazenda de um amigo tiver de disparar um tiro de advertência, caso surjam marginais para roubar a casa ou mesmo os invasores do MST, ela estará incursa nas penas de reclusão de 2 a 4 anos, e o crime será considerado inafiançável." Em agosto de 2003, ele afixou na porta do gabinete um cartaz provocando as entidades que faziam lobby pela aprovação com os dizeres: "O otário que quiser entregar sua arma, faça-o aqui." Dois anos depois, quando se aproximava a realização da consulta popular, ele afirmou que só marginais defendiam o desarmamento. "Quem acha que não devemos reagir que se entregue logo à bandidagem. Eu não tenho sangue de barata e tenho certeza de que a população do Brasil também não tem! Nós temos direito a possuir uma arma, sim", afirmou. Bolsonaro fez parte de uma frente parlamentar chamada de "Pelo Direito da Legítima Defesa", cujos integrantes discursavam e davam entrevistas frequentes para impedir que o "sim" vencesse a disputa. Em outubro de 2005, 63,9% dos eleitores que compareceram à consulta escolheram o "não" e derrubaram a tentativa de proibição. Já na presidência e atendendo a promessas de campanha, Bolsonaro assinou vários decretos para flexibilizar as regras do Estatuto.

Ver Decretos das Armas

D

DESMATAMENTO

É o nome dado ao contínuo processo de perda de áreas florestais devido à ação humana como resultado de atividades madeireiras, agropecuárias, garimpo, de migração, ou de grandes obras de infraestrutura. Segundo estudos científicos, o desmatamento (ou desflorestamento) pode causar erosão do solo, processos de assoreamento e perda de biodiversidade e de habitats essenciais. Acredita-se que as consequências mais sérias da extinção de áreas florestais estão relacionadas ao aquecimento global, uma vez que quase 20% de todas as emissões globais de dióxido de carbono são causadas pelo desmatamento. No Brasil, o Instituto Nacional de Pesquisas Espaciais (INPE) monitora e apresenta estudos de sensoriamento há três décadas, individualmente ou por meio de parcerias com Estados Unidos, França, China e Japão, entre outras nações desenvolvidas. A precisão de seus dados foi aprimorada ao longo desse tempo e a autonomia de atuação causou atritos como as administrações federais. Foi depois de um anúncio de ampliação do desflorestamento, por exemplo, que a ministra Marina Silva pediu, em 2008, demissão de seu cargo. Ela culpou o agronegócio pelos dados e bateu de frente com o presidente Lula, que temia prejuízos econômicos devido à questão ambiental. A crise no governo Bolsonaro ocorreu quando o instituto divulgou um aumento de 88,4% no desmatamento na porção brasileira da floresta amazônica, em junho de 2019, em comparação com o mesmo mês de 2018. Dias depois, em um café da manhã com jornalistas, o presidente duvidou dos números e sugeriu que o diretor do INPE, Ricardo Galvão, poderia estar "a serviço de alguma ONG". O cientista sentiu-se pessoalmente ofendido e rebateu: "Ele tomou uma atitude pusilânime, covarde." Atacado tanto pelo ministro do Meio Ambiente, Ricardo Salles, como pelo titular da Ciência e Tecnologia, Marcos Pontes, Galvão foi exonerado do cargo. Salles anunciou, no início de agosto de 2019, que o monitoramento seria remodelado e a responsabilidade entregue à iniciativa privada. A saída de Galvão e medidas tomadas pelo ministro desde janeiro motivaram a suspensão do envio de recursos da Noruega e da Alemanha para o Fundo Amazônia. O desmatamento na Amazônia cresceu quase 30% no período de agosto de 2018 a julho de 2019 em relação aos doze meses anteriores. É o maior desmatamento registrado nos últimos dez anos. Em novembro, o INPE divulgou novos dados, dessa vez utilizando o sistema Prodes, que tem índice de confiança superior a 95%. Segundo o relatório, de agosto de 2018 a julho de 2019 foram desmatados 9.762km² na Amazônia, uma área seis vezes maior que a cidade de São Paulo. Segundo o instituto, foi o maior desmatamento registrado desde 2008. Dias depois, o presidente afirmou que o desmatamento e as queimadas eram questões culturais no país e que era difícil acabar com isso.

Ver Aquecimento Global, Fundo Amazônia, Globalismo, Queimadas

Bolsonário: A "Nova Política" de A a Z

DIA DA COVARDIA E DA TRAIÇÃO

Foi como o deputado federal Jair Bolsonaro (então no PPB) se referiu ao 11 de setembro de 1996, dia em que a Comissão Especial de Mortos e Desaparecidos Políticos do Ministério da Justiça decidiu aprovar a indenização para as famílias dos guerrilheiros Carlos Lamarca e Carlos Marighella, mortos durante os anos de chumbo do regime militar. O deputado, bem como outros parlamentares e militares, considerava os dois personagens como "traidores" e "terroristas".

Ver Carlos Lamarca, Regime Militar

DIREITOS HUMANOS

São direitos e liberdades fundamentais que pertencem a cada uma das pessoas e em todas as partes do mundo. Embora já existissem costumes, normas e regulamentos nacionais de promoção da boa convivência entre os povos, o mundo ainda se recuperava do trauma de duas guerras mundiais quando a Organização das Nações Unidas promoveu uma série de encontros para formular um acordo que garantisse de maneira igualitária e transnacional vários direitos básicos. A aprovação da Declaração Universal dos Direitos Humanos aconteceu em 10 de dezembro de 1948, com a definição de 30 direitos e liberdades inalienáveis e indivisíveis, entre eles a liberdade de expressão e de manifestação, o direito à educação inclusiva e de qualidade e o direito ao mais alto nível possível de saúde. Como estado-membro fundador da ONU, o Brasil teve papel importante na redação da declaração com seu delegado na assembleia-geral, o jornalista e cronista Austregésilo de Athayde. A legislação brasileira também é bastante clara na defesa desses direitos. O inciso III do Artigo 1º da Constituição de 1988 coloca a dignidade humana como um dos princípios fundamentais da Nação, enquanto o Artigo 4º (sobre relações internacionais) cita a prevalência dos direitos humanos como segundo princípio, logo depois da independência nacional. Ativistas dessa área no Brasil tiveram atuação na questão do tratamento dado a presos políticos durante o regime militar, mas ao longo do tempo também focaram seus trabalhos nas vítimas de violência policial e na defesa de minorias como negros, índios, mulheres, pessoas com deficiência, presidiários, população LGBT e integrantes de movimentos sociais. Porém, pesquisas recentes mostram que boa parte da população brasileira tem uma visão negativa sobre os direitos humanos. Segundo o Datafolha, em 2016, 57% dos brasileiros concordavam com a frase "bandido bom é bandido morto", celebrizada pelos esquadrões da morte dos anos 1960 e 1970. Em 2018, uma sondagem da Ipsos mostrou que 66% dos entrevistados acreditam que os direitos humanos protegiam mais os bandidos que as vítimas. Jair Bolsonaro, assim como boa parte dos políticos conservadores brasileiros, é adversário declarado dos defensores de direitos humanos. Em setembro de 1997, durante uma audiência da Comissão Especial de Segurança Pública da Câmara, realizada em Belo Horizonte, ele foi enfático sobre o tema: "Defendo os direitos humanos para seres humanos.

Para animais, não. (...) Para mim, é pena de morte, e se não for possível a pena de morte, que vivam como ratos até morrerem, porque, na minha opinião, o Estado não pode gastar dinheiro com esses elementos na cadeia. Então, minha visão de direitos humanos é um tanto quanto diferente do que a visão que a maioria prega no momento por aí." Em março de 1998, quando coube ao PPB indicar um nome para presidir a Comissão de Direitos Humanos (CDH) da Câmara, Bolsonaro se lançou para a função como uma provocação à esquerda. O escolhido foi Eraldo Trindade (PPB-AP), que obteve 17 de 18 votos possíveis. Bolsonaro só teve seu próprio voto. Foi nessa época que o deputado se insurgiu contra o cardeal arcebispo de São Paulo D. Paulo Evaristo Arns, que defendia a extradição dos canadenses e a expulsão do país dos chilenos que participaram do sequestro do empresário Abílio Diniz. D. Paulo serviu de intermediário quando os presos fizeram uma greve de fome para pressionar pela revisão das condenações. Em março, quando o governo FHC indicou o general Ricardo Fayad para a subdiretoria de Saúde do Exército, D. Paulo e outras 150 personalidades enviaram para a seção de cartas do jornal *Folha de S.Paulo* uma moção de repúdio à nomeação, considerada "moralmente *insuportável*". Anos antes, Fayad havia sido reconhecido como o médico que examinava os presos torturados na chamada Casa do Terror, em Petrópolis (RJ), e avalizava se eles poderiam continuar ou não sendo maltratados. Denunciado, o médico e general teve seu registro profissional cassado em 1995 pelos conselhos regional e federal de medicina. Na carta assinada por D. Paulo, foi apontado que, por "infeliz coincidência", a indicação acontecia ao mesmo tempo da candidatura de Bolsonaro à presidência da CDH. O texto pedia providências a FHC para impedir a admissão em qualquer cargo oficial de "pessoas que tenham atuado em órgãos de repressão". Esse último trecho irritou Bolsonaro, uma vez que ele não poderia ter feito parte do regime militar até por uma questão de idade. Em discurso de 19 de março, o deputado chamou D. Paulo de "megapicareta" e "cara de pau" e que ele deveria "se recolher a sua insignificância, a seu trabalho demagogo". Na semana seguinte, ele voltou à carga, lembrando que não costumava "ser complacente com quem defende direitos humanos de vagabundos e de marginais, como é o caso de todas as entidades defensoras dos direitos humanos deste país". Nessa época, o deputado costumava se referir à Secretaria Nacional dos Direitos Humanos, criada no ano anterior pelo presidente Fernando Henrique Cardoso, como "Secretaria Nacional do Direito da Vagabundagem". Ele também atacava a gestão do titular da Secretaria, José Gregori, em especial quando esse defendia que o governo deveria indenizar as viúvas e filhos dos 111 detentos mortos no massacre do Carandiru em 1992. Em agosto de 2001, durante sessão da Comissão Especial de Combate à Violência que ouvia o depoimento de Marco Willian Camacho, o líder do PCC conhecido como Marcola, Bolsonaro disse ser contra a política de direitos humanos no Brasil. "Direitos humanos é para seres humanos", repetiu. Em 2003, já no governo Lula, elogiou grupos de extermínio que atuavam na Bahia: "Enquanto o Estado não tiver coragem de adotar a pena de morte, o crime de extermínio, em meu entender, será muito bem-vindo. Se não houver espaço para ele na Bahia, pode ir para o Rio de Janeiro. Se depender de mim, terão todo o meu apoio, porque em meu estado só as pessoas inocentes são dizimadas. Na Bahia, pelas informações que tenho — lógico que são grupos ilegais —, a marginalidade tem decrescido. Meus parabéns." No entanto, o deputado foi relator de um projeto em 2004 que obrigava a inclusão do estudo de direitos humanos na formação policial e deu parecer favorável. Em 2005, quando seu filho Carlos recebeu críticas ao ser eleito vice-presidente da Comissão de Direitos Humanos da Câmara do Rio, Bolsonaro aproveitou novamente para criticar o tema: "É preciso pôr um fim nessas comissões que só defendem marginais. Qualquer vagabundo, antes de entrar na delegacia, tem outro igual a ele pronto para defendê-lo em nome dos direitos humanos. Ele (Carlos) está lá para colocar um contrapeso", afirmou. O deputado federal também prestou solidariedade ao colega, o pastor Marco Feliciano, quando, em 2013, ele foi eleito para presidir a comissão em Brasília: "Acabou a farra gay." Bolsonaro tentou a vaga de Feliciano em 2014, mas perdeu a votação para o petista Assis do Couto (PR) por 10 a 8. Durante a disputa, ele deu uma contundente declaração sobre o tratamento que devia ser dado a criminosos no Brasil. Segundo ele, uma minoria de marginais aterrorizava uma maioria de pessoas decentes. "Minha comissão não vai ter espaço para defender esse tipo de minoria", afirmou. Na época, o presídio de Pedrinhas, no Maranhão, passava por um período de extrema violência, com execuções de detentos por quadrilhas rivais. Ao comentar sobre isso, o deputado foi irônico: "Para mim, a melhor coisa que tem no Maranhão é o presídio de Pedrinhas. É só você não estuprar, não sequestrar, não praticar latrocínio, que você não vai pra lá, porra (sic). Acabou. Tem que dar vida boa para aqueles canalhas? Desculpa, eles nos fodem (sic) a vida toda. E daí que nós trabalhadores vamos ter que manter esses caras presos em uma vida boa? Eles têm que se foder (sic) e acabou. (...) É minha ideia. E quem não está contente, que trabalhe contra minha chegada na comissão."

Ver Desarmamento, Regime Militar

DOUTRINAÇÃO

É o ensino de princípios nos quais se fundamenta algum sistema político, religioso ou filosófico. Na educação, ganhou ao longo de décadas conotação negativa e depreciativa por trazer riscos de coerção e condicionamento dos alunos por parte dos professores. São considerados exemplos de doutrinação nas escolas brasileiras o ensino durante a ditadura de Getúlio Vargas, focado em teses nacionalistas e patrióticas, e parte da grade curricular durante o regime militar, em disciplinas como Educação Moral e Cívica. Após a redemocratização, o pensamento crítico pedagógico avançou no Brasil e seus defensores afirmavam que o ambiente escolar não poderia ser dissociado das discussões da sociedade e que defesas do pluralismo, democracia, liberdade e tolerância precisavam constar no aprendizado. Os críticos a essas teses, por sua vez, afirmam que a teoria marxista passou a delinear os parâmetros curriculares nacionais, especialmente durante as gestões de Lula e Dilma na Presidência do Brasil. Essa visão é a principal responsável por projetos como o "Escola Sem Partido".

Bolsonaro já havia demonstrado preocupação com os conteúdos que considerava impróprios para crianças e adolescentes no final de 2010, ao iniciar a polêmica em torno da cartilha *Escola Sem Homofobia*, que apelidou de "kit gay". Em 2012, o *Blog Família Bolsonaro* publicou trechos dos livros *Menino Brinca de Boneca?* e do didático *Porta Aberta*, de Geografia e História, como provas de "estímulo ao homossexualismo (sic)" nas escolas. Esse último mostrava fotos de uma brincadeira indígena da tribo Kalapalo chamada "Gavião", que o blog identificou como um convite à pedofilia pelo fato de os índios estarem seminus. Naquele ano, Jair Bolsonaro discursou sobre esse assunto na Câmara e disse que, na escola, "tem de haver aula de Física, Química, Matemática, Biologia, e não aula de homoafetividade, em que se ensina as crianças a serem homossexuais". A partir de 2013, Bolsonaro passou a investir com mais frequência contra livros didáticos que estariam ensinando teses socialistas. Em junho daquele ano, ele citou livros de História e Geografia do colégio de seu filho adolescente, nos quais existiam elogios ao governo de Fidel Castro em Cuba, críticas ao capitalismo e que classificavam o ex-presidente Emílio Garrastazu Médici de "carrasco". "Mais cedo ou mais tarde, quando acordarmos, veremos a molecada, em vez de ir às ruas por uma campanha limpa e decente em prol da democracia e contra a corrupção, fazer uma campanha em prol do socialismo", afirmou. Em agosto, citou outros livros que diziam que Osama Bin Laden era um político de direita, que José Dirceu era um exemplo para sua geração, que as FARC sonhavam com uma nova sociedade e que Lula era um símbolo de honestidade. "Apologia, politicalha (sic) nas escolas de ensino fundamental", bradou. Ele não mostrou os nomes dos livros, nem citou em quais escolas estaria sendo adotado. Em maio de 2014, ao criticar o Plano Nacional de Educação (PNE), ele disse que não adiantava majorar a carga horária dos alunos "para eles aprenderem esse lixo ideológico". No plano de governo de Bolsonaro consta, entre as linhas de ação na educação, "dar um salto de qualidade, com ênfase na infantil, básica e técnica, sem doutrinar". Em uma entrevista ao programa *Brasil Urgente* da TV Bandeirantes em novembro de 2018, logo após sua eleição, o futuro presidente se queixou de uma questão do Enem que utilizou o dialeto Pajubá, comum entre as travestis, e prometeu revisar as provas durante seu governo. Essa intenção foi confirmada pelo ministro Ricardo Vélez Rodríguez, primeiro escolhido para comandar a pasta da Educação. Em seu discurso de posse, ele afirmou: "À agressiva promoção da ideologia de gênero somou-se a tentativa de derrubar as nossas mais caras tradições pátrias." Para ele, a "tresloucada onda globalista" pegou carona no "pensamento gramsciano" para "destruir um a um os valores culturais em que se segmentam nossas instituições mais caras, família, igreja, escola, o Estado e a pátria". A equipe que colocou à frente do Ideb confirmou a tendência de revisar os assuntos que poderiam cair na prova. Em fevereiro, o ministro enviou mensagem oficial do MEC para a rede de ensino na volta às aulas, pedindo que fossem enviadas gravações em vídeo para provar que as escolas estavam executando o Hino Nacional antes das aulas, com os alunos perfilados em sinal de respeito. A carta encerrava com o slogan da campanha bolsonarista "Brasil Acima de Tudo, Deus Acima de Todos", uma mistura que gerou críticas até de apoiadores do Escola Sem Partido, que viram na atitude um outro tipo de doutrinação. Com problemas de gestão e enfraquecido em polêmicas internas da pasta, Vélez Rodríguez foi demitido em abril, sendo substituído por Abraham Weintraub. Em novembro de 2019, a primeira prova do Exame Nacional do Ensino Médio (Enem) sob a gestão Bolsonaro não trouxe nenhuma questão sobre o período do regime militar. Foi a primeira vez que isso ocorreu desde 2009, quando o exame ganhou o formato atual.

Ver Escola Sem Partido, Gramscismo, Ideologia de Gênero, Kit Gay, Marxismo Cultural

DULOREN

No dia 23 de julho de 2011, a coluna do jornalista Ancelmo Gois no jornal *O Globo* noticiou que a marca de moda íntima Duloren negociava com o deputado Jair Bolsonaro para que ele participasse de um anúncio de lingerie. O capitão da reserva do Exército experimentava naquele ano um momento de forte exposição pública, primeiro com a polêmica acerca da cartilha anti-homofobia do Ministério da Educação — que ele chamava de "kit gay" — e depois com a repercussão de uma entrevista no programa CQC, na qual ele deu declarações ofensivas aos homossexuais e foi acusado de racismo após um jogo de perguntas e respostas com a cantora Preta Gil. A Duloren, presidida por Roni Argelji, estava investindo desde os anos 1990 em anúncios provocativos e no uso de personalidades inusitadas para vender seus produtos. Os mais polêmicos foram a utilização de uma modelo representando uma freira usando lingerie — com o Cristo Redentor tampando os olhos —, a imagem de dois homens se beijando e uma cena de estupro com os dizeres: "Legalizem logo o aborto! Não quero ficar esperando!" Roberta Close, Rogéria, Mara Gabrilli e até a ex-primeira-dama dos EUA Hillary Clinton (à sua revelia) estamparam alguns dos anúncios da campanha "Você não imagina do que uma Duloren é capaz". A primeira sugestão feita pelo marketing da empresa foi repudiada por Bolsonaro. Segundo o próprio deputado, queriam que ele contracenasse com a participante transsexual do BBB Ariadna Miranda. Com a negativa, foi sugerida a participação de uma modelo usando calcinha e sutiã Duloren e o político observando com um olhar "maroto" ao lado dos dizeres "Esse kit eu aprovo". Argelji negou em entrevistas a intenção de mencionar o "kit gay", mas grupos LGBT passaram a protestar publicamente antes mesmo de o contrato ser fechado. Também havia dúvidas se o deputado poderia participar de alguma campanha paga, mas ele se antecipou afirmando que doaria o cachê. As reações contrárias fizeram a empresa e o político recuarem. A própria coluna de Ancelmo Gois noticiou a desistência no dia 14 de agosto.

AI-5 Anticomunismo
Aliança Pelo Brasil
Aquecimento global Autoritarismo Arminha
Bilateralismo Balbúrdia
Bolsominion
"Brasil Acima de Tudo"
Brilhante Ulstra Comunismo
Conservadorismo
Decretos das armas
Desmatamento Direitos humanos
Doutrinação
Escola Sem Partido
Fascismo Fake News
Homofobia Misoginia
Olavo de Carvalho Kit gay
Ideologia de Gênero Mito
Lei Rouanet Marxismo
Nacionalismo
Nióbio Queiroz Nepotismo
Pirralha
Pena de morte Socialismo

E

BOLSONÁRIO: A "NOVA POLÍTICA" DE A A Z

ELDORADO DOS CARAJÁS

O episódio conhecido como massacre de Eldorado dos Carajás aconteceu em 17 de abril de 1996, quando uma tropa da Polícia Militar do Pará assassinou 19 militantes sem-terra ao cumprir uma ordem de desobstrução da rodovia PA-150. As pessoas mortas faziam parte de um grupo de 1,5 mil ocupantes da fazenda Macaxeira, localizada em Curinópolis (PA), que estavam em passeata até Belém para protestar contra a demora do governo federal em assentar todas as famílias no local. A marcha já durava uma semana e havia percorrido apenas 40km dos 700km que os separava da capital paraense quando a estrada foi bloqueada em uma tentativa de pressão para que fossem providenciados alimentos e transporte para os manifestantes. Uma tropa de 150 PMs comandados pelo coronel Mário Pantoja foi recebida a paus e pedras — houve relatos de tiros — quando os policiais revidaram com disparos de armas de fogo. Morreram no local 19 sem-terra e mais de 50 foram feridos. Os relatos de sobreviventes e as perícias nos corpos mostraram sinais de execução em pelo menos 10 das vítimas. A repercussão nacional e internacional foi enorme e o Congresso Nacional passou a discutir com mais frequência o problema da violência no campo a partir desse episódio. A Secretaria Especial de Agricultura Familiar e do Desenvolvimento Agrário, que depois se tornaria o Ministério do Desenvolvimento Agrário, foi criada no mês seguinte ao massacre. Desde o início, o deputado Jair Bolsonaro se colocou em defesa dos policiais. Durante uma reunião da Comissão de Direitos Humanos realizada na semana seguinte ao confronto, o parlamentar comentou as imagens gravadas pela TV Liberal que escandalizaram o país: "Vi uma medieval carga de cavalaria de trabalhadores sem-terra, aos quais prefiro chamar de profissionais invasores, em cima da PM. (…) Depois de acuados e na iminência de serem assassinados bárbara e estupidamente, houve abertura de fogo." Na véspera, ele havia acusado o governador paraense Almir Gabriel (PSDB) de covardia e de estar procurando bodes expiatórios. Em agosto de 1999, quando os policiais foram a julgamento, o deputado voltou a afirmar que eles apenas cumpriram ordens e que estavam ao lado da lei e não à margem dela, como os sem-terra, que estavam "coibindo o acesso dos trabalhadores de verdade de transitar por aquela rodovia". Julgada em conjunto, a tropa foi absolvida, mas os comandantes da ação, o coronel Pantoja e o major José Maria de Oliveira foram condenados em 2012 a, respectivamente, 258 e 158 anos de prisão. Em 2018, durante a campanha presidencial, Bolsonaro visitou a região e discursou que "quem tinha de estar preso era o pessoal do MST".

Ver Excludentes de Ilicitude, MST

EsAO

A Escola de Aperfeiçoamento de Oficiais (EsAO), fundada em 1920, no Rio de Janeiro, é um estabelecimento pertencente à linha de ensino militar bélico que atua no aprimoramento dos capitães do Exército Brasileiro. Seus cursos visam capacitar esses oficiais para o exercício do comando e chefia das unidades de suas armas, quadros e serviços. Foi durante o período em que cursou a EsAO que Bolsonaro escreveu o artigo para a revista *Veja* reclamando dos baixos salários dos militares.

Ver Ponto de Vista, Operação Beco Sem Saída

ESCOLAS CÍVICO-MILITARES

O Programa Nacional das Escolas Cívico-Militares (Pecim) foi lançado em setembro de 2019 pelo governo de Jair Bolsonaro e prevê mudanças na gestão administrativa e disciplinar de escolas municipais e estaduais do ensino fundamental. O projeto prevê a contratação de militares da reserva para atuarem como tutores nas instituições, visando à melhoria do ambiente de ensino e à redução da violência e dos índices de evasão e de repetência. A adesão das escolas será voluntária e a meta é de implementar o modelo em 216 locais até 2023. Segundo o MEC, nas escolas em que houver a adesão, as questões didático-pedagógicas vão continuar com atribuições exclusivas dos docentes. Aos tutores militares caberá administrar o ensino de valores cívicos, o respeito à disciplina e aos símbolos nacionais, a exemplo do que acontecia durante o regime militar nas disciplinas de Moral e Cívica. Caso os pedidos de adesão ao programa superem a meta estipulada, a prioridade de implementação dessas escolas será dada às regiões com maior vulnerabilidade social e onde houver índices mais baixos do Ideb.

ESCOLA SEM PARTIDO

Movimento criado em 2004 pelo advogado e procurador Miguel Nagib para denunciar a doutrinação ideológica no ambiente escolar. Nagib contou em entrevistas que a ideia de lutar por um ensino sem viés político surgiu em setembro de 2003, quando sua filha relatou que, durante uma aula do colégio, um professor de História comparou o guerrilheiro e líder da Revolução Cubana Ernesto "Che" Guevara com o popular santo da Igreja Católica São Francisco de Assis. Como suas queixas à escola não deram resultado, ele criou um site no qual denunciava o que considerava desvios pedagógicos e até fornecia um modelo de notificação extrajudicial para ser usado por pais que se ofendessem com o conteúdo ministrado em aula. A repercussão gerada pelo movimento passou a embasar propostas de mudanças na legislação, no sentido de criar regras de conduta para professores. Em maio de 2006, Jair Bolsonaro citou em um discurso na Câmara o movimento criado pelo advogado. "Os livros do MEC já impõem uma ideologia de esquerda nas escolas, entubam (sic) as crianças, pregam que o socialismo é uma maravilha", afirmou. As críticas de políticos conservadores e a atenção ao trabalho do Escola Sem Partido cresceram em 2008, após uma pesquisa feita pela CNT/Sensus com educadores. Nesse estudo, mais da metade dos professores ouvidos admitiram que o discurso em sala de aula era politicamente engajado e 30% reconheceram ser "às vezes" engajado. Na mesma pesquisa, 29% disseram se identificar mais com Paulo Freire e 10% com Karl Marx. Na década seguinte, com a crescente polarização política do país, surgiram as primeiras propostas de alteração de legislação com base nessas discussões. O PL 7.180/2014, de autoria do deputado Erivelton Santana (PSC-BA), previa alterações na lei de diretrizes e bases da educação nacional com a inclusão de um inciso que falava do "respeito às convicções do aluno, de seus pais ou responsáveis, tendo os valores de ordem familiar precedência sobre a educação escolar nos aspectos relacionados à educação moral, sexual e religiosa, vedada a transversalidade ou técnicas subliminares no ensino desses temas". Em março de 2015, outro parlamentar, o deputado Izalci Lucas (PSDB-DF), elaborou o PL 867/15, que incluía as linhas mestras do Escola Sem Partido nas diretrizes, prevendo a "neutralidade política, ideológica e religiosa do Estado", o "pluralismo de ideias no ambiente acadêmico", a "liberdade de aprender, como projeção específica, no campo da educação, da liberdade de consciência", a "liberdade de crença" e o "reconhecimento da vulnerabilidade do educando como parte mais fraca na relação de aprendizado". Projeto semelhante no Senado foi apresentado no ano seguinte pelo senador Magno Malta (PR-ES). Em 2016, a Assembleia Legislativa de Maceió (AL) derrubou veto integral do governador Renan Filho (MDB) sobre a criação do projeto Escola Livre, sobre o mesmo tema, aprovado no final do ano anterior pela Casa. Em 2017, o ministro do STF Roberto Barroso concedeu liminar suspendendo a lei alagoana, ao aceitar argumentos da Confederação Nacional dos Trabalhadores em Estabelecimentos de Ensino sobre a inconstitucionalidade de a Assembleia tentar legislar sobre um tema que é privativo da União e por ferir a liberdade de expressão de quem ensina. No início de 2019, a deputada Bia Kicis (DF), do mesmo PSL de Bolsonaro, apresentou um novo projeto sobre o Escola Sem Partido ainda mais rigoroso, prevendo até mesmo a permissão de gravação de aulas por alunos para a realização de denúncias e a punição de professores que desobedecerem a lei. O presidente da Câmara, Rodrigo Maia (DEM-RJ), alertou para as dificuldades de um texto com esse teor se transformar em lei. "Quem vai barrar é o STF, não eu. Quem é a favor da Escola sem Partido tem que tomar cuidado, porque, na hora que começar a tramitar no Congresso, o Supremo vai derrubar, vai declarar a inconstitucionalidade", disse. Mesmo sem a aprovação das leis, o Ministério da Educação e Cultura enviou um ofícios às Secretarias de Educação com orientações que fazem parte do programa, indicando que o ensino deve ter como base "o pluralismo de ideias e concepções pedagógicas", que "o aluno não pode ser prejudicado por sua história, identidades, crenças e convicções políticas ou religiosas", que "ele não pode ser submetido à propaganda partidária" e que "tem o direito de seguir sua religião, além de não poder ser constrangido ou ameaçado".

Ver Doutrinação, Gramscismo, Ideologia de Gênero

EsPCEx

Escola Preparatória de Cadetes do Exército, sediada em Campinas, é hoje considerada o centro de formação para os interessados em ingressar na Academia Militar das Agulhas Negras. Nas biografias de Bolsonaro, conta-se que ele prestou concurso para a EsPCEx por engano, uma vez que, em 1972, já havia concluído o então curso científico, o que já permitia a inscrição no concurso para a AMAN, de sua preferência. O cadete fez nova prova no final de 1973 e ingressou nas Agulhas Negras, onde ficou até 1977.

ESPIRAL DO SILÊNCIO

Teoria apresentada pela cientista política Elisabeth Noelle-Neumann em 1977 — e que virou livro na década seguinte — para demonstrar que indivíduos são mais propensos a assumir em público suas opiniões sobre temas controversos quando sentem que estão em concordância com um pensamento majoritário. Por outro lado, quando sentem que essa opinião é minoritária, tendem a manter o silêncio e a cautela. O artigo original da pensadora alemã partiu de análises de pesquisas realizadas nos meses que antecederam eleições parlamentares na Alemanha em 1965 e 1972. As tendências apontadas na disputa entre democratas-cristãos e social-democratas diferiram do resultado das urnas. As premissas fundamentais da espiral do silêncio são a ameaça de isolamento, o medo de estar nessa posição isolada, o senso intuitivo "quase estatístico" e a disposição de falar publicamente ou a tendência para manter o silêncio. Em resumo, por medo do isolamento social, as pessoas tendem a observar o comportamento dos outros para descobrir quais opiniões seriam recebidas com aprovação ou rejeição pela opinião pública. A espiral entra em ação quando um lado expressa a opinião em voz alta e clara, enquanto o outro se recolhe em silêncio. O processo acontece com frequência quando estão em jogo questões morais ou emocionais exacerbadas. Um ponto interessante que já estava na obra de Noelle-Neumann muito antes da era das redes sociais é a possibilidade de uma minoria agir de maneira tão assertiva que suas opiniões podem ser percebidas como majoritárias. Hoje, vários autores estudam a aplicação dessa teoria no mundo digital, através de algoritmos que classificam na internet as preferências pessoais dos usuários.

Ver Bolha do Filtro, Bolha Social

ESTHER CASTILHO

Youtuber e repórter-mirim natural de Ribeirão Preto que já entrevistou mais de 500 celebridades em seu canal na internet, entre políticos, artistas, empresários, secretários e ministros. Evangélica, a menina Esther costuma encerrar suas entrevistas com a frase "em tudo, Deus na frente". Jair Bolsonaro já foi entrevistado pela repórter-mirim em quatro oportunidades, duas enquanto ainda era pré-candidato e candidato à Presidência da República. Ele afirmou em uma dessas ocasiões que gostaria que "os repórteres do Brasil tivessem a pureza da alma dessa menina e que a verdade fosse o produto final vendido por eles, e não muitas vezes a fake news". Em uma das entrevistas para Esther, o presidente revelou a intenção de retirar de Paulo Freire o status de patrono da educação no Brasil. A menina, que tem a mesma idade que Laura, a caçula do presidente, já foi convidada para se encontrar com Bolsonaro em Brasília por duas vezes: a primeira na posse em janeiro de 2019 e a segunda em 12 de outubro, no Dias das Crianças.

Estrangeirismo

Uso de palavras, frases ou construções sintáticas estrangeiras que tenham ou não equivalentes na língua local. Os excessos dessa utilização no dia a dia sempre foram alvo de crítica tanto pelos puristas da Língua Portuguesa como por personalidades movidas por nacionalismo exacerbado. Muitos linguistas consideram, no entanto, que, como a sociedade está em constante transformação, é natural que o idioma tome emprestadas novas expressões, um intercâmbio que tende a se acelerar nos tempos de globalização e interconectividade. Na política, a defesa da Língua Portuguesa também se faz presente e Jair Bolsonaro tentou dar sua contribuição. Em abril de 1996, o deputado apresentou projeto de lei (1.736/96) decretando a proibição do uso de vocábulos estrangeiros na denominação de estabelecimentos comerciais e em anúncios e rótulos de mercadorias. Na justificativa, ele argumentava que se devia adotar todas as precauções contra o processo de desvalorização da Língua Portuguesa, decorrente do uso desses vocábulos em detrimento do idioma pátrio. Citava exemplos de nomes como "Skys Lanches", "Garden Pies", ItTruc's", "Casa de Carnes T-Bone" e mencionando o hábito de se batizar empresas com nomes de "buffet" e "coiffeur", quando existem termos similares com grafia nacional, tais como "bufê" e "cabeleireiro". Ele reclamava ainda do uso "generalizado" do possessivo, representado pelo apóstrofo seguido de "s", tomado por empréstimo do idioma inglês. O projeto ainda citava como "anomalias idiomáticas" o uso do "k" no lugar da letra "c" e do "duplo e inexplicável f" da rede Giraffas como prova de "subcolonialismo cultural". O projeto recebeu pareceres contrários das comissões de Economia, de Educação e de Constituição e Justiça, que consideraram a proposição exagerada, fora de propósito, além de ferir a liberdade de expressão.

Ver Nacionalismo

E

Excludentes de Ilicitude

São circunstâncias previstas no Código Penal brasileiro nas quais é excluída a culpabilidade de uma conduta ilegal, como legítima defesa, estrito cumprimento do dever legal ou o exercício regular de direito. O artigo 23, que prevê as excludentes, traz como parágrafo único que "o agente, em qualquer das hipóteses desse artigo, responderá pelo excesso doloso ou culposo". Historicamente, a cada caso noticiado de suposta violência ou excesso cometidos pelas forças de segurança, retorna o debate sobre a ampliação das possibilidades de atenuar sua culpabilidade. Essa foi inclusive uma das promessas de Jair Bolsonaro durante a campanha de 2018 e de vários outros políticos eleitos para as casas legislativas. Um dos projetos que o ministro da Justiça Sergio Moro incluiu em seu pacote anticrime (PL 882/19) acrescenta um outro parágrafo ao artigo 23 para ampliar o conceito de legítima defesa: "O juiz poderá reduzir a pena até a metade ou deixar de aplicá-la se o excesso decorrer de escusável medo, surpresa ou violenta emoção." Políticos e entidades ligadas aos diretos humanos acusaram o ministro de tentar aprovar uma lei que dava o "direito de matar" à polícia. No final de novembro de 2019, após grandes protestos de rua no Chile e na Bolívia que levaram a muitos casos de violência e de vandalismo, o próprio presidente Bolsonaro enviou um projeto de excludente de ilicitude para militares envolvidos especificamente em possíveis operações de Garantia da Lei e da Ordem (GLO). Apesar das críticas, ele defendeu o projeto em uma *live* realizada no dia 28 daquele mês e atribuiu a polêmica à imprensa. "Se um governador ou presidente da República entendem que mandar forças de segurança para lá (locais onde a violência saiu do controle), esse pessoal está entrando em um ambiente onde praticamente o terrorismo está instalado. (...) E aí o pessoal tem que chegar lá com rosas? Soltando beijinhos? Fazendo uma ação social para encarar terrorista? Não, cara. Tem que chegar, em meu entender, bem armado, bem equipado e restabelecer a ordem. (...) E aí, em nosso projeto de lei de excludente de ilicitude, nós colocamos que, se a pessoa tiver comportamento hostil, ela poderá receber tiro do lado de cá", afirmou. Essa preocupação de Bolsonaro com militares envolvidos em operações de pacificação é antiga. Em março de 2006, quando tropas do Exército cercaram várias comunidades na capital fluminense após um roubo de fuzis em um quartel, o deputado discursou na Câmara: "Estamos preocupados, porque, caso haja qualquer incidente, com troca de tiros, morte de inocentes ou não, envolvendo os oficiais e praças que estão participando dessa operação, esses soldados terão de responder individualmente pelos seus atos. A esquerda trabalhou muito nesta Casa para acabar com a Justiça Militar e, agora, o militar tem de se conscientizar de que, se houver um enfrentamento, ele terá de se submeter ao Tribunal do Júri e poderá ser condenado a até 30 anos de prisão." Em agosto de 2016, Jair Bolsonaro fez uma promessa no plenário que soou quase profética: "O que falta neste Brasil (...) Falta um presidente da República que assuma, que diga o seguinte: 'Em combate, soldado meu vivo não senta em banco de réu'. E ponto final. Estamos em combate." Foi nesse discurso que ele usou a frase: "Hoje em dia, se um policial militar atira, ele vai para a cadeia; se não atira, ele vai para o cemitério." Ele não esperou ser eleito presidente para agir nesse sentido. Em

2017, Bolsonaro assinou, junto com seu filho Eduardo, um projeto de lei sobre as excludentes para buscar o que chamou de "anteparos necessários para que se garanta a devida segurança jurídica ao exercício da atividade policial". Na justificativa para a mudança, os deputados afirmavam que o estado deve "garantir ao policial que, no cumprimento do dever seja impelido a utilizar a força para se defender ou fazer cumprir ordem emanada de autoridade legalmente investida, prevaleça a presunção de legalidade de seus atos, afastando inicialmente a possibilidade de prisão em flagrante quando no exercício de seu dever legal". Foi partindo dessas premissas que Jair Bolsonaro defendeu publicamente os policiais militares envolvidos em episódios como o Massacre do Carandiru, em 1992, e Eldorado dos Carajás, em 1996.

Ver Desarmamento, Eldorado dos Carajás, Pacote Anticrime

AI-5 Anticomunismo
Aliança Pelo Brasil
Arminha
Aquecimento global Autoritarismo
Bilateralismo Balbúrdia
Bolsominion
"Brasil Acima de Tudo"
Brilhante Ustra Comunismo
Conservadorismo
Decretos das armas
Desmatamento Direitos humanos
Doutrinação
Escola Sem Partido
Fascismo Fake News
Homofobia Misoginia
Olavo de Carvalho Kit gay Mito
Ideologia de Gênero
Lei Rouanet Marxismo
Nacionalismo Nazismo
Nióbio Queiroz Nepotismo
Pirralha Regime militar
Pena de morte Socialismo

F

FASCISMO

Movimento político criado e desenvolvido na Itália entre os anos de 1922 e 1945 que misturava elementos do autoritarismo, nacionalismo e antiliberalismo. Segundo os historiadores, a crise econômica que sucedeu a 1ª Guerra Mundial fez florescer, em vários países, ideias sobre a inadequação do liberalismo e do processo democrático pluralista para o desenvolvimento da sociedade. Os defensores dessas teses abraçavam ao mesmo tempo o nacionalismo extremo (muitas vezes xenófobo), o repúdio ao comunismo ou às teorias marxistas, a desconfiança com a classe política, uma inabalável fé em líderes carismáticos e uma glorificação da violência. O nome vem da expressão italiana *fascio*, que significa feixe. O feixe de varas era carregado pelos representantes da justiça da Roma Antiga ao aplicarem suas penas e trazia um significado de união. O regime italiano de Benito Mussolini inspirou movimentos similares na Alemanha (Nazismo) e na Espanha (Falange). No caso alemão, acrescentaram-se o ódio racial e o antissemitismo ao discurso. Embora seja comum hoje associar qualquer ato de governos populistas de direita ou de esquerda como fascista, a crítica é considerada reducionista, simplista ou apenas pejorativa. Segundo historiadores do tema, o que hoje existe pode ser chamado de neofascismo ou nacional-populismo.

Ver Liberalismo, Neofascismo, Socialismo

FAKE NEWS

"*Fake news*", ou "notícias falsas", foi a expressão escolhida pela editora britânica Collins como a "palavra do ano" de 2017, com direito a figurar em seus dicionários. Embora o termo tenha ganhado mais visibilidade durante a campanha presidencial dos Estados Unidos em 2016, a disseminação de boatos e rumores não necessariamente baseados em fatos ou o tratamento exagerado e sensacionalista de histórias é uma prática tão antiga quanto o jornalismo. Historiadores já classificaram como *fake news* até mesmo a história do menino Simão de Trento, cujo assassinato no século XV foi utilizado por um padre franciscano para uma perseguição antissemita. Sem provas, o sacerdote atribuiu o crime a um ritual judaico, o que motivou perseguições, prisões, tortura e morte de vários judeus naquela região da Itália. O menino Simão foi beatificado um século depois e ainda figura entre os mártires da Igreja. No jornalismo moderno, o exemplo mais conhecido de sensacionalismo é o chamado "Grande Engodo da Lua", uma série de reportagens que o jornal norte-americano *Sun* publicou sobre um telescópio instalado na África do Sul que havia encontrado provas de edificações e até de vida na Lua, com uma descrição detalhada dos seres que lá habitavam. Durante décadas, tabloides sensacionalistas, praticantes do "jornalismo marrom", especializaram-se em fofocas de celebridades, de atletas e da família real britânica, além de assassinatos de reputações, em busca de maiores vendas em bancas ou em assinaturas. Mas as modernas *fake news* são normalmente associadas ao mundo político, o que as torna mais perigosas. Agregadores de notícias costumam colocar em patamar de igualdade tanto reportagens de publicações sérias e respeitadas como manchetes de sites *clickbaits* (caça-cliques), que não têm compromisso com a veracidade ou a ética. Isso passou a ser aproveitado por indivíduos e grupos interessados em interferir em processos eleitorais. O caso mais clássico é a comprovada interferência de trolls e hackers russos na eleição dos EUA em 2016, via mídias sociais, com clara disposição de ajudar Donald Trump e prejudicar a imagem de Hillary Clinton. Naquele ano, havia ao menos 156 milhões de contas ativas de Facebook no país e pesquisas mostravam que dois terços dos norte-americanos usavam essa rede social como fonte primária de informações. Foi natural então que os disparos de *fake news* se intensificassem no período eleitoral, especialmente em estados onde não estava definida uma tendência de votos para republicanos ou democratas. Suspeitas de que o presidente Barack Obama fosse muçulmano ou de que Hillary Clinton fosse responsável por assassinatos estavam entre os boatos mais compartilhados. O fenômeno das bolhas sociais, no qual as pessoas só interagem com outros indivíduos ou grupos com os quais identificam semelhanças de ideias ou comportamentos, reforçou a polarização e dificultou o confronto de visões de mundo. Em proporção menor, a história se repetiu no plebiscito do Brexit no Reino Unido, também em 2016, e nas eleições presidenciais brasileiras de 2018: dois lados com ideias aparentemente inconciliáveis disparando boatos e mentiras na internet ou exagerando nas críticas aos adversários. O aplicativo de mensagens WhatsApp revelou que, entre outubro de 2018 — especialmente durante o segundo turno das eleições brasileiras — e setembro de 2019, baniu ao menos 1,5 milhão de contas de usuários do Brasil por suspeita de uso de robôs, disparo em massa de mensagens e disseminação de "fake news" e discursos de ódio. Uma pesquisa contratada pela organização Avaaz, junto à IDEIA Big Data, após as eleições, mostrou que 93,1% dos eleitores de Bolsonaro entrevistados viram notícias sobre uma suposta fraude nas urnas eletrônicas — comprovadas como falsas — e 74% afirmaram que acreditaram nelas. Em março de 2019, após uma série de ataques, acusações e até ameaças contra membros da Corte, o presidente do STF, Dias Toffoli, mandou abrir um inquérito sobre "fake news". Em abril, o Congresso Nacional aprovou projeto que incluíam entre os crimes eleitorais a denunciação caluniosa com finalidade eleitoral, em uma tentativa de frear essa disseminação de notícias falsas a cada disputa política nas urnas. Como considerou a pena prevista como exagerada — de dois a oito anos de detenção, além de multa —, Jair Bolsonaro vetou a lei em junho, mas esse veto foi derrubado pelos parlamentares em agosto. Os políticos e seus seguidores também têm aproveitado a popularização da expressão "fake news" para atacar a imprensa tradicional quando notícias divulgadas não são de seu agrado ou se provam equivocadas. Trump escreve constantemente no Twitter acusando veículos como a CNN e o *The New York Times*, por exemplo, de disseminadores de mentiras sobre sua administração. Os riscos para a democracia que a divulgação de notícias falsas pode trazer motivaram a criação de diversas entidades de checagem de fatos, os chamados "fact-checkers", que tanto podem funcionar dentro dos órgãos de mídia tradicionais, das gigantes de internet, como Google e Facebook, quanto em organizações criadas para esse fim específico. Em 2018, um núcleo de estudos da norte-americana Duke University contabilizou 149 projetos de combate à desinformação em 53 países.

Ver Alt-Right, Bolha de Filtro, Bolha Social, Gabinete do Ódio, Mamadeira de Piroca

FAMIR

A Federação das Associações do Militares da Reserva Remunerada, Reformados e Pensionistas das Forças Armadas foi uma organização que surgiu em setembro de 1989 na esteira do desejo de maior participação política dos militares, insatisfeitos com as perdas salariais que se acumulavam desde o início dos anos 1980. A Federação pretendia agregar as associações regionais e municipais (ASMIE) e articular candidaturas de militares da reserva por todo o país, elegendo representantes não só na Câmara dos Deputados (e na maioria das comissões da Casa) como também nos legislativos estaduais e municipais. Além dos interesses da classe, havia o objetivo de "neutralizar o trabalho dos elementos das esquerdas" nos parlamentos. Em outubro daquele ano, Jair Bolsonaro, já exercendo o mandato de vereador no Rio de Janeiro, foi eleito vice-presidente da federação. A figura jurídica da FAMIR continuou a existir até 1997, quando foi criada a Confederação das Associações da Família Militar (CONFAMIL), que passou a aceitar também a participação de policiais militares. A CONFAMIL agrega hoje 28 agremiações congêneres.

FORO DE SÃO PAULO

Grupo de partidos e organizações de esquerda da América Latina e Caribe criado em 1990 com o apoio do Partido dos Trabalhadores. A primeira reunião, com o objetivo oficial de debater a conjuntura internacional pós-queda do Muro de Berlim e as consequências da implantação de "políticas neoliberais" na maioria dos governos da região, ocorreu no antigo hotel Danúbio, na capital paulistana, com o nome de Encontro de Partidos e Organizações da Esquerda da América Latina e Caribe. O texto final do evento, chamado de Declaração de São Paulo, motivou a mudança do nome do grupo para Foro de São Paulo a partir da edição de 1991, que se realizou na Cidade do México. Embora sempre tenha se colocado como um fórum de análises políticas, debates e trocas de experiências, a participação formal de grupos radicais, como as FARC (Colômbia), Tupac Amaru (Peru), Frente Farabundo Martí de Libertação Nacional — FMLN — (El Salvador) e MIR (Chile), rendeu aos encontros uma aura conspiratória muito explorada por adversários políticos da esquerda. O falecido advogado paulista José Carlos Graça Wagner e o filósofo Olavo de Carvalho, dois dos maiores críticos do grupo, alegavam que dinheiro proveniente de narcotráfico e de sequestros praticados por essas organizações ajudavam a financiar o foro. O histórico da época contribuía para as suspeitas: em 1989, membros do MIR e da

FMLN sequestraram o empresário Abílio Diniz. Os documentos oficiais do foro não falam de ações concretas para a tomada de poder. As resoluções vão do apoio ao governo de Cuba e as críticas sobre imperialismo, capitalismo e neoliberalismo até as declarações políticas em favor de candidatos da esquerda na região. A edição de número 25, realizada em Caracas, em julho de 2019, incluiu na pauta o respaldo aos cambaleantes governos de Nicolás Maduro, na Venezuela, e de Daniel Ortega, na Nicarágua, além de defender a libertação de Luís Inácio Lula da Silva (fundador do Foro), que estava preso em Curitiba após condenação em processo da Operação Lava Jato. Existe uma proposta na Câmara dos Deputados para a criação de uma Comissão Parlamentar de Inquérito (CPI) para investigar as ações do foro no Brasil nas últimas décadas e sua ligação com o crime organizado. Eduardo Bolsonaro é um dos subscritores.

Ver Anticomunismo, Comunismo, Olavo de Carvalho, Socialismo

FUJIMORIZAÇÃO

Referência ao ex-presidente do Peru Alberto Fujimori, que, em 1992, fechou o Congresso daquele país, interveio no Poder Judiciário com o apoio das Forças Armadas e iniciou um regime totalitário que perdurou por toda a década de 1990. O termo foi usado por Bolsonaro no plenário da Câmara em 25 de junho de 1993. Naquela semana, o deputado federal de primeiro mandato havia feito um discurso na Câmara Municipal de Santa Maria (RS), tornado público em matéria do jornal *Zero Hora* do dia 19, sugerindo o fechamento do Congresso brasileiro e um regime de exceção para o Brasil. "Sou a favor, sim, de um regime de exceção, desde que este Congresso Nacional dê mais um passo rumo ao abismo, que em meu entender está muito próximo." O "abismo" era uma referência ao período pós-impeachment de Fernando Collor de Mello, marcado por diversas acusações de corrupção contra parlamentares — tanto por venda de votos como por supostas recompensas financeiras para a troca de partido. "Não existe golpe, 'fujimorização' ou sequer regime de exceção sem a falência do Poder Legislativo", afirmou o deputado no plenário. Bolsonaro chegou a sugerir um "plebiscito" para que o povo pudesse opinar sobre o trabalho dos parlamentares. A forte repercussão negativa — até no meio militar — motivou o primeiro processo contra o parlamentar por quebra de decoro. A CCJ da Câmara absolveu Bolsonaro em outubro daquele ano por 29 votos contra 3, por considerar que as opiniões pessoais do candidato estavam asseguradas pelo Artigo 53 da Constituição. Um ano depois, Bolsonaro voltou à tribuna para reforçar a mensagem que lhe valeu o processo de cassação. Ele reclamou que, em 12 meses, a Casa nada tinha feito além de legitimar suas acusações e que apenas uma minoria de parlamentares era "decente e respeitável". O que causou a nova indignação do ex-capitão foi a absolvição de três dos acusados pela Comissão Parlamentar de Inquérito (CPI) do Orçamento, na sessão de 22 de junho de 1994: o senador Ronaldo Aragão (PMDB-RO) e os deputados do PFL Ezio Ferreira (AM) e Daniel Silva (MA) mantiveram seus mandatos devido ao baixo quórum na votação de cassação. Bolsonaro voltou a citar o ditador peruano em seu discurso: "Enquanto não tivermos um líder nesse Congresso, continuarei admirando Alberto Fujimori." Ele fez um novo elogio ao ditador do Peru em fevereiro de 1996, quando o presidente do STF Sepúlveda Pertence e o comandante do Senado, José Sarney, e da Câmara, Luís Eduardo Guimarães, negaram-se a receber Fujimori quando de sua visita oficial ao Brasil. "Deram desculpas esfarrapadas para não receber um homem digno, que está fazendo um excelente governo em seu país." Em maio do mesmo ano, ele tornou a afirmar que "ou o Congresso reage ou prego de novo a 'fujimorização' por um presidente honesto". Acusado de crimes de corrupção e contra a humanidade, Fujimori fugiu de seu país para o Japão em 2000, foi extraditado e, hoje, cumpre pena de 25 anos de reclusão.

FUNDO AMAZÔNIA

O Fundo Amazônia tem como objetivo a promoção de projetos para a prevenção e o combate ao desmatamento e para a conservação e o uso sustentável das florestas na Amazônia Legal. Criado em 2008, aplicou mais de R$3 bilhões em uma centena de projetos comandados tanto por Organizações Não Governamentais como por órgãos institucionais como Embrapa, INPE, Ibama e Serviço Florestal Brasileiro. O fundo é gerido pelo BNDES, mas 99% de seus recursos são doações feitas pela Noruega e pela Alemanha. Historicamente, Bolsonaro critica ONGs que trabalham na região amazônica e são mantidas tanto com recursos do Orçamento da União como de governos e entidades internacionais. "Não existe ONG para cuidar de índio que habita terra pobre", discursou em abril de 1995. Como esperado, essa orientação foi seguida quando o capitão da reserva assumiu a Presidência da República. Em janeiro de 2019, o ministro do Meio Ambiente, Ricardo Salles, determinou a suspensão por 90 dias de todos os convênios e parcerias de órgão ligados a sua pasta, medida que atingiu mais de 600 entidades, boa parte delas mantidas pelo Fundo. O ministro passou a criticar a destinação dos recursos e a pleitear mais autonomia do governo para sua administração. A primeira mudança seria considerar a questão do desmatamento de maneira mais ampla, incluindo a regularização fundiária e o zoneamento econômico-ecológico entre seus destinos. Isso significaria até mesmo pagar indenizações para donos de propriedades rurais localizadas em áreas de conservação. Essas ações se somaram a denúncias de enfraquecimento da fiscalização e à divulgação de aumento da área desmatada na Amazônia, o que levou o governo alemão a anunciar no início de agosto a suspensão do repasse de verbas. Jair Bolsonaro retrucou: "Eu queria até mandar um recado para a senhora querida Angela Merkel, que suspendeu US$80 milhões para a Amazônia. Pegue essa grana e refloreste a Alemanha, ok? Lá está precisando muito mais do que aqui." A Noruega também decidiu bloquear o equivalente a R$132,6 milhões para o Fundo e recebeu outro ataque do presidente: "A Noruega não é aquela que mata baleia lá em cima, no Polo Norte, não? Que explora petróleo também lá? Não tem nada a dar exemplo para nós. Pega a grana e ajude

F

a Angela Merkel a reflorestar a Alemanha." No final do mês, ele voltou a colocar sob suspeita o interesse europeu na região: "Quem é que está de olho na Amazônia? O que eles querem lá?"

Ver Demarcação de Terras Indígenas, Desmatamento, Triplo A, Globalismo, Queimadas, Reserva Yanomami

FUNDO NAVAL

Dotação orçamentária criada em 1932 para destinar recursos à renovação do material flutuante da Marinha de Guerra e que recebeu novas possibilidade de aplicação ao longo das décadas, como obras de construção civil, aquisição de materiais para a defesa dos portos, rios e litoral, além de serviços de socorro marítimo e manutenção de faróis. O recém-chegado a Brasília Jair Bolsonaro fez crítica em fevereiro de 1991 a um desvio de finalidade de recursos do Fundo. Ele baseou seus comentários em matéria publicada pela *Folha de S.Paulo*, no dia 25 daquele mês, mostrando que a Marinha estava usando parte do dinheiro para financiar automóveis para os almirantes, que tinham perdido seus carros na reforma administrativa do governo Collor. "Não é cabível que, em um momento de esforço de toda a população e do governo, com drásticas contenções de salários dos servidores civis e militares, privilegiem-se com verbas públicas os mais altos chefes da Marinha", discursou Bolsonaro.

FUTEBOL

Pelo menos durante um período curto de sua vida, Jair Bolsonaro sonhou seguir carreira no futebol. Em 1972, já aprovado para o curso na EsPCEx, ele atuava como goleiro do Madureira, uma equipe da cidade paulista de Eldorado e teve a oportunidade de disputar a regional do torneio "Desafio ao Galo" pelo time de Cajamar. A chance mexeu com a cabeça do jovem, mas seu pai (Geraldo) exigiu que ele se apresentasse para as aulas do colégio militar de Campinas naquele ano. Como a maioria dos brasileiros, o contato com o futebol permaneceu como hobby. Já deputado, em maio de 1996, ele sofreu uma fratura no tornozelo jogando uma pelada, supostamente após uma entrada faltosa do parlamentar petista Chicão Brígido. Como torcedor, ele já se deixou fotografar vestindo a camisa de vários clubes profissionais — todos os grandes do Rio de Janeiro, por exemplo, embora tenha admitido a preferência pelo Botafogo em algumas ocasiões. Já eleito presidente, compareceu em 2018 à festa de entrega do troféu de campeão brasileiro do Palmeiras — para quem diz torcer em São Paulo — e deu até volta olímpica com a taça. Bolsonaro também compareceu em jogos da Copa América de 2019, realizada no Brasil, incluindo a final disputada no Maracanã contra a seleção do Peru. O Brasil venceu por 2 a 0 e ganhou o título. Em novembro, usou a camisa do Santos em um jogo contra o São Paulo, realizado na Vila Belmiro. Ele vestiu uma camisa 10 do time da casa, a mesma que pertenceu a Pelé.

BOLSONÁRIO: A "NOVA POLÍTICA" DE A A Z

Em todas as ocasiões de aparição pública do presidente em estádios de futebol, ele foi recebido com um misto de aplausos e vaias.

Ver Jair da Rosa Pinto

FUTURE-SE

Novo modelo de gestão das universidades públicas federais apresentado pelo ministro da Educação do governo Bolsonaro, Abraham Weintraub. O objetivo é dar maior autonomia financeira às instituições hoje dependentes apenas da verba orçamentária, concedendo a possibilidade de captação de recursos próprios e fomentando o empreendedorismo. O projeto foi colocado em consulta pública em julho de 2019 e tem como princípio a participação de organizações sociais (OSs) na administração financeira das entidades públicas de ensino, com estímulo à participação de empresas, criação de startups e de fundos de investimento específicos. Críticos do projeto veem risco de perda de autonomia das universidades, de mudança forçada na orientação disciplinar para atender a interesses privados ou do mercado e até indícios de início da privatização da rede federal de ensino.

Ver Balbúrdia

AI-5 Anticomunismo
Aliança Pelo Brasil
Aquecimento global Autoritarismo
Bilateralismo Balbúrdia
Bolsominion
"Brasil Acima de Tudo"
Brilhante Ulstra Comunismo
Conservadorismo
Decretos das armas
Desmatamento Direitos humanos
Doutrinação
Escola Sem Partido
Fascismo Fake News
Homofobia Misoginia
Olavo de Carvalho Kit gay
Ideologia de Gênero Mito
Lei Rouanet Marxismo
Nacionalismo Nazismo
Nióbio Queiroz Negacismo
Pirralha Regime
Pena de morte Socialismo

G

Gabinete do Ódio

É o nome dado a um grupo de assessores ligados ao governo e à família Bolsonaro que supostamente estaria encarregado de realizar ataques à reputação de adversários políticos por meio de publicações em redes sociais e da disseminação de "fake news". Essa denominação apareceu primeiro em reportagem do jornal *O Estado de S. Paulo* em setembro de 2019, que apontou os nomes de três ex-colaboradores do vereador Carlos Bolsonaro como integrantes do grupo: Tércio Arnaud Tomás (que, desde janeiro de 2019, atua no gabinete pessoal do presidente Jair Bolsonaro), Matheus Sales Gomes e Mateus Matos Diniz. Segundo o texto, outros assessores comandados por esse grupo teriam sido responsáveis por crises internas que derrubaram os ministros Gustavo Bebiano e Carlos Alberto dos Santos Cruz do primeiro escalão durante o primeiro ano do mandato. Também faria parte do gabinete o assessor para assuntos internacionais do governo federal, Filipe Martins, ligado ao deputado Eduardo Bolsonaro. Em outubro, o diretor de jornalismo da Jovem Pan e colunista da revista digital *Crusoé*, Felipe Moura Brasil, publicou a matéria "*A Rede — Mensagens de Whatsapp revelam como atua a militância virtual bolsonarista*", que incluiu vários "blogueiros de crachá" como participantes da rede de fake news. Segundo a reportagem, uma reunião entre apoiadores do governo e grupos conservadores, realizada em abril, direcionou vários ataques realizados nos meses seguintes. Havia suspeitas de uso de recursos públicos para a manutenção dessa estratégia, prática muito contestada por apoiadores que passaram a afirmar que nada receberam por suas publicações. As versões de que tal grupo exista são frequentemente refutadas e ironizadas pelo clã Bolsonaro e por seus seguidores mais fiéis. Ainda em setembro, Carlos escreveu em sua conta no Twitter: "Depois dos robôs, milícia digital, telefone sem fio, computador voador, de volta para o futuro e sei lá mais o quê, o sistema inventa um tal de gabinete do ódio." Em uma entrevista ao programa *Pânico*, Filipe Martins afirmou que a existência de tal gabinete era "um delírio completo" criado por pessoas que não entendem como funciona a nova era da informação sem os mediadores tradicionais e que havia uma tentativa de criminalizar esse fenômeno real surgido com a internet. Em dezembro, a ex-líder do governo no Congresso, deputada Joice Hasselmann (PSL-SP), depôs na CPI das Fake News dando detalhes da atuação do grupo, que funcionaria dentro do Palácio do Planalto sob a orientação dos filhos do presidente, Carlos e Eduardo, que escolheriam vítimas para os ataques, que começariam com montagens e memes em grupos de Whatsapp e contas de redes sociais, muitas vezes usando robôs para viralizar hashtags como #alcolumbremaquiavelico, #DeixedeSeguirAPepa e #foragilmarmendes. Hasselmann passou a denunciar o "Gabinete do Ódio" após a crise interna no PSL que acabou custando seu cargo de líder, rachou o partido e motivou a criação da sigla Aliança pelo Brasil, ainda em fase de regulamentação. Ao programa *Roda Viva* de 21 de outubro, a deputada deu alguns detalhes sobre a atuação do gabinete: "Quando você tem assessor de deputado, pago com dinheiro público, fazendo memes e ataques virulentos (...), não parece que isso passe perto da moralidade." Um pouco antes, ela havia afirmado à revista *IstoÉ* que a rede de ataques operava com dezenas de perfis falsos no Instagram, 1,5 mil páginas no Facebook e centenas de contas no Twitter. Após o depoimento de sua ex-líder no Congresso, o próprio presidente Jair Bolsonaro ironizou: "Inventaram Gabinete do Ódio e alguns acreditaram. Outros idiotas vão até prestar depoimento."

Ver Fake News

GBS

O Grupamento de Busca e Salvamento do Rio de Janeiro (GBS), sediado na Barra da Tijuca, é o principal órgão de atendimento às vítimas de acidentes de trânsito, soterramentos, desabamentos, resgates em prédios ou montanhas, resgates no mar ou rios no estado. Em 1985, o capitão e membro da brigada paraquedista do Exército Jair Bolsonaro se inscreveu como voluntário no curso de mergulhador, no Corpo de Bombeiros, que durava cinco semanas. No final de dezembro daquele ano, o futuro deputado federal e presidente da República participou de uma equipe que recolheu as vítimas de um acidente com um ônibus da viação Cometa que caiu da ponte sobre o Córrego do Vigário, em Piraí, na madrugada do dia 21, matando 16 pessoas. A experiência foi marcante para o militar, que relatou suas percepções durante uma sessão da Comissão Especial de Segurança Pública da Câmara dos Deputados em novembro de 1997. "Em água doce, barrenta, após um metro e meio de profundidade, a visibilidade é simplesmente zero. Eu estava aproximadamente a vinte metros de profundidade, com um sargento do Corpo de Bombeiros, procurando vítimas, mais para dar uma satisfação aos familiares, que estavam na superfície (…). Eu toquei em um cadáver no fundo daquela represa (…) e confesso aos companheiros que enfrentei algo parecido com o que eu sentia quando terminava uma pista de pentatlo militar. Eu terminava a pista com batimento de 220, quase chegando à fibrilação, mas confesso que, naquele momento, no fundo daquela represa, acho que meus batimentos ultrapassaram isso, e em um ambiente frio, gélido. (…) Levei alguns meses, não digo para esquecer, mas para começar a entender aquela situação."

Golden Shower

Termo em inglês usado para se referir à prática da urofilia, fetiche sexual que consiste em sentir prazer ao urinar no parceiro ou receber dele jatos de urina durante o ato sexual ou ocasião de contexto sexual. A "ducha dourada" entrou para a relação das muitas polêmicas do político Jair Bolsonaro durante o carnaval de 2019. Já presidente, ele compartilhou um vídeo pelo Twitter que mostrava dois homens realizando atos obscenos durante o desfile de um bloco carnavalesco em São Paulo, culminando com a cena de um deles urinar no outro. A mensagem do presidente na rede social foi: "Não me sinto confortável em mostrar, mas temos que expor a verdade para a população ter conhecimento e sempre tomar suas prioridades. É isto que tem virado muitos blocos de rua no carnaval brasileiro. Comentem e tirem suas conclusões." No dia seguinte, incentivado pelos comentários sobre o vídeo, Bolsonaro postou a pergunta: "O que é *golden shower*?" As reações a favor e contrárias à publicação feita pelo presidente dominaram a semana. Os apoiadores reforçaram o discurso conservador sobre a necessidade de se colocar freios nos atentados à moral do povo brasileiro. Os detratores viram no ato mais uma prova de homofobia por parte do capitão da reserva, além de uma generalização exagerada do comportamento dos foliões durante a maior festa popular do mundo, o que poderia até mesmo prejudicar a vinda de turistas ao país. Os advogados da dupla que protagonizou a cena entraram com um mandado de segurança no Supremo Tribunal Federal (STF), exigindo que a postagem fosse excluída da conta de Bolsonaro. Antes de qualquer decisão, o presidente apagou a mensagem 16 dias após sua publicação.

Globalismo

Visão de mundo oposta ao nacionalismo que prega que as relações sociais contemporâneas globais se tornaram tão interconectadas e interdependentes que seria necessário harmonizar políticas e legislações supranacionais. Alguns defensores mais ortodoxos dessa ideia afirmam que a própria concepção de Estado-nação está sendo superada. Líderes populistas em todo o mundo fazem críticas ferozes a essa ideia (ou ideologia) pelo risco de perda de soberania nacional, fruto da imposição de regras, normas e legislações por organismos internacionais (tais como OMC, ONU, FMI e Banco Mundial). Essas entidades estariam interferindo em demasia tanto na gestão econômica e de projetos de desenvolvimento dos países como na manutenção de crenças e tradições nacionais. O ministro das Relações Exteriores escolhido por Jair Bolsonaro, o chanceler Ernesto Araújo, faz críticas frequentes a teses consideradas "globalistas", entre elas a do aquecimento global.

Ver Antiglobalização, Globalização, Nacionalismo

Globalização

Processo de interação e integração entre pessoas, empresas e governos de diferentes nações impulsionado pelo comércio internacional e pelo investimento que ganhou força, entre o final do século XX e começo do século XXI, devido à velocidade dos avanços tecnológicos e à redução dos custos de transportes. Esse movimento tem provocado mudanças profundas nas áreas econômica, política, cultural e social, entre outras. Há certa ambiguidade no governo Bolsonaro ao tratar desse tema. Embora seja reconhecida a necessidade de ampliar mercados para os produtos brasileiros, tanto o presidente como seu chanceler Ernesto Araújo se aliam à posição do presidente norte-americano Donald Trump, que critica a "ideologia do globalismo" por reduzir a autonomia do Estado-nação. Basicamente, defendem como ganhos no processo de globalização apenas questões econômicas. O restante configura-se como um risco para a soberania dos países, ponto central de governos de viés nacionalista. Vem daí o desprezo de Trump por regras de organismos internacionais, como a ONU, a OMC e o Banco Mundial, entre outros.

Ver Globalismo, Antiglobalização, Nacionalismo

Grafeno

Nanomaterial obtido por meio do grafite e cujas aplicações no futuro podem revolucionar a indústria eletrônica, a engenharia e até a medicina. Apesar de ser o mais fino material já identificado, vários estudos realizados globalmente mostraram que é extremamente rígido, flexível, transparente e excelente condutor de eletricidade e de calor. Jair Bolsonaro tem usado o potencial dessa matéria-prima do futuro como símbolo das dificuldades trazidas pelos excessos na demarcação de terras indígenas no Brasil. Em junho de 2019, em uma visita que fez ao Vale do Ribeira, onde passou a infância e adolescência, ele apontou que a exploração de jazidas de grafite na região de Miracatu (SP) estava em risco pelo processo de identificação de terras habitadas pelo povo Guarani, das tribos Djarko-Aty, Amba Porã e Ka'aguy Mirim. Quando ainda era pré-candidato à Presidência da República, em 2017, Bolsonaro visitou o Centro de Pesquisa em Grafeno e Nanotecnologia (MackGraphe) da Universidade Presbiteriana Mackenzie e passou a discursar sobre os projetos de pesquisa na área, além de fazer comentários a respeito nas redes sociais. Em março daquele ano, ele cumprimentou "todo o corpo de engenheiros e profissionais daquela instituição que, com muito sacrifício, mas com patriotismo e abnegação, colocam-nos na ponta neste projeto" e lamentou que "uma pequena área indígena está sendo ampliada em Miracatu, São Paulo, onde há montanhas de grafeno". Em maio daquele ano, ele afirmou haver possibilidades do uso do material até na segurança pública. "Podemos blindar viaturas, quase como se fosse uma pintura. E pode ser feita a mesma coisa com coletes à prova de bala. O uniforme (…) poderia ser à prova de bala." Já presidente, Bolsonaro anunciou pelo Twitter, em março de 2019, que havia agendado nova visita às instalações do MackGraphe, mas um protesto organizado pelos estudantes da universidade o obrigou a mudar os planos. O presidente se encontrou com os pesquisadores no Comando Militar do Sudeste, também na capital paulista. Além de São Paulo, há jazidas de grafite comprovadas em Minas Gerais, na Bahia e no Tocantins.

Ver Demarcação de Terras Indígenas

Gramscismo

No programa de governo que o candidato Jair Bolsonaro entregou ao Tribunal Superior Eleitoral (TSE), em 2018, expondo a linha de governo que pretendia aplicar caso fosse eleito, um trecho com o título "Nossa Bandeira é Verde-Amarela" dizia que, "nos últimos 30 anos, o marxismo cultural e suas derivações como o 'gramscismo', uniram-se às oligarquias corruptas para minar os valores da Nação e da família brasileira. O uso desse termo, que citava indiretamente o cientista político italiano Antonio Gramsci, materializou, sob a forma de promessa política pública, um embate ideológico e cultural que se estendia por décadas no Brasil. Em 1988, A *Folha de S.Paulo* publicou uma reportagem de autoria do jornalista Clóvis Rossi sobre a 17ª Conferência dos Exércitos Americanos (CEA), realizada em Mar del Plata (Argentina) no ano anterior, que mostrou a extrema preocupação dos militares com a disseminação das ideias do pensador marxista morto em 1937 que estavam servindo de base para a criação de um "amerocomunismo". Um dos relatórios de inteligência apresentados no encontro comentava que, "para Gramsci, o método não consistia na conquista 'revolucionária do poder', mas em subverter culturalmente a sociedade como passo imediato para alcançar o poder político de forma progressiva, pacífica e perene" e que "para este ideólogo, a ideia principal se baseia na utilização do jogo democrático para a instalação do socialismo no poder. Uma vez alcançado esse primeiro objetivo, busca-se impor finalmente o comunismo revolucionário. Sua obra está dirigida especialmente aos intelectuais, aos profissionais e aos que manejam os meios maciços de comunicação social". De fato, o marxismo defendido por Gramsci vai além do determinismo econômico da teoria original. Essa leitura dos militares está embasada na concepção de hegemonia elaborada pelo escritor italiano para descrever como o domínio de uma classe sobre outras é alcançado por uma combinação de meios políticos e ideológicos. Portanto, para o sucesso da revolução, a hegemonia da classe dominante deveria ser substituída por uma hegemonia do proletariado. O filósofo Olavo de Carvalho, hoje considerado guru pelos apoiadores de Jair Bolsonaro, foi um dos primeiros pensadores a levar essa questão aos jornais de maneira crítica. Em um artigo para o *Jornal da Tarde* em 2000, ele escreveu que, "em vez da tomada violenta do poder por uma organização monolítica, (Gramsci) pregava a lenta penetração da esquerda na administração estatal e nos órgãos formadores da opinião pública por meio de redes flexíveis de colaboradores informais". Em 2014, um relatório da Associação dos Diplomados da Escola Superior de Guerra afirmou que o "gramscismo contagiou países da Europa e, hoje, está transbordando na América do Sul" e que, no Brasil, seus objetivos claros eram "obter a hegemonia na sociedade civil e na sociedade política", "estabelecer o domínio do intelectual coletivo (partido classe)" e "silenciar os intelectuais independentes". O método a ser aplicado, segundo esse relatório, era "realizar a transformação intelectual e moral da sociedade pelo abandono de suas tradições, usos e costumes", mudar valores culturais de forma progressiva e contínua, "introduzindo novos conceitos que, absorvidos pelas pessoas, criam o 'senso comum modificado', gerando uma consciência homogênea construída com sutileza e sem aparente conteúdo ideológico". Boa parte dessa visão está exposta em livros como *A Revolução Gramscista no Ocidente* — A Concepção Revolucionária de Antônio Gramsci em os Cadernos do Cárcere, escrito pelo General de Brigada reformado Sérgio Augusto de Avellar Coutinho, e nas obras de Olavo de Carvalho: *A Nova Era e a Revolução Cultural*: Fritjof Capra e Antonio Gramsci e *O Imbecil Coletivo*: atualidades inculturais brasileiras. Os críticos dessa visão afirmam que o raciocínio não passa de uma teoria da conspiração usada apenas para fortalecer e justificar medidas de aparelhamento das instituições sob bases conservadoras. Na *Folha de S.Paulo*, o professor

G

da USP Pablo Ortellado chegou a classificar essa onda de "gramscismo de direita". Em outubro de 2019, o deputado Eduardo Bolsonaro citou Gramsci no discurso de abertura da reunião do Conservative Political Action Conference (CPAC) em São Paulo, afirmando que os adeptos do pensamento do pensador marxista preferem tomar escolas do que tomar quartéis e que os profissionais formados nesse tipo de ambiente acadêmico se tornavam "agentes transformadores", um termo criado por Gramsci na concepção da revolução cultural.

Ver Anticomunismo, Doutrinação, Ideologia de Gênero, Marxismo Cultural, Olavo de Carvalho

Grupo dos 18

Foi um grupo de vereadores do Rio de Janeiro que se aliou em 1990 para derrubar propostas fisiológicas e corporativas durante a votação da Lei Orgânica do Município. Bolsonaro, então no PDC, uniu-se inicialmente ao petista Guilherme Haeser e a Wilmar Palis (sem partido) para tentar derrubar, no segundo turno de votação, emendas que eles consideravam "trens da alegria" para elevar os gastos públicos. A pressão popular e a cobertura da imprensa levaram o grupo a agregar até 18 vereadores, o que serviu para deter o rolo compressor do Centrão, favorável às medidas. Entre as propostas combatidas pelo grupo, havia disposições sobre anulação de demissões realizadas em 1988, efetivação de autônomos e anistias fiscais.

Guerrilha do Araguaia

Foi uma tentativa de militantes de esquerda filiados ao Partido Comunista do Brasil e à Ação Popular de estabelecer uma guerra popular prolongada contra o regime militar — copiando a Revolução Chinesa —, em uma remota área de florestas localizada entre o Sul do Pará e o norte de Goiás (hoje território do estado do Tocantins). A direção do PCdoB considerava a região do Araguaia propícia para uma luta armada no formato de guerrilha, porque a mata densa impediria o uso de blindados, artilharia pesada e bombardeios aéreos precisos pelo Exército. Os primeiros grupos começaram a fazer estudos na região ainda em 1967, quando a luta armada ocorria essencialmente nas áreas urbanas das principais capitais do Brasil. O fluxo de futuros guerrilheiros aumentou entre 1970 e 1972, quando um total de 69 militantes (estudantes, dirigentes estudantis, médicos, advogados e outros profissionais liberais, além de operários) formou os destacamentos das forças, a maioria com treinamentos realizados na China e em Cuba. Confissões de militantes presos e informações de serviços de inteligência convenceram o regime que estava sendo formado um núcleo de guerrilha na região e foram organizadas três campanhas envolvendo ao menos 10 mil militares na repressão ao movimento. A primeira investida do Exército, em abril de 1972, foi considerada equivocada pela aplicação de uma tática de pressão sobre a população local, para que delatassem os guerrilheiros, e pela utilização de recrutas sem experiência com o tipo de terreno. A segunda campanha foi iniciada em setembro daquele mesmo ano e consistiu em uma infiltração de agentes do governo junto aos moradores e comércio da região. Com a ajuda de caboclos e mateiros, foi possível identificar simpatizantes e mapear áreas e trilhas usadas pelos militantes de esquerda. A terceira e última campanha, com tropas mais preparadas e conhecedoras da área, começou em outubro de 1973 e só acabou no início de 1975, quando o último guerrilheiro foi morto. Acredita-se que, além de 60 guerrilheiros, morreram no conflito 400 moradores da região do Araguaia e 16 militares. O sigilo adotado pelo regime a respeito das operações — em uma época de cerceamento da imprensa — e as ordens posteriores de eliminar os vestígios dos combates fizeram crescer o interesse pelo episódio histórico conforme a democracia era restabelecida no país. Campanhas feitas por familiares dos guerrilheiros desaparecidos em combate, reportagens especiais em jornais e revistas, livros, documentários e depoimentos dos poucos sobreviventes ainda fazem parte dessa tentativa de resgate da memória do período. Jair Bolsonaro jamais negou que o Exército enfrentou e repeliu brutalmente a formação da guerrilha nas selvas, mas sempre se insurgiu contra a tentativa dos partidos de esquerda de tornar os combatentes heróis. Em 2003, após o jornal *Correio Braziliense* ter publicado uma série de reportagens sobre o Araguaia, ele citou o médico Carlos Hass como exemplo de mitificação pela esquerda. "O PCdoB prega o fato de que ele, em uma região paupérrima, é verdade, atendia de graça e, mais do que isso, distribuía medicamentos. Atender de graça tudo bem, mas distribuir medicamento de graça? O dinheiro vinha da Albânia, arrecadado em sequestros e em atos de terrorismo praticados nos grandes centros urbanos." Em 31 de março de 2004, no aniversário de 40 anos da tomada do poder pelos militares, ele disse em discurso que, caso o Exército não tivesse aniquilado o movimento, "hoje teríamos no coração do País grupos semelhantes às FARC que dominam a Colômbia". Em 2009, quando a Comissão da Anistia colheu depoimentos de moradores da região do Araguaia que teriam sofrido violência por parte das forças do governo entre 1972 e 1974, Bolsonaro acusou na Câmara que os relatos estavam sendo comprados em troca de indenização. "Esse grupo (a Comissão) faz perguntas muito simples aos caboclos: 'O senhor foi maltratado pelos militares nos anos de 1972, 1973 e 1974? Os militares comeram o porquinho do chiqueiro do senhor? O senhor viu algum militar bater em morador?' (...) Se o caboclo disser não, eles tentam cooptá-lo. Se disser sim, pedem-lhe que assine um documento — ou nele coloque o dedão —, porque vai ganhar até 160 mil reais a título de indenização por ser um perseguido político." Naquele ano, o advogado João Henrique de Nascimento Freitas, ligado ao então deputado estadual Flávio Bolsonaro, conseguiu uma liminar na Justiça Federal do Rio de Janeiro para que fosse interrompida a indenização mensal de dois salários mínimos a que 44 camponeses teriam direito pela suposta perseguição política. O caso se arrasta desde então. Em 2019, o advogado foi indicado pela ministra da Mulher, da Família e dos Direitos Humanos, Damares Alves, para presidir a Comissão de Anistia. Os trabalhos das Comissões de Desaparecidos Políticos e da Verdade também irritavam o capitão da reserva. A partir de 2005, ele deixou afixado na porta de seu gabinete um cartaz dizendo que "quem procura osso é cachorro", em alusão aos grupos que tentavam encontrar os restos mortais dos guerrilheiros. Em 2010, ele reclamou das seguidas tentativas de mudar a história. "O que eles foram fazer no Araguaia antes dos anos 70? Pescar lambari? Caçar rolinha? Não. Foram fazer guerrilha. Nós, militares das Forças Armadas, tratamos os marginais, os guerrilheiros do Araguaia, com a devida autoridade. E os eliminamos." Dentre os sobreviventes da guerrilha, o alvo preferido de Jair Bolsonaro sempre foi o ex-deputado federal José Genoíno (PT-SP). Em janeiro de 2000, após o petista ter dado uma entrevista sobre seu passado ao *Bom Dia Brasil*, da Rede Globo, o capitão da reserva aproveitou para ironizar algumas declarações. "Ele diz que foi preso e torturado. Ele não precisou ser torturado, em nenhum momento, quando foi preso. Foi um emérito colaborador do Exército brasileiro. Foi o responsável pelo fim da guerrilha do Araguaia, delatando todos os seus companheiros. (...) Ele que aponte as marcas da tortura", comentou. Em março daquele ano, em uma entrevista ao *Programa Livre*, do SBT, Bolsonaro se referiu a Genoíno como "um guerrilheiro pé de chinelo". Em dezembro de 2014, voltou a dizer que o deputado do PT não foi submetido a torturas. "José Genoíno inclusive passou alguns anos dado como morto, depois de ter sido detido no Araguaia, para que os 'aparelhos' existentes em São Paulo não mudassem de lugar, e ele, calmamente, enquanto frequentava Brasília e São Paulo, pudesse delatar seus companheiros sem levar um tapa sequer." No ano seguinte, quando o dirigente petista dava seu depoimento na Comissão Parlamentar de Inquérito (CPI) do Mensalão, Bolsonaro levou ao recinto o coronel da reserva Lício Augusto Ribeiro Maciel, responsável pela prisão do ex-guerrilheiro e acusado de tê-lo torturado. A atitude foi considerada uma tentativa de intimidação do adversário político.

AI-5 Anticomunismo
Aliança Pelo Brasil
Arminha
quecimento global Autoritarismo
Bilateralismo Balbúrdia
Bolsominion
Brasil Acima de Tudo"
Brilhante Ulstra Comunismo
Conservadorismo
Decretos das armas
Desmatamento Direitos humanos
Doutrinação
Escola Sem Partido
Fascismo Fake News
Homofobia Misoginia
Olavo de Carvalho Kit gay Mito
deologia de Gênero
Lei Rouanet Marxismo
Nacionalismo Nazismo
Nióbio Queiroz Nepotismo
Pirralha Regime
ena de morte Socialismo

H

HÉLIO NEGÃO

Hélio Fernando Barbosa Lopes, conhecido como Hélio Negão, é um subtenente do Exército Brasileiro que se tornou o deputado federal mais votado pelo Rio de Janeiro nas eleições de 2018. Graduado em Gestão Pública e Financeira pela Unisul, Hélio destacou-se na Chefia de Polícia do Comando Militar Leste e conhece Jair Bolsonaro há mais de duas décadas. O militar já tentara outras disputas eleitorais, sem sucesso. Em 2004, filiado ao PRP, não teve deferida sua candidatura a vereador na cidade de Queimados (RJ), mesma situação enfrentada em 2014, quando tentou uma vaga de deputado federal pelo PTN. Em 2016, filiado ao PTC, conseguiu apenas uma suplência na Câmara de Vereadores de Nova Iguaçu, com 480 votos. Sua relevância eleitoral foi alavancada em 2018, quando Jair Bolsonaro "emprestou" seu sobrenome ao subtenente na disputa pela Câmara federal pelo PSL e Hélio passou a aparecer publicamente com o candidato a presidente. A estratégia deu certo. "Hélio Bolsonaro" obteve 345,2 mil votos. Além da amizade antiga, o compartilhamento de ideias e valores e a estratégia de criar um puxador de votos na chapa, analistas acreditam que Bolsonaro usou a proximidade com Hélio Negão para "blindar" sua candidatura de qualquer insinuação sobre racismo. Em 2017, durante uma palestra na Hebraica do Rio de Janeiro, o então deputado federal criticou as ONGs que trabalhavam pela questão indígena e quilombola e acabou usando expressões consideradas de cunho racista. "Eu fui a um quilombo. O afrodescendente mais leve lá pesava sete arrobas. Não fazem nada. Eu acho que nem para procriador eles servem mais", disse naquela ocasião. A repercussão negativa do uso das expressões "arroba" e "procriador", utilizadas frequentemente para se referir a animais, levou a Procuradoria Geral da União (PGR) a apresentar denúncia contra o deputado por crime de racismo. O pedido foi negado pelo STF e outro processo na Justiça Federal foi extinto em 2019. Hélio Negão não fugia da polêmica quando o assunto surgia na campanha. Quando o rapper Marcelo D2 se referiu a ele como o "negão do Bolsonaro", Hélio respondeu no Instagram: "Tão dizendo por aí que eu sou escravo. Será que é pela cor da pele? Negativo. Tem nesse mundo aí, principalmente quem critica, escravo do vício e da corrupção." Após a posse, Hélio Negão afirmou em discurso na Câmara que Bolsonaro era seu "irmão de coração". "A minha cor é o Brasil", afirmou. Fiel às propostas do mentor, o subtenente apresentou como primeiro projeto de lei mudanças no Código Penal para aumentar a pena máxima de prisão no país de 30 anos para 38 anos. O deputado federal costuma acompanhar o presidente Bolsonaro em viagens internacionais e em outras aparições públicas. Essa proximidade e cumplicidade oferecem ao presidente oportunidades de fazer brincadeiras com a questão racial. Em uma live do Facebook em fevereiro de 2020, com a presença do deputado, Bolsonaro comentou: "O negão é o Hélio, meu irmão. Meu irmão que demorou para nascer, levou 10 meses para nascer. O Hélio deu uma 'queimadinha'. Se não ele seria minha cara."

Ver Racismo

H

Hienas

Vídeo postado na conta oficial do Twitter de Jair Bolsonaro, em 29 de outubro de 2019, que fez referência a diversos grupos que estariam se opondo ao governo. As imagens originais, de um documentário de 2018 da BBC Earth, mostravam um leão acuado por um bando de hienas, que o cercavam e atacavam com mordidas, tentando cansá-lo a ponto de não oferecer mais defesa. Após alguns tensos minutos, um segundo leão aparece e afugenta os outros predadores. Na versão da rede social do presidente, as hienas foram identificadas com logotipos oficiais do STF, de partidos políticos (PT, PSDB, PDT, PCdoB e até do PSL do próprio Bolsonaro), órgãos de imprensa (*Folha de S.Paulo, Estadão, Veja* e Rede Globo), organizações (MBL, ONU, Greenpeace, CUT e MST), além do feminismo, dos "isentões" e da Lei Rouanet. O leão cercado era identificado como Jair Bolsonaro e o animal salvador era definido como o "conservador patriota". A mensagem que encerra o vídeo era: "Vamos apoiar o presidente até o fim e não atacá-lo. Já tem a oposição para fazer isso." Embora a postagem tenha ficado pouco tempo no ar, foi o suficiente para gerar nova controvérsia política, não só pelas críticas à oposição, mas também à outra instituição. No dia seguinte, o ministro Celso de Mello, do STF, afirmou em nota oficial que "torna-se evidente que o atrevimento presidencial parece não encontrar limites na compostura que um Chefe de Estado deve demonstrar no exercício de suas altas funções" e que "esse comportamento revelado no vídeo em questão, além de caracterizar absoluta falta de '*gravitas*' e de apropriada estatura presidencial, também constituiu expressão odiosa (e profundamente lamentável) de quem desconhece o dogma da separação de poderes e, o que é mais grave, de quem teme um Poder Judiciário independente e consciente de que ninguém, nem mesmo o Presidente da República, está acima da autoridade da Constituição e das leis da república". Seu colega de corte, o ministro Marco Aurélio Mello, disse que "o exemplo, especialmente para o cidadão leigo, vem de cima. É deplorável. Aonde vamos parar? O Brasil precisa estar focado em coisas boas, construtivas, positivas, visando ao bem-estar de todos, e não em futricas rasteiras". Ainda na Arábia Saudita, onde cumpria visita oficial a países da Ásia e do Oriente Médio, o presidente desculpou-se publicamente pelo vídeo que citava o STF. "Foi uma injustiça, sim. Corrigimos e vamos publicar uma matéria que vai para esse lado das desculpas. Erramos e vai haver retratação." Dessa vez, o presidente assumiu a responsabilidade pela publicação e isentou seu filho, Carlos Bolsonaro, de participação. "Tem mais gente que tem a senha (do Twitter) e não sei por que passou despercebido." Mesmo com o recuo, a hashtag #HienasDeToga foi alavancada por meio de robôs nos dias seguintes nas redes sociais e o presidente do Supremo, Dias Toffoli, foi hostilizado publicamente e chamado de "hiena" em uma aparição pública.

Ver Ativismo Judicial, MBL

HOMOFOBIA

Aversão ou repulsa à homossexualidade ou às pessoas homossexuais. Ela pode se manifestar individualmente ou em grupo por meio de comentários, discursos, gestos, ações e produtos culturais que passem uma mensagem de inferioridade de quem possua orientação sexual diferente do padrão heterossexual. Também pode ser identificada na esfera pública com a negação da equivalência de direitos para esse grupo da sociedade. Bolsonaro jamais aceitou ser classificado como homofóbico, mas diversas afirmações públicas suas se encaixam na definição. Em 2003, ao criticar a proposta da deputada Laura Carneiro para instituir o dia 28 de junho como Dia Nacional do Orgulho Gay e da Consciência Homossexual, ele comentou que "o plenário deve decidir se nossas crianças e adolescentes podem crescer direcionados para a visão que ser gay ou homossexual é motivo de orgulho para si e para seus pais". Ele ainda ironizou que a data de 24 de junho seria mais apropriada — o número 24 é popularmente reconhecido como o do "veado" no Jogo do Bicho. Em abril de 2010, durante discussões sobre o Estatuto das Famílias, Bolsonaro disse ser contrário à adoção de crianças por homossexuais. "Fico imaginando como seria na escola de meu filho de 12 anos quando a turma perguntasse: Joaozinho, sua mãe é o careca ou o bigodudo? Que vergonha! Eu preferiria não ser adotado por ninguém." O deputado elevou o tom sobre a questão dos direitos dos homossexuais em novembro daquele ano, quando, em um seminário conjunto das comissões de Direitos Humanos e de Educação, foram revelados detalhes de um kit direcionado aos professores da rede pública sobre o combate à homofobia. Bolsonaro disse que se tratava do maior escândalo de seus 20 anos de Congresso Nacional, porque o que ele chamou de "kit gay" era um "estímulo ao homossexualismo (sic), à promiscuidade". Para o capitão da reserva, "essa história de homofobia é uma cobertura para aliciar a garotada, especialmente os garotos que eles acham que têm tendências homossexuais". O deputado passou a discursar com frequência sobre esse tema e, em 2011, recebeu o apoio da frente evangélica no Congresso, parte dela filiada a partidos da base do governo petista de Dilma Rousseff. A pressão fez o governo federal suspender a distribuição da cartilha e de seus materiais complementares, e a polêmica deu a Bolsonaro mais uma bandeira política: a luta contra o ativismo LGBT. Em maio de 2011, ele distribuiu um panfleto contra o kit na entrada da CDH do Senado e discutiu com a senadora Marinor Brito (PSOL), a quem chamou de "heterofóbica". No mesmo mês, acusou o STF de "tropeçar no tocante à ética, à moral e aos bons costumes" ao aprovar a união homoafetiva. Em junho, deu uma famosa entrevista à revista Playboy na qual afirmou que ter vizinhos homossexuais desvalorizava imóveis. "Ninguém fala porque tem medo de ser tachado de homofóbico, mas é uma realidade. Não sou obrigado a gostar de ninguém. Tenho que respeitar, mas gostar, eu não gosto", disse aos entrevistadores. Ele disse ainda que seria incapaz de amar um filho que se declarasse homossexual: "Prefiro que morra em um acidente do que apareça com um bigodudo por aí. Para mim, ele vai ter morrido mesmo." Ele ainda relacionou nessa entrevista a homossexualidade ao consumo de drogas e à pedofilia. Em outubro daquele ano, o deputado se insurgiu contra alguns itens do Estatuto da Juventude, que estava sendo votado na Câmara. Para ele, temas relacionados à sexualidade nos currículos escolares poderiam disseminar conteúdos homoafetivos. "Esqueça os currículos, quem dá educação sexual é pai e mãe". Em abril de 2015, a Justiça do Rio de Janeiro condenou Jair Bolsonaro a uma multa de R$150 mil por declarações de cunho homofóbico feitas no programa *CQC* da TV Bandeirantes, em 2011. Na ocasião, ele afirmou que não corria o risco de ter um filho gay, porque eles tiveram boa educação. A ação foi movida pelos grupos Diversidade Niterói, Grupo Cabo Free de Conscientização Homossexual e Combate à Homofobia e Grupo Arco-íris de Conscientização e a condenação mantida por desembargadores do TJ. Em junho de 2019, já presidente, Bolsonaro discursou durante a Marcha para Jesus em Brasília e criticou a decisão recente do STF que equiparou a homofobia ao crime de racismo. "As leis existem para proteger as maiorias. (...) Não podemos permitir que nos tolham, que firam nossos princípios." Na mesma ocasião, ele se referiu à "ideologia de gênero" como "coisa do capeta".

Ver Ideologia de Gênero

HYLOEA

Revista oficial do Colégio Militar de Porto Alegre, que publicou matéria sobre formandos, no final de 1997, com pesquisa entre os alunos apontando Adolf Hitler como personagem histórico mais admirado. Das 49 personalidades citadas por 84 alunos, o líder nazista foi elogiado por nove jovens, ficando à frente de figuras como Tiradentes, Ayrton Senna e Joana D'Arc, Ghandi e Getúlio Vargas, além de outras menos votadas como Renato Portaluppi, Conde Drácula e Bob Marley. A notícia foi divulgada pelo diário gaúcho *Correio do Povo* e pelo *Jornal do Brasil*, em 19 de janeiro de 1998, e causou controvérsia, porque a escola era conhecida como "colégio dos presidentes": pelos bancos da instituição de ensino, tinham passado nomes como Eurico Gaspar Dutra, Castelo Branco, Costa e Silva, Emílio Garrastazu Médici e João Figueiredo. Alguns dos alunos entrevistados pelo *JB* apontaram o dom da oratória, o "poder de indução" e a estratégia militar como características elogiáveis de Hitler. Em um de seus primeiros discursos na Câmara em 1998, três dias após a publicação da reportagem, Jair Bolsonaro criticou a "grande mídia" por ter dado destaque à pesquisa da revista do colégio, ironizando que eles teriam sido elogiados se elegessem Fernando Henrique Cardoso como o mais admirado e defendendo a "liberdade de expressão". Bolsonaro afirmou ainda que os alunos, filhos de militares, estavam "carentes de ordem e disciplina nesse país" e que eles (os alunos) "têm que eleger aqueles que souberam, de uma forma ou de outra, impor ordem e disciplina". No entanto, o ex-capitão ponderou: "Nós também não concordamos com as atrocidades cometidas por Adolf Hitler."

Ver Autoritarismo

AI-5 Anticomunismo
Aliança Pelo Brasil
Arminha
Aquecimento global Autoritarismo
Bilateralismo Balbúrdia
Bolsominion
"Brasil Acima de Tudo"
Brilhante Ulstra Comunismo
Conservadorismo
Decretos das armas
Desmatamento Direitos humanos
Doutrinação
Escola Sem Partido
Fascismo Fake News
Homofobia Misoginia
Olavo de Carvalho Kit gay
Ideologia de Gênero Mito
Lei Rouanet Marxismo
Nacionalismo Nazismo
Nióbio Queiroz Nepotismo
Pirralha Regime militar
Pena de morte Socialismo

I

Ideologia de Gênero

Denominação crítica dada por grupos conservadores aos debates, estudos e propostas de políticas públicas relacionadas ao conceito de gênero. Esse conceito nasceu e se desenvolveu por meio das primeiras teóricas do feminismo (em especial, a filósofa existencialista Simone de Beauvoir), que fizeram a distinção entre sexo e gênero para explicar os mecanismos da dominante cultura patriarcal na sociedade. Segundo essa linha de pensamento, o termo sexo se refere às diferenças biológicas entre homens e mulheres, enquanto o gênero está relacionado às diferenças socialmente produzidas entre ser feminino e ser masculino. Portanto, se o sexo de uma pessoa é biologicamente determinado, seu gênero pode ser cultural e socialmente construído. Essa teoria foi ampliada, a partir dos anos 1980, para abranger também a crise de identidade de pessoas homossexuais e transgêneros. Na interpretação mais radical, defendida pela filósofa Judith Butler, até mesmo o gênero pode ser considerado uma imposição cultural ou social. Devido à força do ativismo LGBT nas últimas décadas, surgiu uma equivalente reação conservadora. Essa visão classifica as teorias sobre gênero como um instrumento de direção política (ideologia) a ser combatido. É atribuído ao cardeal Joseph Ratzinger o primeiro alerta à alegada ideologia de gênero. Em 2004, antes de ser eleito papa, Bento XVI escreveu: "Esta antropologia que pretendia dar igualdade à mulher, liberando-a de todo determinismo biológico, inspirou ideologias que põem em interdição a família natural composta por um pai e uma mãe, comparam a homossexualidade à heterossexualidade e defendem um novo modelo de sexualidade polimorfa." Mais recentemente, um novo documento da Igreja Católica criticou os aspectos da "liquidez e fluidez pós-moderna subordinados à ideologia do *gender*". No Brasil, as manifestações em defesa da identidade de gênero costumam gerar mais polêmica quando colocadas no contexto da política educacional. O deputado Jair Bolsonaro contribuiu muito para a controvérsia no episódio que ficou conhecido como "kit gay" em 2011. Em 2019, o presidente afirmou durante uma marcha evangélica que "ideologia de gênero é coisa do capeta".

Ver Doutrinação; Gramscismo; Homofobia; Kit Gay; Marxismo Cultural

Idiotas Úteis

Foi como o presidente Jair Bolsonaro se referiu aos manifestantes que foram às ruas, em maio de 2019, para protestar contra os cortes que o governo federal promoveu no orçamento do Ministério da Educação. Bolsonaro estava nos Estados Unidos e comentou que a maioria dos participantes nos protestos era de militantes. "Se você perguntar a fórmula da água, não sabe, não sabe nada. São uns idiotas úteis que estão sendo usados como massa de manobra de uma minoria espertalhona que compõe o núcleo das universidades federais." De volta ao Brasil, o presidente disse que havia exagerado nas críticas. "O certo é inocentes úteis." Segundo ele, o contingenciamento não havia sido maior que 3,6% das verbas. Foi nessa época que Bolsonaro e o ministro da Educação, Abraham Weintraub, fizeram uma *live* para demonstrar com bombons de quanto havia sido o corte.

Ver Balbúrdia, Doutrinação

IMPESSOALIDADE

É um princípio básico da administração pública, previsto no Artigo 37 da Constituição, que prescreve que o interesse público deve prevalecer sobre o pessoal na atuação dos integrantes do Executivo, dos parlamentares e dos magistrados. A inclusão desse princípio na Carta de 1988, ao lado de outros como a legalidade, a moralidade, a publicidade e a qualidade do serviço prestado, foi uma forma de combater vícios da administração pública como o patrimonialismo, o nepotismo e o partidarismo. O governo de Jair Bolsonaro já foi acusado de desrespeitar esse princípio em algumas ocasiões, sendo o caso mais conhecido a indicação de seu filho Eduardo para a embaixada do Brasil em Washington — embora nomeações para cargos políticos não se enquadrem na categoria do nepotismo. Outro exemplo foi o afastamento do chefe do Centro de Operações Aéreas da Diretoria de Proteção Ambiental do Ibama, José Augusto Morelli. Ele foi o fiscal que multou, em 2012, o então deputado federal Bolsonaro, em Angra dos Reis, por pescar em área ambientalmente protegida. O uso de marcas e slogans da campanha presidencial na transmissão da posse do presidente, em janeiro de 2019, em mídias sociais oficiais e pela TV NBR, também feriram o princípio da impessoalidade.

INCITAÇÃO AO CRIME DE ESTUPRO

Acusação feita contra Jair Bolsonaro pela deputada federal e ex-ministra dos Direitos Humanos Maria do Rosário (PT-RS). A ação foi movida em dezembro de 2014, após o então deputado dizer em plenário que não estupraria a petista porque "ela não merece". No dia seguinte, Bolsonaro confirmou a frase em entrevista ao jornal gaúcho *Zero Hora* e acrescentou: "Ela não merece, porque ela é muito ruim, porque ela é muito feia. Não faz meu gênero. Jamais a estupraria." O embate entre os dois políticos, no entanto, começou em novembro de 2003, período em que se discutiam mudanças na maioridade penal. Bolsonaro dava entrevista sobre o tema para a Rede TV e não gostou dos comentários de Maria do Rosário, que estava ao lado esperando sua vez de falar. Na discussão, gravada em vídeo, a deputada o acusa de incentivar a violência e ele pergunta se ela o considerava um "estuprador". Ao ouvir a resposta afirmativa, Bolsonaro disse pela primeira vez que ela não mereceria ser vítima do crime, além de chamá-la de "vagabunda". Bolsonaro foi condenado em primeira instância em 2015 a pagar indenização no valor de R$10 mil e a se retratar publicamente. A decisão foi mantida pelo STJ e um recurso foi negado pelo STF em 2019. O pedido oficial de desculpas foi postado nas redes sociais em 13 de junho de 2019. Ainda há duas ações sobre o caso no Supremo, mas os processos estão suspensos enquanto durar o mandato do presidente da República. Em 2013, antes do episódio que gerou o processo, Bolsonaro apresentou projeto de lei que condiciona o direito à progressão da pena dos condenados por estupro à castração química voluntária do detento. Em 2016, quando foi apresentado um projeto para aumentar a pena para estupradores, deputadas levantaram cartazes com os dizeres "Abaixo à cultura do estupro" e Bolsonaro voltou a discursar sobre o tema, dizendo que aqueles que são contra a redução da maioridade penal e que defendem revisão de pena para detentos violentos agiam com hipocrisia e demagogia. "Essas mulheres são as mesmas que vêm protestar que os presídios estão cheios, para que sejam soltos exatamente estupradores, entre tantos outros. Não cola esse joguinho barato de nos chamar a nós homens de estupradores. Ninguém admite o estupro", disse. Em dezembro daquele ano, ele criticou a aceitação da denúncia pelo STF. "Lamentavelmente, uma turma do Supremo acolheu uma denúncia nesse sentido, como se eu fosse o maior estimulador de estupros do Brasil! Eu é que estou sendo estuprado, por abuso de autoridade!", declarou.

ISONOMIA

Uma das primeiras bandeiras defendidas por Jair Bolsonaro e responsável direta por sua eleição para o primeiro mandato de deputado federal, em 1990. A defasagem salarial dos militares, fruto de reposições apenas parciais da inflação aos soldos nas muitas crises econômicas dos anos 1980, foi exacerbada em janeiro de 1989, quando o presidente José Sarney sancionou uma lei que revogava a isonomia de vencimentos entre os ministros do Supremo Tribunal Militar (STM) e os oficiais-generais quatro estrelas das Forças Armadas. Essa isonomia havia sido garantida em 1987, após esforços do ex-ministro-chefe do Estado Maior das Forças Armadas (EMFA) Brigadeiro Paulo Roberto Camarinha. Mas, no início de 1989, os salários do STM foram reajustados em 257% e técnicos da equipe econômica alertaram o Executivo que a manutenção da regra isonômica desencadearia um efeito cascata em toda a tropa, onerando os cofres públicos em demasia. Inaugurou-se um período de crescente insatisfação dos militares da ativa e da reserva. Ainda vereador pelo PDC fluminense, Bolsonaro mandou imprimir e distribuir milhares de panfletos nas vilas militares e pelo correio pedindo a revisão. Após ser eleito deputado, por diversas vezes discursou em plenário, fez panfletagens e organizou passeatas sobre o tema. Ele também fez um requerimento oficial ao Estado-Maior das Forças Armadas e entrou com ação na Justiça Federal solicitando a volta da regra da isonomia.

AI-5 Anticomunismo
Aliança Pelo Brasil
Arminha
quecimento global Autoritarismo
Bilateralismo Balbúrdia
Bolsominion
"Brasil Acima de Tudo"
Brilhante Ulstra Comunismo
Conservadorismo
Decretos das armas
Desmatamento Direitos humanos
Doutrinação
Escola Sem Partido
Fascismo Fake News
Homofobia Misoginia
Olavo de Carvalho Kit gay M
deologia de Gênero
Lei Rouanet Marxism
Nacionalismo Nazis
Nióbio Queiroz Nepotismo
Pirralha Regime
ena de morte Socialism

J

JAIR ROSA PINTO

Jogador de futebol que brilhou nos anos 1940 e 1950 em times como Flamengo, Palmeiras e Santos, foi campeão e artilheiro da Copa América de 1949 e vice-campeão mundial com a Seleção Brasileira na Copa de 1950. Foi em homenagem a ele que o pai de Bolsonaro, Percy Geraldo, resolveu batizar o filho com o nome de Jair, tanto porque ele era palmeirense quanto pela data do nascimento (21 de março) ser o aniversário do jogador.

JOÃO BATISTA CAMPELO

Policial federal de carreira que entrou para história em 1999 por ter ficado apenas três dias na direção-geral da PF. Campelo fez boa parte de sua carreira no Maranhão, tendo passado depois por cargos em Santa Catarina e no Distrito Federal, onde chefiou a Academia Nacional de Polícia. Em junho de 1993, foi nomeado pelo governo Itamar Franco para a Secretaria Nacional da PF, segundo cargo mais importante da instituição. No dia 18 de junho daquele ano, o *Jornal do Brasil* trouxe reportagem com denúncia contra Campelo de prática de tortura durante o regime militar. A acusação foi feita pelo ex-padre José Antônio Monteiro, preso em agosto de 1970 por suspeita de realizar atos de subversão em comunidades eclesiais de base no interior maranhense. Monteiro disse ter passado por sessões de pau de arara e espancamentos durante interrogatórios comandados por Campelo. O policial negou as acusações na época, confirmando apenas ter "entrevistado" o padre durante sua prisão. Mesmo com a repercussão negativa, Campelo só foi demitido no mês seguinte por conta de uma crise interna na PF motivada pela fuga do empresário e ex-tesoureiro de campanha de Fernando Collor de Mello, Paulo César Farias, o PC Farias. Campelo cumpriu outras funções públicas e exercia o cargo de Secretário de Segurança de Roraima, em junho de 1999, quando foi escolhido pelo presidente Fernando Henrique Cardoso para assumir a direção-geral da PF. O *JB* repetiu a denúncia no dia 9 de junho daquele ano, dessa vez com o acréscimo do depoimento do então bispo de Viana (MA), o francês Xavier de Maupeou, que também disse ter sido preso e espancado em 1970. O jornal mostrou ainda nos dias seguintes detalhes de uma auditoria militar realizada sobre o inquérito policial que comprovava que os padres tinham sofrido "coação física e mental" durante a prisão. Campelo tomou posse no dia 15 e a Comissão de Direitos Humanos ouviu o depoimento do ex-padre Monteiro no dia seguinte. Após uma sessão de perguntas que durou cinco horas, o acusador teve uma crise hipertensiva e foi atendido no serviço médico da Casa. Do lado de fora, o deputado Jair Bolsonaro (PPB-RJ) comentou com os jornalistas: "Isso é o que dá torturar e não matar", conforme reportagem da *Folha de S.Paulo*. Campelo foi ouvido pela mesma comissão no dia 17, em uma sessão tumultuada na qual Bolsonaro e Alberto Fraga (PMDB-DF) tentaram fazer o policial desistir de depor. O motivo é que o presidente da CDH, Nilmário Miranda (PT-MG), havia antecipado seu voto na véspera, quando Monteiro foi ouvido. Durante o depoimento, Bolsonaro disse que "a esquerda quer se intrometer na nomeação do diretor da Polícia Federal, mas ninguém questiona o fato de ter no Congresso um deputado sequestrador, um deputado guerrilheiro e um senador que apoia guerrilheiro". Como não conseguiu uma defesa considerada satisfatória na comissão, Campelo entregou sua carta de demissão no dia seguinte, apenas três dias após sua posse. No dia 23, Bolsonaro discursou na Câmara lamentando o episódio. "Apesar de o fato (a tortura) acontecer ou não, o delegado estava plenamente coberto pela Lei da Anistia, de 1979, já que o ocorrido deu-se em 1970. Há perguntas que não se respondem, e a mídia só dá espaço para um lado."

AI-5 Anticomunismo
Aliança Pelo Brasil
Arminha
Aquecimento global Autoritarismo
Bilateralismo Balbúrdia
Bolsominion
"Brasil Acima de Tudo"
Brilhante Ulstra Comunismo
Conservadorismo
Decretos das armas
Desmatamento Direitos humanos
Doutrinação
Escola Sem Partido
Fascismo Fake News
Homofobia Misoginia
Olavo de Carvalho Kit gay
Ideologia de Gênero Mito
Lei Rouanet Marxismo
Nacionalismo Nazismo
Nióbio Queiroz Nepotismo
Pirralha Socialismo
Pena de morte

K

"Kit Gay"

Nome que o deputado Jair Bolsonaro atribuiu à cartilha Escola Sem Homofobia, um conteúdo de teor pedagógico, elaborado por ONGs, para servir de recursos aos professores da rede pública em questões sobre sexualidade e bullying. O conteúdo vinha sendo trabalhado pelos autores com o apoio do MEC, desde 2004, na criação do programa Brasil Sem Homofobia, lançado durante o governo Lula, mas só ganhou ares de polêmica em novembro de 2010. No dia 23 daquele mês, a Comissão de Legislação Participativa da Câmara, em conjunto com as comissões de Educação e de Direitos Humanos, realizou um seminário chamado de "Escola Sem Homofobia" para apresentar resultados de uma pesquisa qualitativa feita com professores, alunos e funcionários de escolas públicas sobre o grau de conhecimento em relação ao tema. O encontro também serviu para mostrar trechos da cartilha a ser distribuída para professores de ensino infanto-juvenil no sentido de dar subsídios para discutir essas questões em sala de aula. Do conteúdo apresentado constavam três vídeos: a animação "Medo do Quê" e os filmetes 'Boneca na Mochila" e "Encontrando Bianca", todos sobre jovens descobrindo a homossexualidade. Na semana seguinte, Bolsonaro discursou na Câmara denunciando "o maior escândalo de que já tomei conhecimento" e alegando que a intenção do governo era distribuir esse material para crianças de 7 a 12 anos e que o kit era um "estímulo ao homossexualismo (sic), à promiscuidade". O deputado seguiu nessa cruzada contra a cartilha no início do ano seguinte, conseguindo o forte apoio da Frente Parlamentar Evangélica, que pressionou o recém-empossado governo Dilma Rousseff até que a presidente mandou, em maio de 2011, suspender a distribuição do kit. Ainda naquele mês, Bolsonaro voltou à carga durante as discussões do Plano Nacional de Educação 2011-2020, alegando que os grupos LGBT queriam incluir livros sobre essa temática gay entre os materiais didáticos a serem distribuídos às bibliotecas. Ele chamou o plano de "kit gay 2". A versão final do PNE, aprovada em 2014, suprimiu metas referentes a questões de gênero e orientação sexual. A polêmica continuou a ser fomentada em campanhas eleitorais: em 2012, Bolsonaro atacou o candidato à prefeitura de São Paulo, Fernando Haddad, a quem chamou de "pai do kit gay"; em 2014, criticou seu próprio partido, o PP, por defender a reeleição de Dilma, "que apoia aulas de homossexualismo (sic) no ensino fundamental"; em 2018, usou as acusações de "ideologia de gênero nas escolas" para atacar Haddad e até levou o livro *Aparelho Sexual e Cia.* em entrevista ao vivo no *Jornal Nacional*, dizendo que ele fazia parte do kit, informação desmentida depois.

Ver Doutrinação, Homofobia, Ideologia de Gênero

AI-5 Anticomunismo
Aliança Pelo Brasil
Arminha
Aquecimento global Autoritarismo
Bilateralismo Balbúrdia
Bolsominion
"Brasil Acima de Tudo"
Brilhante Ulstra Comunismo
Conservadorismo
Decretos das armas
Desmatamento Direitos humanos
Doutrinação
Escola Sem Partido
Fascismo Fake News
Homofobia Misoginia
Olavo de Carvalho Kit gay
Mito
Ideologia de Gênero
Lei Rouanet Marxismo
Nacionalismo azismo
Nióbio Queiroz Nepotismo
Pirralha gime milita
Pena de morte Socialismo
L

Lei da Palmada

Denominação popular da Lei 13.010/2014 que alterou artigos do Estatuto da Criança e do Adolescente para tornar mais explícita a proibição do uso de castigos físicos ou tratamentos cruéis e degradantes na educação dos jovens. Quando foi sancionada, já era chamada de Lei do Menino Bernardo, em homenagem ao menor Bernardo Boldrini, assassinado naquele ano na área rural da cidade gaúcha de Frederico Westphalen, após um histórico de maus-tratos e negligência praticados pelo pai, o médico Leandro Boldrini, e pela madrasta, Gracieli Ugulini, ambos acusados pela morte do garoto e condenados anos depois. A primeira proposta da legislação específica sobre o assunto foi apresentada, em 2003, pela deputada Maria do Rosário (PT-RS) e estabelecia "o direito da criança e do adolescente a não serem submetidos a qualquer forma de punição corporal, mediante a adoção de castigos moderados ou imoderados, sob a alegação de quaisquer propósitos, ainda que pedagógicos". O projeto de lei 2.654/2003 avançou nas comissões da Câmara nos anos seguintes, mas teve a tramitação barrada em 2006 por recursos de deputados que não concordavam com a apreciação conclusiva do texto, que, na prática, dispensava a necessidade de ser submetido ao plenário da casa. Um desses recursos foi apresentado por Jair Bolsonaro. Ele alegava que a proposta tratava de um assunto polêmico, com entendimento ainda não pacificado pela sociedade e alertava para o risco de o Estado poder intervir na dinâmica da família em exercer sua autoridade com fins educativos, ainda que de forma moderada. Em um debate na Rádio Câmara em outubro de 2007, o deputado afirmou: "Todos meus filhos já apanharam de mim e nenhum é meu inimigo por causa disso." Naquele ano, o governo Lula lançou a campanha "Não bata, eduque", que contou com a presença da apresentadora Xuxa Meneghel. Bolsonaro dizia na época que legislar sobre isso era uma intromissão indesejada pela maioria da população e que a criminalização exagerada da punição se juntava a outras iniciativas do governo para favorecer a delinquência dos jovens. "Que moral tem esse governo para dizer como eu devo educar meus filhos? Se o garoto não quer tomar a vacina, o que o pai vai fazer? Ou se não quer fazer o dever de casa? Como fica o pai e o professor? Vamos deixar essas crianças desafiarem a autoridade e criar uma geração de gente que não estudou?", perguntou no debate. Como essa primeira proposição ficou travada por falta de consenso para votação, o governo mandou um novo projeto de lei em julho de 2010 (7.672/10) sobre o mesmo tema. Em novembro daquele ano, a Rádio e a TV Câmara fizeram novo debate sobre o projeto, durante o programa *Participação Popular*, e Bolsonaro voltou a defender seus argumentos. "Vamos chegar ao absurdo de a PM cercar a casa de uma senhora e gritar: 'abaixe o chinelo e saia com as mãos para cima'", brincou. Mas ele também aproveitou o programa para citar uma "correção" da homossexualidade. Bolsonaro disse que "se o filho começa a ficar assim meio gayzinho, leva um couro e ele muda o comportamento dele". Após a repercussão negativa, o deputado manteve a declaração. "Em um contexto, eu até falei, e assumo: um garoto muito agressivo, você pode redirecioná-lo. E quando é meio voltado para o lado gay, você também pode redirecioná-lo." No ano seguinte, Xuxa e a rainha Silvia, da Suécia, defenderam o projeto em um seminário da Comissão de

Direitos Humanos, e a experiência do país europeu de ter reduzido drasticamente a ocorrência de morte de crianças em virtude de castigos corporais após a aprovação de uma lei similar foi citada. No debate, Bolsonaro rebateu argumento de que países de Primeiro Mundo não poderiam ser comparados ao Brasil pelo grau de educação diferenciado. Ele também duvidou da eficácia de uma legislação específica. "Xuxa, lei não faz milagre; vontade política não leva ninguém ao paraíso." O projeto teve novamente avanço nas comissões da Casa e o deputado entrou com outro recurso contra a apreciação conclusiva em fevereiro de 2012. Somente em maio de 2014, a CCJ aprovou o relatório da comissão especial e o projeto foi enviado ao Senado, onde correu rapidamente e foi transformado em lei no mês seguinte.

Lei Rouanet

Principal mecanismo de captação de recursos para o fomento da cultura brasileira, a chamada Lei Rouanet foi criada no governo Collor de Mello, em 1991, em substituição à Lei Sarney de incentivo, que vigorava desde 1986. A Lei 8.313/91 foi bem mais ampla, criando o Programa Nacional de Apoio à Cultura (Pronac), mas acabou recebendo o apelido de Lei Rouanet, porque seu idealizador foi o ensaísta e ex-embaixador da Dinamarca Sérgio Paulo Rouanet, escolhido por Collor para comandar a Secretaria Nacional da Cultura. A legislação anterior permitia o incentivo privado à produção de manifestações culturais, mas facilitava distorções como a dedução de gastos com espetáculos, filmes, exposições e publicações que jamais foram efetivamente realizados. Com objetivos como promoção do livre acesso às fontes de cultura, regionalização da produção artística e preservação dos bens materiais e imateriais do patrimônio cultural da Nação, a nova lei previa três mecanismos de incentivo: o Fundo Nacional de Cultura (FNC), com dotação orçamentária; o mecenato, com a possibilidade de apoio por empresas privadas e públicas mediante dedução tributária; e os fundos de investimento cultural (Ficart), autorizados pela CVM. Antes dos governos petistas, Jair Bolsonaro não criticava a lei e, em 2001, chegou até mesmo a apresentar uma indicação de uso do FNC para projetos aprovados que não conseguissem obter patrocínio por meio do mecenato. As primeiras críticas à legislação surgiram alguns anos depois, porque havia uma concentração de até 80% dos projetos aprovados na região Sudeste do país devido à localização geográfica das sedes das empresas. Também havia suspeitas de desvios. Em 2016, a Polícia Federal realizou a Operação Boca Livre, para investigar possíveis fraudes praticadas por empresas de apoio cultural que faziam a ponte entre o Ministério da Cultura e o mecenato. Foram constatados desvios de finalidade dos recursos, superfaturamento e contratação de serviços fictícios, entre outras irregularidades. Entre 2016 e 2017, uma comissão de inquérito na Câmara específica sobre a Lei Rouanet ouviu dezenas de pessoas e fez recomendações para a revisão do texto. Nessa época, já havia uma espécie de "guerra cultural" entre os grupos de direita e de esquerda sobre a utilização dos incentivos para patrocinar eventos que atentariam contra a moral e a família. Na instalação da CPI, em 2016, o deputado Eduardo Bolsonaro afirmou que o governo Dilma Rousseff havia deturpado o espírito inicial da lei para "literalmente comprar a classe artística, uma classe formadora de opinião". "A partir dos requerimentos, nós colocaremos sentadinhos esses artistas bonitinhos que, por baixo dos panos, por meio do Ministério da Cultura, abocanhavam, com base em requisitos subjetivos, o bolso do contribuinte brasileiro. A teta acabou. A teta secou", anunciou o filho "Zero 3". Os ataques aos conteúdos das produções culturais se intensificaram em setembro de 2017, quando a exposição *Queermuseu — Cartografia da Diferença na Arte Brasileira*, que recebia apoio do Santander Cultural, foi cancelada em Porto Alegre, após receber denúncias de incentivos à pedofilia e à zoofilia e de ofensas à Igreja, entre outras acusações. A Promotoria da Infância e da Juventude do RS foi acionada e não encontrou evidências desses crimes. Empossado presidente, Jair Bolsonaro transformou o antigo Ministério da Cultura em uma secretaria subordinada à pasta da Cidadania, comandada por Osmar Terra. Seu governo anunciou medidas sobre a lei de fomento que incluíam a redução do valor máximo dos projetos, de R$60 milhões para R$1 milhão, a elevação da cota de ingressos gratuitos para 20% a 40% da carga total e algumas regras para forçar a descentralização. O uso do nome "Lei Rouanet" foi vetado das comunicações oficiais. Em abril de 2019, em uma transmissão ao vivo na internet, o presidente explicou as mudanças: "Essa desgraça dessa Lei Rouanet começou bem-intencionada. Depois virou aquela festa que todo mundo sabe, cooptando a classe artística, pessoas famosas para apoiar o governo. Quantas vezes vocês viram figurões defendendo 'Lula livre', 'viva Che Guevara', o 'socialismo é o que interessa' em troca da Lei Rouanet? Artistas recebiam até R$60 milhões." Em 2018, um estudo da FGV que verificou a política de incentivos desde 1991, apontou que, para cada R$1,00 captado e executado pela Lei Rouanet, eram movimentados R$1,59 na economia local. Com 53,3 mil projetos contemplados desde o início da vigência da Lei, o cálculo foi de R$49,8 bilhões movimentados direta ou indiretamente na economia.

Ver Ideologia de Gênero

LIBERALISMO

Teoria política e social caracterizada pela defesa da liberdade individual, da propriedade privada e da limitação da intervenção do Estado sobre a vida social, econômica e cultural da sociedade. A palavra se origina do latim *liber*, que significa livre. As bases dessa doutrina são atribuídas a pensadores como o inglês John Locke e ao francês Montesquieu. No Brasil, desde o período Imperial, os políticos se dividiam entre conservadores e liberais, grupos que divergiam sobre os limites do poder da Coroa. Historiadores concordam que, no Brasil, adotaram-se por décadas modelos híbridos do liberalismo, engolidos muitas vezes por regimes politicamente autoritários ou economicamente interventores. As forças políticas no entorno do governo Bolsonaro seguem uma linha de pensamento que se convencionou a ser chamado de "neoliberalismo", uma vertente do liberalismo norte-americano, que mantém a defesa das forças econômicas de mercado (*laissez-faire*) presente desde o liberalismo clássico britânico, mas amplia o escopo para o plano internacional, suplantando os limites do Estado-nação.

Ver *Neoliberalismo, Autoritarismo, Conservadorismo, Nova Direita*

LIVE DAS QUINTAS

Transmissão ao vivo semanal, feita via Facebook, pelo presidente Jair Bolsonaro para comentar políticas e ações de seu governo e para responder a comentários feitos pelos próprios seguidores na rede ou a reportagens na imprensa que desagradam ao capitão da reserva. A primeira *live* foi feita no dia 7 de março de 2019 e contou com as presenças do porta-voz da Presidência da República, Otávio Rego Barros, e do ministro-chefe do Gabinete de Segurança Institucional (GSI), general Augusto Heleno. O modelo da transmissão é quase informal, com anotações escritas a mão sendo passadas aos participantes e, geralmente, com algum detalhe sobre projetos, portarias, instruções ou medidas provisórias editadas por diversas áreas do governo. A duração é de 20 a 30 minutos e o horário de início foi fixado às 19 horas, embora a estreia tenha ocorrido meia hora antes. Os convidados normalmente são ministros de Estado, como Abraham Weintraub (Educação), Sergio Moro (Justiça) e Luiz Henrique Mandetta (Saúde), mas já houve participações especiais como do deputado Hélio Negão e do proprietário das lojas Havan, Luciano Hang. Foi em uma *live* das quintas, por exemplo, que Weintraub trouxe bombons para, didaticamente, tentar explicar de quanto era o contingenciamento de verbas de sua pasta. Foram poucas as semanas em que Bolsonaro deixou de fazer a transmissão nesse modelo, uma delas em setembro de 2019, quando ainda estava internado para uma cirurgia motivada por sequelas do atentado que sofreu na campanha presidencial. O presidente apareceu em um vídeo de poucos minutos, ainda usando uma sonda nasogástrica. Em outubro, o fuso horário impediu a *live* quando o presidente estava na China, em visita oficial, mas, no dia 30 daquele mês (uma quarta-feira), Bolsonaro fez questão de se pronunciar às 3h50 da manhã (horário de Riad, na Arábia Saudita) para responder a reportagem exibida pelo *Jornal Nacional*. A matéria mostrou depoimento de um porteiro do condomínio em que o presidente morava no Rio de Janeiro insinuando uma ligação entre Bolsonaro e milicianos investigados pelo assassinato da vereadora Marielle Franco, ocorrido em 2018. Indignado, o presidente alterou o tom de voz várias vezes no ataque mais forte a um meio de comunicação desde que assumiu a Presidência da República. "Vocês, TV Globo, o tempo todo infernizam minha vida, porra! Agora, Marielle Franco querem empurrar em cima de mim? Seus patifes! Seus canalhas! Não vai colar! Não tenho motivo para matar ninguém no Rio de Janeiro", disse. Ele ainda lembrou que a concessão pública da Globo vence em 2022 e insinuou que a empresa pode ter dificuldades para renovação caso existam pendência fiscal ou jurídica.

Lobby do Cachorro-Quente

Foi um episódio pitoresco protagonizado por Bolsonaro durante a votação da Lei Orgânica do Rio de Janeiro em 1990. O vereador do PDC organizou um grupo (ver Grupo dos 18) de legisladores contra o que considerou um trem da alegria de gastos defendido pelo Centrão. Ao condenar uma proposta de permissão de concessão vitalícia para os trailers na orla que já atuavam há mais de cinco anos, limitando o acesso de novos comerciantes, Bolsonaro disse ao adversário Jorge Pereira (PASART): "Devolvam os cachorros-quentes. Caso contrário, não haverá Lei Orgânica."

Luciano Hang

Varejista brasileiro, dono da rede de lojas de departamento Havan e conhecido por ser um dos empresários mais próximos de Jair Bolsonaro. Fã das histórias dos *"self-made men"* norte-americanos e da cultura do empreendedorismo, Hang adotou como linha arquitetônica de suas lojas as fachadas inspiradas na Casa Branca, além de réplicas da Estátua da Liberdade na área externa. A rede está presente em 17 estados, com mais de 130 lojas e previa encerrar 2019 com faturamento de R$12 bilhões. A meta do grupo é chegar a 200 lojas em 2022. Em entrevistas, Luciano Hang contou que seu tino comercial foi despertado ainda na infância, quando aos 9 anos assumiu a comercialização de doces e biscoitos na cantina da escola em Brusque (SC), sua cidade natal. Foi trabalhar como auxiliar de expedição e vendedor na icônica companhia de tecelagem Renaux, nos anos 1980, mesma fábrica onde seus pais batiam ponto. Naquela mesma época, comprou uma atacadista de tecidos, a Santa Cruz, que se tornou a primeira unidade da Havan, em 1986. O nome da rede vem da junção dos nomes de Hang com Vanderlei de Limas, seu primeiro sócio. O crescimento do negócio motivou uma mudança para um espaço maior no centro de Brusque. A abertura da economia brasileira nos anos 1990 gerou um grande salto devido à entrada no país de produtos importados. Em julho de 1994, no início do Plano Real, a empresa iniciou sua fase de expansão com a inauguração de um centro de compras de 7 mil metros quadrados, já com a fachada característica. Luciano Hang era avesso a aparições públicas até 2016, quando a expansão da rede para além dos estados do Sul — a Havan se aproximava então de 100 lojas — fez surgir boatos sobre a propriedade da marca. Boatos sugeriam que a Havan pertenceria a um dos filhos do ex-presidente Lula, à família de Dilma Rousseff, ao pastor Edir Macedo e ao apresentador Silvio Santos, entre outros. Também se especulava se a rede era uma multinacional dos Estados Unidos ou da Coreia do Sul. Isso motivou uma campanha de marketing chamada "De quem é a Havan", que colocou Luciano como garoto-propaganda da marca e ganhou o prêmio ADVB de 2017. O empresário não saiu mais da mídia e virou presença constante nas redes sociais (tem mais de quatro milhões de seguidores no Facebook, dois milhões no Instagram e 300 mil no Twitter). Defensor do liberalismo econômico, crítico da esquerda e da burocracia, Hang decidiu apoiar Jair Bolsonaro em sua campanha à Presidência da República, em suas aparições públicas e em *lives* pela internet. Foi acusado de contratar empresas para impulsionar publicações via WhatsApp, em 2018, e de incentivar seus funcionários a declararem o voto no capitão da reserva. Nenhuma das acusações foi comprovada. Hang costuma apresentar certidões de quitação de débitos quando é acusado de sonegação de impostos, uma denúncia constante feita por seus críticos. As aparições públicas com roupas nas cores da bandeira brasileira e seu apoio feroz às políticas do presidente Bolsonaro lhe renderam, por parte dos detratores, o apelido de "veio da Havan", que ele resolveu incorporar às peças de propaganda. Em uma demonstração de irrestrito apoio ao governo, Hang determinou, no início de novembro de 2019, que a Havan suspendesse todas as campanhas publicitárias do grupo veiculadas em programas da TV Globo, como *Bom Dia Brasil*, *Jornal Hoje*, *Jornal Nacional*, *Jornal da Globo*, *Malhação* e *Caldeirão do Huck*. A nota oficial da varejista dizia: "Não compactuamos com o jornalismo ideológico e algumas programações da Rede Globo nacional e estamos sendo cobrados pela sociedade e nossos clientes. Enquanto esses programas prestarem um desserviço à nação e irem contra os valores da família brasileira, não voltaremos a anunciar." Com fortuna estimada em R$8,26 bilhões, Hang estreou, em setembro de 2019. na lista de bilionários brasileiros da revista Forbes. Ele já havia figurado em março do mesmo ano na lista mundial da publicação, na 1.057ª posição.

Luiz Fernando Walter

Capitão do Exército que invadiu com sua tropa o prédio da prefeitura de Apucarana (PR), em 1987, e divulgou carta reclamando sobre os baixos soldos nas Forças Armadas. O capitão foi julgado, em janeiro de 1988, pelo Conselho de Justiça da 5ª Circunscrição Militar e condenado a três anos de reclusão e afastamento definitivo dos quadros do Exército. Após 130 dias preso, ele recebeu *habeas corpus* do STM e voltou a trabalhar no Quartel General da 5ª Região Militar de Curitiba. Em 2003, quando assistia a uma sessão na Comissão de Segurança Pública da Assembleia Legislativa do Rio de Janeiro, Jair Bolsonaro foi acusado pelo deputado estadual Noel de Carvalho de ter sido o autor da invasão. Em resposta, Carvalho foi chamado de "velhaco e mentiroso".

AI-5 Anticomunismo
Aliança Pelo Brasil
Arminha
quecimento global Autoritarismo
Bilateralismo Balbúrdia
Bolsominion
Brasil Acima de Tudo"
Brilhante Ulstra Comunismo
Conservadorismo
Decretos das armas
Desmatamento Direitos humanos
Doutrinação
Escola Sem Partido
Fascismo Fake News
Homofobia Misoginia
Olavo de Carvalho Kit gay
Mito
deologia de Gênero
Lei Rouanet Marxismo
Nacionalismo Nazismo
Nióbio Queiroz Nepotismo
regime militar
Pirralha Socialism
ena de morte

M

Maioridade Penal

É a idade na qual o indivíduo passa a responder integralmente por seus atos criminosos perante a lei penal. No Brasil, ela está estabelecida em 18 anos. A preocupação do Estado com a punição ou correção das crianças e adolescentes infratores data dos primórdios da organização social brasileira. Quando ainda era colônia de Portugal, a maioridade penal no Brasil era definida a partir dos sete anos de idade e as punições eram as mesmas reservadas aos adultos, ou seja, poderiam chegar até a pena de morte. Após a declaração da independência, o Código Penal de 1830 estabeleceu a inimputabilidade aos 14 anos, exceto em casos nos quais o delinquente não demonstrasse possuir discernimento — aptidão para distinguir o bem do mal — sobre seus atos. Com a chegada da República, a inimputabilidade absoluta foi definida aos nove anos, mantido o dispositivo do discernimento, situação legal que permaneceu até 1921, quando só passaram a ser considerados inimputáveis jovens com menos de 14 anos. Os de 14 a 18 anos passaram a ser submetidos a processo especial. O Código de Menores, de 1927, definiu a maioridade penal aos 18 e a prisão de crianças e adolescentes ficou proibida. Também foi criado um sistema de aplicação de medidas socioeducativas. O Código Penal de 1940 manteve a maioridade a partir dos 18 anos (Artigo 27) por considerar os jovens imaturos, e esse entendimento legal permaneceu nas mudanças constitucionais realizadas a partir dali, incluindo a Carta de 1988, em seu artigo 228. O Estatuto da Criança e do Adolescente (ECA), de 1990, substituiu o antigo Código de Menores e fixou uma nova doutrina jurídico-social para os jovens. O texto segue a cláusula da Constituição que só considera imputáveis os maiores de 18 anos, mas prevê que crianças e adolescentes com idade entre 12 a 17 anos que cometerem um ato infracional podem ser penalizados com medidas socioeducativas. Nos casos em que for definida a internação do infrator, o prazo não pode exceder três anos. O avanço da violência urbana nas últimas décadas e a participação cada vez mais frequente de menores em crimes classificados como hediondos mantêm aquecido o debate entre políticos, juristas, mídia e sociedade em geral sobre a necessidade de se modificar o atual modelo de penalização, considerado desatualizado. A primeira proposta de alteração foi feita em abril de 1992 pelo deputado Sólon Borges do Reis, que sugeriu em uma PEC a redução da inimputabilidade para os menores de 16 anos, alegando que a velocidade das mudanças no mundo havia ampliado a difusão do conhecimento, aperfeiçoado a vivência humana e apressado o amadurecimento dos jovens. "O adolescente de hoje está longe da ingenuidade dos que viveram antes da Segunda Guerra Mundial", argumentou nas justificativas. Jair Bolsonaro foi um dos subscritores da emenda. O próprio Bolsonaro enviou uma PEC no mesmo sentido em janeiro de 1996. Para ele, "a realidade de nossos dias demonstra que o adolescente com idade de 16 anos já possui discernimento suficiente para avaliar os danos que causam seus atos ilícitos, bem como os crimes que pratica". Segundo sua argumentação, criminosos maiores de idade aproveitavam as brechas da lei de proteção aos menores. "Conhecedores da inimputabilidade dos detentores de idade inferior aos dezoito anos, os imputáveis os incitam ao crime, usando-os como baluarte de suas ideias e planos criminosos.

Sabemos que a mudança da idade não irá prejudicar àqueles que levam uma vida regrada, dentro dos princípios morais e da boa convivência, independente da condição social que desfrutam." O capitão da reserva discursou e debateu muitas vezes defendendo a mudança da lei, seja pela aprovação de sua proposta ou de outras dos colegas de diversos partidos. Em maio de 1998, ele afirmou que ninguém mais aceitava que "marmanjões de dezesseis ou dezessete anos usem como escudo o Estatuto do Menor (sic) para se safar de crimes hediondos". Em novembro de 1999, citando pesquisas que mostravam a opinião pública favorável ao endurecimento das penas, afirmou que, "se 92% querem essa diminuição da maioridade, não podemos defender 0,1% da população composta por marginais". Em outubro de 2000, quando sua companheira Ana Cristina Valle foi assaltada no Centro do Rio de Janeiro, na presença de seu filho Jair Renan, de apenas dois anos na ocasião, Bolsonaro voltou a criticar o que considerava um excesso de proteção aos menores de idade, personalizado na figura do juiz Siro Darlan, responsável então pela 1ª Vara da Infância e da Adolescência. "Ontem minha companheira foi assaltada no Rio de Janeiro. Estava com meu filho de dois anos de idade e foi violentamente agredida. Roubaram seu celular. Pelo que sei até o momento, vão pegar os elementos que praticaram o assalto. E daí? Vão entregá-los a um tal de Dr. Siro Darlan, pai da demagogia no Rio de Janeiro, e ficará por isso mesmo." Em junho de 2002, o plenário da Câmara recebeu cerca de 500 meninos e meninas de rua para debater a PEC em tramitação sobre a maioridade penal e Bolsonaro continuou provocativo: "Se vocês são jovens honestos e responsáveis, que querem o bem do Brasil e não estão pensando em transgredir a lei, por que teriam medo da redução da maioridade penal de 18 para 16 anos?", perguntou. No ano seguinte, o mesmo tema foi o estopim para a discussão com a deputada petista Maria do Rosário (RS) que culminou com a declaração feita por Bolsonaro de que ela "não merecia" ser estuprada. Em 2006, ele disse ser favorável a uma proposta até mais radical. "Minha proposta, de 1996, é uma das mais modestas. Fixei a idade em 16 anos, pois, se sugerisse 12 anos, logicamente não teria a matéria aceitação nesta Casa. A grande verdade é que isso é uma grande fonte de renda para muita gente defender menor marginal." No mesmo ano, ele argumentou sobre críticas de que encher os presídios de menores não resolveria o problema da violência: "Ora, meu Deus do céu, encher a penitenciária de menor marginal é muito melhor do que encher cemitérios de pessoas inocentes. (...) O principal objetivo de uma cadeia não é recuperar alguém, mas, sim, retirar do convívio da sociedade esses marginais. Tenho certeza de que, se colocarmos 90% deles em um colégio de freiras, eles não vão se recuperar." Em maio de 2013, anexou uma questão ideológica à controvérsia: "Por que será que Dilma Rousseff é contra a redução da maioridade penal? Para mim, não é mistério. Todos os setores da sociedade que estão à margem da lei eles apoiam. O PSOL vai agora patrocinar a Marcha da Maconha, no Rio de Janeiro, que indiretamente apoia o PT. Está faltando à presidente criar a 'Bolsa Menor Vagabundo'. Vejam a que ponto chegamos. Tenho de vir falar sobre isso aqui. Dá até vergonha. É o que está faltando. Eu prefiro, Sra. Presidente, cadeias cheias de vagabundos a cemitérios cheios de inocentes." Bolsonaro também não acredita na tese das medidas socioeducativas para menores infratores: "Quem acha que eles são recuperáveis que os bote para trabalhar em seu gabinete aqui na Câmara, para dirigir o carro de sua esposa, para levar a sua filha na faculdade, e não fique apenas defendendo esses marginais, que não têm recuperação." Foi uma PEC de 1993 de autoria do deputado Benedito Domingos (PP-DF) que avançou na Câmara em 2015 e que ainda aguarda apreciação pelo Senado. A mudança aprovada foi a possibilidade de punição para menores entre 16 e 18 anos em casos de crimes hediondos, homicídio doloso e lesão corporal seguida de morte. O cumprimento da pena se daria em estabelecimentos criados especialmente para separar esses infratores dos criminosos maiores de dezoito anos, bem como dos demais menores inimputáveis. Promessa de campanha de Jair Bolsonaro em 2018, a apreciação da redução da maioridade pelo Senado já foi pedida por diversas vezes pelo presidente. O senador Flávio Bolsonaro (PSL-RJ) já acrescentou uma emenda prevendo o início da imputabilidade para os 14 anos.

Mais Brasil, Menos Brasília

Slogan utilizado na campanha de Jair Bolsonaro para representar a proposta da equipe econômica de combater a centralização do poder político, econômico e financeiro no governo federal. A paternidade do termo, usado em 2018 pelo futuro ministro da Economia, Paulo Guedes, foi reivindicada pelo ex-deputado federal do PV Eduardo Jorge, que a colocou em seu plano de governo na campanha presidencial de 2014. A ideia de fortalecer a administração das políticas públicas nos municípios já fazia parte das diretrizes programáticas dos "verdes" antes mesmo da disputa eleitoral. Como o PV se aliou à Marina Silva em 2018, a proposta entrou no plano de governo da ex-senadora e ex-ministra do Meio Ambiente. Guedes admitiu que o slogan não foi criação sua, mas destacou que a frase já era utilizada pelo jornalista Evandro Carlos de Andrade, que chefiou grandes redações nos anos 1980 e 1990. O profissional da mídia acreditava que era preciso ampliar a cobertura de assuntos para além das disputas políticas da capital federal. A expressão "Mais Brasil" foi utilizada para intitular o Plano Plurianual 2012-2015 na gestão de Dilma Rousseff, com o objetivo de representar a diversificação de recursos do Planejamento para todos os estados. A equipe de Dilma também se apropriou do slogan quando, em 2013, foi tomada a decisão de acelerar a agenda de viagens internas da presidente enquanto os protestos de rua começavam a comprometer a popularidade da governante do Brasil. O princípio da descentralização foi utilizado, em outubro de 2019, pelo Senado para aprovar os termos do rateio dos bônus de assinatura entre estados e municípios a serem obtidos no leilão do pré-sal, marcado para novembro. No mesmo mês, quando a Casa concluiu a votação da reforma da Previdência, a elaboração de um novo pacto federativo passou a ser tratada como uma das prioridades legislativas para 2020. A descentralização dos recursos para permitir mais flexibilidade orçamentária a estados e municípios é um dos objetivos da PEC do Pacto Federativo (188/2019), elaborada pela equipe do ministro da Economia, Paulo Guedes, e entregue por Bolsonaro ao Congresso no dia 5 de novembro de 2019.

M

Mais Médicos

Programa do governo federal criado em julho de 2013 para combater a escassez e a má distribuição de profissionais médicos nas regiões mais distantes e mais carentes do Brasil. Instalado primeiro por medida provisória e transformado em lei em outubro daquele ano, o programa possuía originalmente três dimensões: a contratação imediata e emergencial de profissionais graduados no Brasil e fora do país, tanto brasileiros como estrangeiros; medidas estruturantes de intervenção na formação de médicos no Brasil; e a expansão de vagas de graduação em locais com maior necessidade e menor oferta de médicos por habitante. Com essas medidas, a intenção era que o país conseguisse elevar a proporção de 1,8 médico para cada mil habitantes daquele momento para 2,7 médicos por mil habitantes em 2026. Segundo dados da Organização para a Cooperação e Desenvolvimento Econômico (OCDE) apresentados pelo Ministério da Saúde, o Brasil estava muito atrás de países europeus e até de parceiros do Mercosul nessa relação. A proporção na Argentina, por exemplo, era de 3,9 médicos por mil habitantes e, no Uruguai, era de 3,7 médicos. Outro indicador ruim era a de distribuição de médicos: das 27 unidades da Federação, 22 estavam abaixo da média nacional, sendo que 5, todas nas regiões Norte e Nordeste, tinham o indicador de menos de 1 médico para cada mil habitantes. O programa chegou carregado de controvérsias e foi combatido desde o início pelo Conselho Federal de Medicina (CFM) e pela Associação Médica Brasileira (AMB), que consideraram que o governo de Dilma Rousseff estava tentando jogar na conta da categoria parte das insatisfações populares que geraram os gigantescos protestos iniciados em junho contra as ineficiências do poder público. As associações também consideravam um erro trazer médicos estrangeiros sem submetê-los ao exame de revalidação de seus diplomas no Brasil. Em maio, antes de a MP chegar à Câmara, Jair Bolsonaro se manifestou totalmente contrário à chegada de médicos cubanos ao Brasil. Ele acusou Dilma de tentar "importar não 6 mil médicos, mas 6 mil ativistas da ideologia cubana. Trata-se de uma experiência que no passado não deu certo aqui e que desaguou no dia 31 de março de 1964", comparou. O risco, segundo ele, era a criação de células comunistas em 1,5 mil municípios do país. Em junho, ele passou a questionar a formação dos médicos em Cuba. "Cuba não tem acesso à Internet. Como esse pessoal se atualiza hoje em dia, com a velocidade das informações e a evolução da medicina? Nas faculdades cubanas, há doutores de outros países que lecionam lá, ou são os próprios cubanos?", perguntou. Em uma reunião da Comissão de Direitos Humanos, ele afirmou que a intenção era criar "dezenas de Araguaias" no território nacional, em referência à guerrilha montada por integrantes do PCdoB no início da década de 1970. Bolsonaro fez várias emendas ao texto original da MP, pedindo tanto a revalidação do diploma como a exigência de que médicos intercambistas só pudessem receber pagamentos no Brasil se tivessem contas abertas regularmente em bancos nacionais. Sua intenção era evitar que a maioria dos recursos ficasse com o governo cubano, o que caracterizaria "trabalho escravo" em sua opinião. Em agosto, ele começou a se referir ao programa como "Maus Médicos". Quando o ministério abriu o programa para inscrições de médicos naquele mês, apenas 938 profissionais com CRM homologaram seus nomes, apesar de existirem mais de 14 mil vagas. Dos 1,6 mil municípios considerados prioritários pelo governo federal, mais de 700 não tiveram nenhuma inscrição. Com a superação das críticas e dos obstáculos jurídicos e políticos, o programa virou lei e o governo passou a divulgar suas estatísticas. Em 2015, o Ministério da Saúde informou que toda a demanda de mais de 13 mil médicos solicitada pelos municípios havia sido atendida ainda no primeiro ano e que, no segundo ano de existência, já havia mais de 18 mil médicos trabalhando em mais de 4 mil municípios do país. Desse total, 11,4 mil eram intercambistas cooperados com a Organização Pan-Americana da Saúde (OPAS), em sua maioria cubanos. A eleição de Jair Bolsonaro em 2018 e suas críticas ao longo dos anos, tanto ao texto legal do programa como à formação acadêmica dos médicos cubanos e até mesmo ao objetivo supostamente ideológico desses profissionais, causaram a decisão do governo de Cuba de encerrar sua participação no Mais Médicos em novembro daquele ano. O governo de Miguel Díaz-Canel exigiu o retorno dos 8,3 mil intercambistas que ainda atuavam no Brasil. Por meio do Twitter, o presidente eleito informou que as condições colocadas para a manutenção dos contratos não foram aceitas por Cuba. "Condicionamos a continuidade do programa Mais Médicos à aplicação de teste de capacidade, ao salário integral aos profissionais cubanos, hoje maior parte destinados à ditadura, e à liberdade para trazerem suas famílias. Infelizmente, Cuba não aceitou." A escolha do médico ortopedista Luiz Henrique Mandetta como ministro da Saúde por Bolsonaro já mostrava a intenção de modificações no programa. Ele também era deputado federal em 2013 e um forte crítico do Mais Médicos. Uma das escolhas de Mandetta para sua equipe também foi simbólica: a pediatra cearense Mayra Pinheiro foi chamada para comandar a Secretaria de Gestão do Trabalho e da Educação do ministério, exatamente a área encarregada de administrar o programa. Ela estava no grupo de médicos que foi ao aeroporto de Fortaleza em agosto de 2013 hostilizar os cubanos que chegavam ao país para trabalhar no Mais Médicos. Testemunhas afirmaram que ela gritava para que os intercambistas voltassem à senzala. O governo federal finalmente lançou, em agosto de 2019, o "Médicos Pelo Brasil", programa que vai substituir o Mais Médicos.

MAMADEIRA DE PIROCA

A mais famosa e inusitada "fake news" distribuída e compartilhada nas eleições de 2018 foi um vídeo postado por um apoiador de Jair Bolsonaro mostrando uma mamadeira com o bico em formato de pênis que teria sido distribuída por uma administração petista em uma creche pública. A mensagem apareceu pela primeira vez em 25 de setembro no Facebook e o usuário da rede social, cujo rosto não aparece, comentava que a entrega do material era feita com a "desculpa de combater a ho-

M

mofobia". "Tem que votar no Bolsonaro para fazer nossos filhos homem e mulher", afirmava. Vários grupos de checagem de informações apontaram as pistas da notícia falsa, porque não era apresentada a fonte da informação, o local ou a época da suposta distribuição. O artigo mostrado realmente existe, mas só é vendido em *sex shops*. A expressão "mamadeira de piroca" passou a ser usada como um símbolo das "fake news" brasileiras e ainda é lembrada de maneira humorística tanto pela esquerda como pela direita.

Ver Bolha do Filtro, Bolha Social, Fake News

"Mão de Obra Não Especializada"

Definição usada por Jair Bolsonaro, em junho de 1994, para se referir aos deputados sem atuação relevante na Câmara e que só serviam para "apertar botões", durante votações importantes, e para discursar e "aparecer" na imprensa. Ele se queixou de parlamentares que, naquele momento, lamentavam o fracasso da revisão constitucional, mas que acumularam faltas durante o período da discussão da matéria.

Marcha pela Dignidade da Família Militar

Manifestação organizada por mulheres e familiares de militares, realizada em 27 de abril de 1992, em protesto contra a defasagem salarial da categoria e que contou com o apoio do deputado Jair Bolsonaro. O protesto aconteceu em um momento de tão forte turbulência e insatisfação das tropas que o aparato policial surpreendeu: a Polícia Militar do Distrito Federal enviou um efetivo de 450 homens ao local, sendo 130 da tropa de choque. Além disso, 200 soldados do Exército e da Marinha patrulharam os ministérios próximos ao ato. Pelas contas dos jornalistas, havia um integrante de forças de segurança para cada manifestante. Os dias que antecederam a marcha foram tensos. Duas palestras de Bolsonaro que já estavam agendadas foram canceladas e dezenas de soldados cercaram seu carro para impedir sua entrada na quadra residencial 103 Norte, por determinação do ministro do Exército Carlos Tinoco. "Esse esquema de segurança é um circo, mas o palhaço não veio", ironizou o deputado. Em entrevista à TV, Tinoco chegou a ameaçar Bolsonaro de prisão. Curiosamente, o cerceamento do direito de ir e vir do político e o desrespeito a sua função parlamentar geraram solidariedade até de deputados petistas, como Chico Vigilante e Eduardo Jorge, e da comunista Jandira Feghali. Em junho, o deputado foi ainda impedido de participar de uma festa junina no Clube do Exército e, em julho, de uma cerimônia de formatura da 8ª Brigada Paraquedista.

MARXISMO

Teoria filosófica, social e econômica desenvolvida por Karl Marx e Friedrich Engels que confronta a harmonia de interesses entre as classes defendida pelos escritores liberais. Para Marx, as forças econômicas e o conflito de classes contribuem para o progresso histórico, e a própria história é impulsionada pelo choque de forças dialéticas. Esses embates são gerados por tensões na base econômica entre os meios e as relações de produção. Assim, conforme os meios de produção se desenvolvem, as relações anteriores tornam-se antiquadas. A análise do capitalismo feita por Marx o levou à conclusão de que esse modelo é injusto e que deveria ser substituído pelo socialismo. Sob o ponto de vista do marxismo, seriam inevitáveis a decadência do capitalismo, após uma esperada vitória dos trabalhadores na luta política, e o estabelecimento do socialismo sob a ditadura do proletariado. Em uma fase futura, a sociedade se desenvolveria para um modelo sem classes e com autorregulação política, chamado de comunismo.

Ver Socialismo, Marxismo Cultural, Comunismo

MARXISMO CULTURAL

Nome que tem sido dado a uma aparente infiltração marxista nos mais amplos aspectos culturais da sociedade. O marxismo cultural seria uma vertente do marxismo histórico que amplia a teoria para além do determinismo econômico inicial. Essa linha de pensamento parte dos escritos do pensador italiano Antonio Gramsci, nos anos 1920 e 1930, e se consolida nos estudos dos filósofos e sociólogos da chamada Escola de Frankfurt a partir dos anos 1940. Gramsci teorizou sobre a chamada superestrutura da sociedade (instituições, ideias, doutrinas e crenças) e que o controle da classe dominante não se dá por aparelhos repressivos, mas pela hegemonia cultural que ela exerce sobre o proletariado. Os alemães aprofundaram o tema em sua teoria crítica da sociedade e defenderam que a "indústria cultural" moderna manipula a opinião pública, leva a uma homogeneização de comportamentos e ao consumo em massa, obscurecendo o pensamento crítico da população. Desde antes do período de redemocratização do Brasil, o meio militar enxergava na teoria de Gramsci sobre a luta pela hegemonia dominante um risco para a instalação no País de um "socialismo pacífico", sem necessariamente a utilização da força. Mesmo com o princípio de abertura política na fase final do regime militar, esse raciocínio não arrefeceu. Em 1988, a *Folha de S.Paulo* publicou documentos da 17ª Conferência dos Exércitos Americanos, realizada no ano anterior em Mar del Plata (Argentina), nos quais há menção do plano do Movimento Comunista Internacional na América Latina para a "subversão cultural da sociedade". Nos dias atuais, os expoentes da "nova direita" e vários integrantes do primeiro escalão do governo Bolsonaro veem traços e pegadas do "gramscismo" nas escolas, faculdades, filmes e seriados de TV e nos movimentos ecológico, feminista, racial e de direitos LGBT, entre outros exemplos. Para os defensores dessa narrativa, a busca pela ditadura do proletariado teria sido substituída pela "ditadura do politicamente correto".

Ver Marxismo, Politicamente Correto, Doutrinação, Olavo de Carvalho, Paulo Freire, Escola Sem Partido, Ideologia de Gênero

MBL

O Movimento Brasil Livre é uma entidade civil de defesa dos ideais liberais criada em novembro de 2014, logo após a reeleição de Dilma Rousseff, com o objetivo declarado de combater a corrupção, simbolizada pelas denúncias surgidas na Operação Lava Jato. O grupo foi um dos principais organizadores das manifestações populares, entre 2013 e 2016, que antecederam o processo que culminou com o impeachment da presidente da República. Parte das lideranças do movimento recebeu treinamentos em cursos da entidade Estudantes pela Liberdade (EPL), braço brasileiro da norte-americana Students for Liberty, que faz parte da rede internacional de organizações liberais Atlas Network. A sigla MBL foi criada inicialmente como uma página do Facebook em uma iniciativa do EPL durante as eleições de 2014, mas foi assumida por jovens e profissionais liberais como Kim Kataguiri, Renan Santos, Fábio Ostermann, Rubens Gatti Nunes e Lourraine Alves em novembro daquele ano. Coube a eles alavancar o ainda incipiente ativismo político nos meses seguintes. O grupo usou instrumentos e ferramentas de comunicação digital da mesma forma que movimentos congêneres no exterior ligados à tendência da direita alternativa (*alt-right*), como memes, vídeos e lives que, ao mesmo tempo que defendiam teses de redução da presença do estado na economia, de meritocracia e de empreendedorismo e atacavam dogmas da esquerda, muitas vezes usavam ironia, ridicularizavam adversários e provocavam polêmicas e reações contrárias extremadas. Em março de 2015, alguns desses líderes fizeram uma marcha de 1,1 mil quilômetros até Brasília, onde apresentaram ao então presidente da Câmara, Eduardo Cunha, o primeiro pedido de afastamento de Dilma do cargo de presidente. Entre março e abril, o MBL e outros grupos semelhantes, como o Vem Pra Rua e o Revoltados Online, organizaram duas grandes manifestações contra a gestão petista que reuniram centenas de milhares de pessoas em dezenas de cidades. O movimento também foi apoiador constante do trabalho do juiz Sergio Moro à frente da Operação Lava Jato. O forte ativismo online levou Rubens Gatti Nunes, o Rubinho do MBL, a ser convidado a depor na Comissão Parlamentar de Inquérito (CPI) dos Crimes Cibernéticos em outubro na Câmara federal. A entidade foi listada entre os grupos que estariam incitando ódio e violência pela internet, e a convocação foi feita a pedido do deputado Jean Wyllys (PSOL-RJ), alvo constante de postagens por integrantes do grupo. Após o impeachment de Dilma Rousseff, em maio de 2016, a notoriedade obtida por vários dos coordenadores nacionais do movimento incentivou uma participação efetiva do MBL em processos eleitorais. Em 2016, o grupo elegeu sete vereadores (entre eles o paulistano Fernando Holiday, com 48 mil votos) e um prefeito. No ano seguinte, o grupo passou a defender uma agenda conservadora nos costumes, acusando a doutrinação ideológica de esquerda nas escolas e fiscalizando eventos e artistas. Foi um grupo ligado ao MBL que denunciou a mostra *Queermuseu* em Porto Alegre, em setembro de 2017, o que levou a fundação Santander a retirar o patrocínio e suspender a exposição. Em 2018, o MBL conquistou em Brasília quatro cadeiras de deputados federais e duas de senadores. Em São Paulo, Kim Kataguiri teve mais de 458 mil votos, sendo o quarto deputado mais votado no estado. Na disputa presidencial, o grupo defendeu o lançamento de Flávio Rocha, dono das Lojas Riachuelo, como cabeça de chapa, sem sucesso. No segundo turno, apoiaram Jair Bolsonaro por ser a alternativa contra o petista Fernando Haddad. No 5º Congresso Anual do MBL, realizado em novembro de 2019, em São Paulo, o grupo fez um mea-culpa por ter contribuído para a espetacularização da política nos últimos anos.

Ver Alt-Right, Conservadorismo, Neoconservadorismo, Nova Direita

MC Reaça

Tales Alves Fernandes, ou Tales Volpi, foi um DJ, cantor e youtuber que ficou famoso por apresentar paródias de funk e rap em apoio a Jair Bolsonaro, em 2018 e 2019, sob o apelido de MC Reaça. Seu primeiro vídeo de sucesso foi *Tô Sempre Duro*, uma paródia do sucesso *Danza Kuduro*, no qual fazia crítica aos estudantes de Humanas e aos militantes de esquerda. Em *Olha a Opressão* (paródia de *Olha a Explosão*, do MC Kevinho), as ironias são direcionadas às feministas, chamadas de "vitimistas" na letra. Nesse vídeo, uma garota é "curada" do feminismo após ler um livro de Olavo de Carvalho. Em outubro de 2018, MC Reaça lançou uma música sertaneja, chamada *Cowboy Reaça*, que serviu de peça de campanha para Bolsonaro. Diz a letra: "Logo esse ano a mídia tá apavorada/porque apareceu um homem honesto na jogada/Ele é conservador e tá arrastando a massa/acredito mesmo, faço campanha de graça." Em maio de 2019, com Bolsonaro já no poder, o DJ lançou um funkcore com críticas a alguns ministros do STF, chamado *Suprema Vergonha Nacional*. No dia 1º de junho de 2019, Tales apareceu morto em uma mata às margens da rodovia Pedro I, próximo à cidade de Valinhos, com sinais de enforcamento. O MC suicidou-se após agredir uma garota com quem mantinha um caso extraconjugal. A mulher chegou a ser hospitalizada, após ser socorrida pelo próprio pai do agressor. Quando se dirigia ao local onde tiraria a própria vida, Tales gravou mensagens em áudio se despedindo da esposa. No dia seguinte, Bolsonaro tuitou suas condolências pela morte do DJ: "Tales Volpi (...) tinha o sonho de mudar o país e apostou em meu nome por meio de seu grande talento. Será lembrado pelo dom, pela humildade e por seu amor pelo Brasil", escreveu. A homenagem rendeu críticas ao presidente pelo fato de a agressão à namorada ter sido relevada. A mensagem sobre o MC Reaça ainda foi lembrada no mês seguinte, quando o "pai da Bossa Nova", João Gilberto, faleceu. O comentário do presidente na mesma rede social sobre o desaparecimento de um dos ícones da música brasileira foi lacônico: "Uma pessoa conhecida, lamento. Nossos sentimentos à família, tá ok?".

Mensalão

Maior escândalo de corrupção na primeira gestão do presidente Lula, consistia em pagamentos mensais a parlamentares em troca de votos favoráveis a projetos do Executivo. A primeira menção de troca de apoio por recursos foi feita em reportagem da revista *Veja* em setembro de 2004, que denunciou o pagamento de R$4 milhões ao PTB por alianças na campanha municipal. No dia 24 daquele mês, o *Jornal do Brasil* utilizou a expressão "mensalão" em referência à mesada que o governo estaria pagando a deputados. A informação veio do deputado federal e ex-ministro das Comunicações Miro Teixeira. O escândalo cresceu em proporção em maio de 2005, quando a *Veja* divulgou um vídeo com o diretor dos Correios, Maurício Marinho, apadrinhado de Roberto Jefferson, negociando propina com empresários interessados em uma licitação da estatal. O deputado e presidente da PTB passou a ser investigado e, pressionado, deu entrevistas acusando o ministro-chefe da Casa Civil, José Dirceu, de ser o mentor de todo o esquema, que usaria recursos de propina, sobras de campanha e de caixa dois. A crise derrubou Dirceu do ministério, o presidente do PT, José Genoíno, o secretário-geral do partido, Silvio Pereira, e o tesoureiro, Delúbio Soares. Jair Bolsonaro, que vinha batendo no governo petista desde a apresentação da reforma da Previdência em 2003, aproveitou a oportunidade para subir o tom. Na volta do deputado Dirceu à Câmara, em junho de 2005, interrompeu por diversas vezes o discurso do ex-ministro aos gritos de "terrorista" e "sequestrador" e trouxe um saco preto ao plenário com os dizeres "Mensalão do Lullão", dobrando o "l" para fazer uma associação com Fernando Collor de Mello. No depoimento de Genoíno à CPI do Mensalão, levou o coronel da reserva Lício Augusto Ribeiro Maciel para provocar e intimidar o velho desafeto. O militar havia sido um dos responsáveis pela prisão do petista na guerrilha do Araguaia, depois acusado de ter praticado tortura no político. Em agosto, Bolsonaro atribuiu o esquema a um projeto de poder: "O PT optou pelo mensalão por quê? Os deputados que não eram do PT não teriam votos por ocasião das eleições do próximo ano. Assim, o PT poderia colocar 300 parlamentares aqui dentro e impor a ditadura pelo voto, a exemplo de Cuba." A investigação foi iniciada na Justiça Federal de Minas Gerais, mas o processo foi enviado ao Supremo Tribunal Federal, porque vários dos citados tinham foro privilegiado por prerrogativa de função. O então procurador-geral da República, Antonio Fernando Souza, denunciou, em março de 2006, as 40 pessoas que teriam se beneficiado do esquema. O inquérito foi convertido na Ação Penal 470 em 2008, com os acusados divididos em três núcleos: central ou político-partidário, publicitário e financeiro, e o julgamento pelo pleno do STF começou em agosto de 2012. Em setembro, quando o ministro Joaquim Barbosa ainda fazia a leitura de seu relatório da ação penal, ele citou nominalmente Bolsonaro como único parlamentar do PTB a não seguir a orientação da direção do partido e votar contra a reforma da Previdência. O deputado passou a usar essa informação e o vídeo com a declaração de Barbosa como arma eleitoral desde então. O julgamento durou mais de um ano e sete meses e condenou 24 dos 40 denunciados, entre eles o publicitário Marcos Valério, a ex-presidente do Banco Rural Kátia Rabello, os ex-deputados federais José Dirceu, Bispo Rodrigues, José Genoíno, Roberto Jefferson, Pedro Corrêa e Valdemar da Costa Neto, e os ex-sócios da corretora Bônus Banval Breno Fischberg e Enivaldo Quadrado.

MICHELLE DE PAULA FIRMO REINALDO

Terceira mulher de Jair Bolsonaro e atual primeira-dama da República, Michelle Bolsonaro, é natural de Ceilândia (DF) e mãe de Laura, caçula do presidente. Michelle e Jair se conheceram em 2006, quando ela era secretária da liderança do PP na Câmara, partido ao qual o político era filiado. Ela se transferiu para o gabinete do capitão reformado, mas foi exonerada em 2008, após o STF ter aprovado uma súmula vinculante sobre nepotismo. Evangélica, Michelle atua desde a juventude com causas sociais e é autodidata na linguagem de sinais (Libras), motivada por se comunicar com um tio que é surdo. Esse conhecimento gerou uma quebra de protocolo na posse de Bolsonaro em janeiro de 2019, quando a primeira-dama discursou em libras antes mesmo das palavras do presidente. "É uma grande satisfação e privilégio poder contribuir e trabalhar para toda a sociedade brasileira. A voz das urnas foi clara no sentido de que o cidadão brasileiro quer segurança, paz e prosperidade, em um país em que todos são respeitados", disse na ocasião. Formada em um curso de palhaçaria na Trupe Miolo Mole, que treina voluntários para trabalhos em hospitais infantis, Michelle participou de uma ação social do grupo no Hospital da Criança de Brasília em julho de 2019, devidamente maquiada como palhaça e usando um jaleco. A ação fez parte do lançamento do Programa Nacional de Incentivo ao Voluntariado, batizado de Pátria Voluntária, coordenado pelo Ministério da Cidadania. O conselho do programa é presidido por Michelle. Em dezembro de 2018, quando um relatório do Coaf apontou movimentação atípica de dinheiro em uma conta bancária de Fabrício de Queiroz, ex-assessor de Flávio Bolsonaro na Alerj, foram revelados depósitos de cheques no valor de R$24 mil destinados à Michelle Bolsonaro. A explicação oficial foi que se tratava do pagamento de um empréstimo.

Ver Nepotismo, Queiroz

M

Ministério da Defesa

A intenção de criar uma pasta para unificar todas as Forças Armadas brasileiras é antiga, com citações já na discussão da Constituição de 1946. A partir dessa ideia, foi criado o Estado Maior das Forças Armadas (EMFA), que perdurou até 1999. Após o regime militar e com a redemocratização do país, surgiram iniciativas concretas no sentido de unir definitivamente o comando das FA. Na Constituição de 1988, os princípios da busca da paz e da não intervenção foram estabelecidos entre os itens fundamentais do Artigo 4º para reforçar a tradição não beligerante da Nação. Alguns políticos aproveitaram a maré para propor soluções mais radicais, como a extinção das Forças Armadas e a criação das Forças da Autodefesa e da pasta da Defesa, como previa a PEC 94/92 do deputado Maurílio Ferreira Lima (PMDB-PE). Os governos Sarney e Collor evitaram tocar no assunto a fundo, mas Fernando Henrique Cardoso assumiu em 1995 o compromisso de fazer a transição para um novo ministério, visando à integração e à racionalização das atividades da Marinha, do Exército e da Aeronáutica. O deputado Jair Bolsonaro foi contrário ao projeto desde o princípio, atribuindo à ideia de subordinar as pastas militares ao comando de um civil um risco à soberania nacional, uma prova de revanchismo dos antigos militantes da esquerda que estavam no governo federal e uma continuidade do desmonte da vida militar, que incluía falta de remuneração adequada e de equipamentos essenciais. Em agosto de 1997, quando as discussões avançaram na Câmara, ele discursou afirmando que "a criação de um Ministério da Defesa nada mais é do que pura imposição norte-americana. A tropa, aos poucos, vai se proletarizando, e as nossas Forças Armadas, no tocante a material e equipamento, cada vez mais vai se sucateando. Atualmente, diferentemente de alguns anos atrás, já não encontramos tanta resistência para a criação do Ministério da Defesa na própria cúpula das FA". Em janeiro de 1998, ele classificou como "absurdo dos absurdos" os ministros militares não poderem mais participar de decisões como declaração de guerra, celebração de paz, decretação de estados de defesa e de sítio, intervenção federal, assuntos que tratam sobre a faixa de fronteira, independência nacional e defesa do estado democrático. Em 1999, quando a aprovação do projeto pelo Congresso já parecia certa, FHC escolheu o senador Élcio Álvares como Ministro Extraordinário da Defesa, cargo que manteve de forma oficial até janeiro de 2000, quando saiu após denúncias de corrupção publicadas pela revista *IstoÉ*. Embora reclamasse da demora em atender reivindicações, especialmente as salariais dos militares, Bolsonaro manteve uma relação amistosa com o primeiro titular da pasta. Essa relação não se manteve com o sucessor de Álvares, o advogado Geraldo Quintão. A promessa do ministro de empenho para equacionar a questão salarial dos militares, por meio de uma lei específica, não foi cumprida e as seguidas protelações irritaram Bolsonaro que, em um primeiro momento, poupou Quintão ao preferir acusar FHC. Mas, no final de 2000, o deputado já se referia ao ministro como "servil" e "um advogado de porta de delegacia, que foi alçado à condição de Ministro da Defesa sem saber se a continência é com a mão esquerda ou com a mão direita". Em março de 2001, passou a chamar o ministro de "lambe-botas" e "puxa-saco" do presidente. O embate chegou ao ápice em setembro daquele ano, quando Quintão compareceu a uma convocação da Comissão de Relações Exteriores e Defesa Nacional para esclarecer vários temas sob sua administração. Após listar o que considerava erros e defeitos do ministro em sua gestão, o capitão da reserva disse estar "por demais chateado por termos à frente do Ministério da Defesa um homem despreparado, que não sei por que aceitou esse convite". Quintão respondeu que não aceitaria ofensa pessoal e insinuou que Bolsonaro se escondia "atrás da imunidade parlamentar, que, para mim, em texto material, parece impunidade". Em novembro de 2002, o deputado aproveitou a presença de Quintão em um seminário na Câmara sobre atividade de inteligência para distribuir para as autoridades um folheto com a "ficha" do ministro, colocando como sua missão "omitir-se nos assuntos relacionados a sua pasta (ou atuar para prejudicar)" e acusando o titular do ministério de "incompetência e má-fé". No ano seguinte, com a eleição de Lula, Bolsonaro passou a defender a escolha de Aldo Rebelo para a pasta, mas isso só veio a acontecer em outubro de 2015, no segundo mandato de Dilma Rousseff. Embora tenha permanecido como crítico à demora no atendimento às reivindicações dos militares, Bolsonaro foi respeitoso com os sucessores de Quintão nas gestões petistas: José Viegas Filho, José Alencar, Waldir Pires, Nelson Jobim, Celso Amorim e Jacques Wagner, além de Rebelo. Sob o governo de Michel Temer, ele manteve o comportamento com Raul Jungmann. Somente em fevereiro de 2018, no último ano de administração de Temer, um militar de carreira ocupou a cadeira de ministro da Defesa: o general Joaquim Silva e Luna. Para sucedê-lo, o presidente Jair Bolsonaro escolheu o general Fernando Azevedo e Silva.

Misoginia

Termo de origem grega que une as palavras *miseó* (ódio) e *gyné* (mulher) e que tem como significado um conjunto de condutas sexistas que tem por objetivo desrespeitar, menosprezar ou desqualificar mulheres. Essa atitude pode ser observada tanto de maneira explícita, com atos e palavras ofensivas, como implícita, com a defesa de comportamentos que seriam socialmente "aceitáveis" para as mulheres, como a dependência e a passividade para com o sexo masculino. A objetificação da figura feminina na mídia, cultura e propaganda também é exemplo de misoginia. Jair Bolsonaro já foi por diversas vezes acusado de sexismo e misoginia. O episódio da troca de ofensas com a deputada Maria do Rosário em 2014, quando ele repetiu que não a estupraria, porque ela "não merecia", e que motivou um processo de incitação ao crime de estupro se encaixa nessa definição. Outro caso flagrado por câmeras de televisão aconteceu em maio de 2011 e envolveu a senadora do PSOL Marinor Brito (PA). Na saída de uma reunião da Comissão de Direito Humanos do Senado que discutia um projeto que criminalizava a homofobia, Marinor e Bolsonaro tiveram um bate-boca por causa de panfletos que o deputado carregava acusando o governo federal de fazer apologia à homossexualidade em salas de aula do ensino fundamental. A senadora chamou o deputado de homofóbico e ele devolveu a ofensa dizendo que ela era "heterofóbica". Após o incidente, Bolsonaro disse aos jornalistas que Marinor "não pode ver um heterossexual na frente, que alopra" e que ela "deu azar", porque ele era casado e porque ela não o interessava. O PSOL entrou com um processo disciplinar contra Bolsonaro e o deputado usou de ironia ao defender-se no Conselho de Ética e Decoro Parlamentar no dia 29 de junho de 2011: "Graças a Deus, as mulheres brasileiras não têm a feminilidade que tem a senadora Marinor Brito. Ela me chama de misógino. Eu fui ao dicionário saber o que é isso: é quem tem aversão à mulher. Se eu tenho aversão à mulher, eu sou do time deles, do PSOL, eu sou do time do Jean Wyllys." O processo foi arquivado pelo conselho, porque a maioria dos deputados defendeu que as falas de Bolsonaro faziam parte do "direito de expressão do político". O deputado foi acusado outras vezes de cruzar a fronteira da misoginia. Em 2013, chamou a ex-ministra de Políticas para Mulheres, a socióloga Eleonora Menicucci, de "sapatona". Em abril de 2017, em uma palestra do clube Hebraica, afirmou sobre seus filhos: "Foram quatro homens, na quinta eu dei uma fraquejada e veio uma mulher." Na campanha eleitoral do ano seguinte, essa declaração veio outra vez à tona e ele se desculpou. Em uma entrevista à rádio *Jovem Pan*, em outubro de 2018, afirmou que a frase foi "uma brincadeira que homem faz" e que pararia com esse comportamento porque algumas pessoas "levam para a maldade, como se eu fosse inimigo das mulheres". Uma semana antes, dezenas de milhares de pessoas tinham protestado contra o candidato a presidente em atos públicos realizados em São Paulo, Rio de Janeiro, Belo Horizonte e outras 30 cidades no Brasil e no exterior, no auge da campanha #elenao, criada na página do *Facebook* "Mulheres Contra Bolsonaro". Já presidente, Bolsonaro protagonizou outro episódio sexista. Em fevereiro de 2020, ele repetiu em público calúnias contra a jornalista da *Folha de S.Paulo* Patrícia Campos Mello proferidas em uma sessão da CPI das Fake News. O depoente Hans River, ex-funcionário da empresa Yacows, que fazia disparos em massa de mensagens por WhatsApp, disse aos parlamentares que a jornalista havia se insinuado sexualmente para obter informações sobre o trabalho dele na campanha de 2018. Mesmo após os desmentidos pelo jornal, com a apresentação de provas, o presidente da República afirmou, entre sorrisos: "Ela queria o furo. Ela queria dar o furo a qualquer preço contra mim."

Ver: Fake News, Gabinete do Ódio, Homofobia, Incitação ao Crime de Estupro

Mito

Mitos são narrativas que simbolizam aspectos do espírito humano e das sociedades. Sob variadas formas e signos, representam impulsos, aspirações secretas ou desejos e contêm muitas vezes um sentido de conselhos, advertências e lições morais ou políticas. Há muitos estudos sobre a importância dos mitos na formação cultural e ética das sociedades. Para a antropologia tradicional, por exemplo, a função do mito é principalmente cognitiva, não legitima instituições nem serve para explicar a formação de arranjos sociais. Para a psicologia, um mito é um relato que incorpora experiências comuns e representa a consciência coletiva. No campo político, o historiador francês Raoul Girardet defendeu que a imaginação é uma das fontes mais ativas da política e que isso pode ser demonstrado pelo estudo das mitologias. Ele encontrou quatro grandes conjuntos ou temas mitológicos recorrentes usados por políticos: a conspiração, a idade de ouro, o salvador e a unidade. Os adeptos de Bolsonaro costumam se referir ao presidente como "mito" em eventos públicos e nas redes sociais. Na construção de sua imagem pública, é possível identificar relações com a teoria da mitologia política de Girardet: a grande conspiração comunista (expressa nos dias atuais no chamado "marxismo cultural") estaria levando o Brasil a um caos social e ao abandono de tradições como moral, família e Pátria. Isso traz de volta a idealização do período de governos militares como uma era de respeito às tradições e à ordem pública. Daí a necessidade de um herói salvador, que tanto poderia ser um personagem providencial, guardião e defensor da velha ordem, como um profeta, que anunciaria novos tempos e traria de volta um período de respeito aos valores antigos e prosperidade.

MP DA LIBERDADE ECONÔMICA

A Medida Provisória 881/19, chamada de MP da Liberdade Econômica, foi uma legislação enviada pelo governo de Jair Bolsonaro ao Congresso Nacional, no final de abril de 2019, para atender a uma promessa de campanha de criação de mecanismos de simplificação e desburocratização de abertura e fechamento de negócios, além de flexibilização de regras trabalhistas. No programa de governo entregue em 2018 ao TSE, o candidato previa criação de um balcão único para centralizar pedidos de abertura de empresas e a garantir que o negócio receberia licença para operar caso os entes federativos não atendessem o pedido no prazo de 30 dias. A equipe do ministro da Economia, Paulo Guedes, elaborou uma MP mais ampla, com medidas como a dispensa de exigência de alvarás para pequenas empresas de baixo risco (como barbeiros, cabeleireiros e lojas de roupas), flexibilização de restrições sobre dias e horários para o funcionamento de negócios e digitalização de documentos, como a Carteira Profissional. O e-Social, uma plataforma que reúne informações trabalhistas, previdenciárias e fiscais, seria simplificado. Câmara e Senado aprovaram a MP em agosto e a norma foi sancionada pelo presidente em 20 de setembro, com validade imediata. Foram vetados alguns trechos que poderiam sofrer questionamentos judiciais, como a imunidade burocrática total para startups, a pedido do Ministério da Saúde, que temia a aplicação de inovações médicas sem o devido protocolo de proteção. A emissão automática de licenças ambientais também ficou de fora e a liberação do trabalho aos domingos saiu do texto, ainda na fase de votação pelos parlamentares, por ser considerada controversa. Na cerimônia de sanção da MP, Bolsonaro disse que a medida dava "os meios para que as pessoas tenham a confiança e a garantia jurídica de abrir um negócio e, se der errado lá na frente, ele desista e vá levar sua vida normalmente, e não vá fugir da Justiça para não ser preso". Já na campanha, o capitão da reserva havia prometido melhorar o ambiente de negócios. Em agosto de 2018, na sabatina do *Jornal Nacional*, ele disse: "(em meu governo) o trabalhador terá que escolher entre mais direito e menos emprego ou menos direito e mais emprego." Em janeiro daquele ano, em uma entrevista ao jornal gaúcho *Zero Hora*, ele afirmou ter "pena do empresário no Brasil, porque é uma desgraça você ser patrão em nosso país, com tantos direitos trabalhistas".

MST

O Movimento dos Trabalhadores Rurais Sem Terra é uma organização social fundada oficialmente em 1984 com o objetivo de lutar pela terra, pela reforma agrária e por mudanças sociais no país. O MST está organizado hoje em 24 estados, nas cinco regiões brasileiras, e agrega um conjunto de 350 mil famílias. O grupo se define como movimento social, sem cargos formais de presidente ou de secretário, que se organiza de forma autônoma, com coletivos em cada município nos quais atua. Embora seus líderes e suas publicações oficiais localizem embriões da formação do movimento em episódios históricos como a resistência dos quilombos, a Guerra de Canudos e as experiências do Master e das Ligas Camponesas dos anos 1960, as bases do MST começaram a ser implantadas no início dos anos 1980 na montagem do acampamento da Encruzilhada Natalino, no Rio Grande do Sul. No primeiro congresso do MST, realizado em janeiro de 1985, foi definida a estratégia de invasões e ocupações que se mantém até hoje. Jair Bolsonaro jamais escondeu seu repúdio ao movimento, que já classificou como "exército do PT", e a seus líderes, em especial o gaúcho João Pedro Stédile. Em abril de 2000, o deputado federal disse na Câmara que "os espertalhões do MST, abusando da boa vontade e até da inocência de muitos trabalhadores sem-terra, lançam-nos em conflito com a Polícia Militar para produzir vítimas". Em abril de 2006, o capitão da reserva disse ser difícil até reconhecer o papel desempenhado pelo movimento. "Até hoje ninguém conseguiu me dizer o que é o MST. É uma entidade jurídica? Não. É uma associação? Não. Para mim, não passa de um bando de desocupados que, de vez em quando, agem em quadrilha. A quem serve o MST? O que produz o MST? Alguém já chupou uma laranja ou comeu uma banana produzida por integrantes do MST?" Na ocasião, ele afirmou que o grupo tinha laços profundos com Forças Armadas Revolucionárias da Colômbia, as FARC. Naquele ano, quando lideranças do MST em Pernambuco ameaçaram fazer uma greve de fome, Bolsonaro foi irônico: "Para quem nunca trabalhou na vida, para quem sempre viveu de vadiagem, entrar em greve de fome realmente é um sacrifício muito grande. A boa notícia é que, com a greve de fome, que, espero, se concretizará, diminuirá o número de assaltos e saques a caminhões." Em maio de 2011, ele se referiu ao movimento como "o maior câncer da agricultura de nosso País". No ano seguinte, quando o Senado debatia mudanças no Código Penal para tipificar o crime de terrorismo, o deputado aproveitou o episódio da invasão "pelo movimento de desocupados e energúmenos do MST" do laboratório de pesquisas agropecuárias de Sarandi (RS) para criticar uma suposta proteção aos integrantes que estaria sendo costurada na outra Casa legislativa. Segundo ele, um grupo de juristas estava sugerindo, na criminalização do terrorismo, acrescentar o adendo "exceto o praticado por movimentos sociais". Em 2015, quando Stédile foi convocado a depor na Comissão Parlamentar de Inquérito (CPI) dos Maus-tratos ao Animais, Bolsonaro somou às críticas que fazia ao Movimento dos Sem Terra suspeitas de doutrinação nas escolas de ensino fundamental mantidas pela organização nos assentamentos. "Eu queria ouvir do Sr. sobre essa questão do currículo escolar, da Internacional Socialista. Quero saber quem financia essa escola dos 'sem-terrinha' também. Como é o critério para a escolha dos professores para essas escolas? Pode ser até que o senhor me convença." Stédile respondeu que o MST não dirige nenhuma das escolas dos assentamentos e que todos os currículos eram públicos. Em agosto de 2016, Bolsonaro citou em um discurso na Câmara conversas que mantinha com produtores rurais que pediam menos interferência dos governos em seus assuntos. Na ocasião, ele afirmou: "No que depender de mim, como eu considero a propriedade privada sagrada, você vai receber o pessoal do MST com cartucho 762. A propriedade é sagrada, quer seja rural, quer seja urbana." Sob o governo Bolsonaro, o Instituto Nacional de Colonização e Reforma Agrária (Incra) determinou, em setembro de 2019, a reintegração de posse de uma área de 15 hectares localizada em Caruaru (PE), onde está instalado há 20 anos o Centro de Formação Paulo Freire. No mesmo mês, foi sancionada a Lei 13.870, que autoriza o produtor rural com posse de arma de fogo a andar armado em toda a extensão de sua propriedade rural e não apenas na sede da propriedade, como era permitido antes. Na campanha eleitoral de 2018, Jair Bolsonaro afirmou em discurso para apoiadores no Espírito Santo que trataria os sem-terra como criminosos. "No que depender de mim, o agricultor, o homem do campo, vai apresentar, como cartão de visita para o MST, um cartucho 762. Àqueles que me questionam se eu quero que mate esses vagabundos, quero, sim. A propriedade privada em uma democracia é sagrada. Invadiu, pau nele." Em abril de 2019, na divulgação do balanço de 100 dias da gestão Bolsonaro, o Incra divulgou que havia registro de apenas uma invasão de terras em 2019, ante 43 no mesmo período de 2018.

AI-5 Anticomunismo
Aliança Pelo Brasil
Arminha
quecimento global Autoritarismo
Bilateralismo Balbúrdia
Bolsominion
"Brasil Acima de Tudo"
Brilhante Ulstra Comunismo
Conservadorismo
Decretos das armas
Desmatamento Direitos humanos
Doutrinação
Escola Sem Partido
Fascismo Fake News
Homofobia Misoginia
Olavo de Carvalho Kit gay
deologia de Gênero Mito
Lei Rouanet Marxismo
Nacionalismo Nismo
Nióbio Queiroz Nepotismo
Pirralha Socialismo
Pena de morte

N

NACIONALISMO

Doutrina política alicerçada na crença de que uma população com características em comum, como língua, religião ou etnia, constitui uma comunidade política distinta e separada. Quando a defesa da herança cultural ou da identidade nacional alcança patamares extremos, esse tipo de ideologia pode gerar um sentimento de xenofobia, uma repulsa a tudo que represente a presença estrangeira em um país ou região. O avanço da globalização, no final do século XX e começo do XXI, reacendeu os movimentos nacionalistas em todo o mundo. Forças políticas têm aproveitado as crises locais de desemprego e os temores de perda de tradições nacionais — devido à crescente diversidade social — para alimentar movimentos e legislações anti-imigração. O tema sempre foi muito caro ao capitão da reserva Jair Bolsonaro durante sua atuação política. Ainda em seu primeiro mandato, iniciado em 1991, o deputado federal atacava a demarcação de terras indígenas como uma tentativa de intromissão internacional em assuntos de soberania nacional ao apontar interesses econômicos estrangeiros na região da Amazônia. O deputado também usou desse argumento para criticar a criação do Ministério da Defesa no final da década de 1990, porque a perda de poder que os ministros militares teriam com o novo órgão seria uma submissão à vontade dos Estados Unidos. "Creio até que ela (a pasta da Defesa) seja uma imposição externa, visando a basicamente retirar da responsabilidade do presidente da República certas medidas impopulares, para não dizer impatrióticas no tocante aos destinos de nosso País", afirmou na CCJ em maio de 1998. Em março de 1999, Bolsonaro foi mais enfático na mesma comissão: "É uma imposição norte-americana a criação do Ministério da Defesa. Eles querem quebrar, de vez, a espinha dorsal dos militares. Eles planejam para daqui a alguns anos, daqui a algumas décadas, ocupar ou explorar nossa Amazônia, que será o futuro da humanidade." Em 2001, quando as empresas Embraer e Bombardier subiram o tom na OMC, acusando-se mutuamente contra benefícios de programas estatais de exportação, Bolsonaro "agradeceu" ao Canadá por despertar "o sentimento nacionalista há tanto tempo adormecido em nós". No mesmo ano, criticou a gestão de Philippe Reichstul na Petrobrás pelo país de origem do executivo: "Como pode uma empresa do porte da Petrobrás, estratégica, estar nas mãos de um francês, talvez planejando a próxima sabotagem para que possamos vender, doar a Petrobrás para uma estatal francesa qualquer?", perguntou em discurso na Câmara. Em 2017, Jair Bolsonaro apresentou projeto ao lado do filho Eduardo para a inclusão do ex-deputado Enéas Carneiro no livro dos heróis da Pátria, com a justificativa de que "seu valoroso nacionalismo e sua oposição ao comunismo o qualificam como herói da pátria, por haver se somado aos defensores dos valores nacionais e ao conservadorismo patriótico, contribuindo assim para a defesa de nossa democracia e construção de um país mais justo, tendo empenhado sua vida sendo um brilhante profissional e, ao final, sendo um exemplo de político a ser seguido". O Plano de governo apresentado por Jair Bolsonaro na campanha de 2018 trouxe o slogan "Brasil Acima de Tudo, Deus Acima de Todos", que ecoou ideias nacionalistas já utilizadas politicamente por outros países ao longo da história. A escolha de Ernesto Araújo para comandar a pasta das Relações Exteriores em seu governo mostrou que a linha nacionalista não ficaria restrita a discursos. Em sua posse em janeiro de 2019, o novo chanceler afirmou que trabalharia pela Pátria e não pela ordem global. "O problema do mundo não é a xenofobia, mas a 'oikophobia', que é odiar o próprio lar, o próprio povo, tripudiar a própria nação", disse. O Aliança pelo Brasil, novo partido criado pelo presidente em novembro de 2019, após sua saída do PSL, explicita alguns conceitos nacionalistas em seu programa: "O partido se compromete a lutar, na cultura, pela restauração dos valores tradicionais do Brasil."

Ver Antiglobalização, Globalismo, Globalização

NAZISMO

Ideologia política alemã de inspiração fascista criada por Adolf Hitler após a derrota da Alemanha na Primeira Guerra Mundial. A palavra "nazi" é formada pela contração de sílabas do National Sozialistche Deutche Arbeiterpartei (NSDAP), o Partido Nacional-Socialista dos Trabalhadores Alemães, fundado em 1920 e controlado por Hitler no ano seguinte. A plataforma do partido era uma mistura de ideias e conceitos que prosperaram no período do pós-guerra, quando era intensa a crítica ao modelo de democracias liberais. O programa do NSDAP incorporou o extremo nacionalismo alemão reacendido pelas condições severas que o Tratado de Versalhes impôs ao país, o antigo desejo imperialista de expansão territorial e a opção pelo militarismo como meio de unificação nacional. Outra característica era a crença de uma suposta superioridade racial e cultural dos povos germânicos manifestada por um violento antissemitismo. Hitler foi preso no final de 1923, após uma fracassada tentativa de golpe de estado, e, no período de encarceramento, escreveu o livro *Minha Luta*, no qual expôs seu ideário político. Após sua soltura, reorganizou o partido nazista, ganhou cada vez mais popularidade e alcançou o cargo de chanceler em 1933, posição que lhe permitiu avançar rumo ao exercício totalitário do poder. O desrespeito ao Tratado de Versalhes e a política expansionista do regime nazista geraram os eventos que levaram à Segunda Guerra Mundial, conflito que perdurou de 1939 até 1945 e que provocou a morte de aproximadamente 60 milhões de pessoas, entre civis e militares. Ao menos seis milhões de judeus foram exterminados em campos de concentração, em um genocídio que ficou conhecido como Holocausto. Parte das ideias de Hitler sobreviveu a seu suicídio e à derrota nazista no confronto, manifestando-se até os dias atuais em discursos e ações de grupos que se autodefinem como neonazistas. Eles pregam, entre outras bandeiras nacionalistas, a discriminação contra minorias e etnias variadas. O governo de Jair Bolsonaro foi envolvido em uma controvérsia sobre ideias nazistas em janeiro de 2020, quando o secretário de Cultura Roberto Alvim fez um vídeo anunciando o Prêmio Nacional das Artes e utilizou partes de um discurso do ministro da Propaganda de Hitler, Joseph Goebbels, para explicar o direcionamento pretendido para as obras artísticas nacionais. Frases usadas por Alvim, como "a arte brasileira da próxima década será heroica e será

Bolsonário: A "Nova Política" de A a Z

nacional" e "igualmente imperativa e vinculante, ou não será nada", foram praticamente copiadas de uma fala de Goebbels, famoso por ordenar queimas públicas de livros e por considerar manifestações modernas de arte como "degeneradas". O secretário brasileiro também usou ao fundo uma ópera do compositor Richard Wagner, o preferido dos líderes nazistas. A repercussão negativa da fala de Alvim foi tão forte que Bolsonaro se viu obrigado a demiti-lo no dia seguinte ao vídeo. Essa não foi a única polêmica ligando o capitão da reserva a menções ao ditador alemão. No final de 1997, quando a revista oficial do Colégio Militar de Porto Alegre publicou matérias mostrando que os formandos da turma do ano anterior tinham votado em Adolf Hitler como personagem histórico mais admirado, Bolsonaro criticou a exposição que os jornais davam ao caso e afirmou que os alunos estavam carentes de líderes que sabiam impor "ordem e disciplina" e, por isso, citaram o Führer na pesquisa. Em março de 2012, durante a exibição do quadro "Sem Saída" no programa *CQC* da TV Bandeirantes — que submetia entrevistados ao teste do polígrafo —, o então deputado federal pelo PPB chamou Hitler de "grande estrategista" e lembrou que seu bisavô, italiano, lutou pelo Eixo na Segunda Guerra e que perdeu um braço no conflito. Na mesma entrevista, ele ponderou que não tinha orgulho da história de vida do nazista e que não concordava com morte de inocentes, como no Holocausto. Em 2013, ao comentar outro caso envolvendo o *CQC*, que gerou processos por suposta prática de racismo, ele citou memes que faziam na internet ligando seu nome ao do líder alemão. "Fizeram um cartaz em que eu era mostrado fardado de Hitler, com bigodinho etc. (...) Hitler Bolsonaro. A imprensa pegou esse cartaz. O senhor sabe que é crime, hoje em dia, a questão do nazismo. A foice e martelo não, porque eles mataram 100 milhões; Hitler só matou sete milhões. Então, Hitler é incompetente, segundo eles. A imprensa levou para mim o cartaz, no Salão Verde, e mostrou: 'Deputado, o que o senhor acha do cartaz?' Eu olhei, dei uma risada e disse: 'Ainda bem que Hitler não está de brinquinho!' Por causa disso eu estou sendo processado. Eu ofendi a comunidade LGBT porque eu disse que Hitler não estava de brinquinho", ironizou. O presidente também faz parte da corrente ideológica que considera o nazismo como uma manifestação política de esquerda, o que contraria um quase consenso entre historiadores, que consideram ser uma ideologia identificada com a extrema-direita.

Ver Autoritarismo, Fascismo, Hyloea, Nacionalismo, Socialismo

NEOCONSERVADORISMO

Vertente norte-americana do conservadorismo tradicional que tem ganhado adeptos pelo mundo. Acredita-se que ela surgiu da crescente fragmentação da vida social — impulsionada pelas novas tecnologias — e do incentivo ao individualismo da vida moderna. A contínua corrosão das formas de associação como sindicatos e outras organizações sociais e políticas criou uma oportunidade para que integrantes de elites econômicas, pensadores conservadores e membros da direita religiosa conseguissem impor suas agendas. Esses grupos, que seriam minoritários na população se fossem considerados separadamente, têm se unido para obter um espaço cada vez maior no cenário político global. Como filosofia, o neoconservadorismo surgiu, nos anos 1960, com os escritos de Irving Kristol pregando um Estado guardião de princípios éticos e morais e uma aceitação nada liberal de interferência norte-americana em questões internacionais.

Ver Conservadorismo, Nova Direita, Alt-Right, Neoliberalismo

NEOFASCISMO

Foi o nome dado a movimentos políticos de inspiração fascista que surgiram na Europa após a derrota dos países do Eixo na Segunda Guerra Mundial, mas que só passaram a ganhar espaço a partir da década de 1980. Líderes políticos e partidos identificados com essa tendência defendem o nacionalismo e valores autoritários que se opõem à visão liberal da sociedade, são contrários a ideologias de esquerda e se colocam como protetores da cultura e dos valores religiosos, além de serem adeptos do militarismo. Com o avanço da imigração nas últimas décadas, a xenofobia foi cada vez mais incorporada a seus discursos. Entre os grupos mais atuantes dessa tendência política estão a Aliança Nacional italiana (antigo MSI), a francesa Frente Nacional, o Partido da Liberdade da Áustria e o Alternativa para a Alemanha (AfD). Não há consenso em classificar essas correntes políticas como neofascistas. Vários historiadores e pesquisadores do fascismo europeu das décadas de 1930 e 1940 defendem que essa definição é um reducionismo simplista. O fascismo, explicam, é um sistema político que precisa de um partido político hegemônico para existir e seu poder é exercido de forma totalitária. Outros fatores são a manutenção de um ambiente de uso contínuo de violência política contra adversários e a existência de um culto à personalidade de um líder, que cria ou aproveita um natural elo com a população. A presença de um ou outro desses exemplos significa uma predisposição ao populismo, não necessariamente ao ideário fascista. Esses estudiosos preferem usar o termo "nacional-populismo" para definir essa corrente política.

Ver Conservadorismo, Fascismo, Nacionalismo, Neoconservadorismo, Nova Direita

NEOLIBERALISMO

Conceito econômico que transporta a lógica do *laissez-faire* do liberalismo clássico para o plano internacional. Consiste na aplicação de políticas de liberalização financeira e comercial, livre comércio, desregulamentação dos mercados de trabalho, privatização de empresas e serviços públicos, redução da dívida pública, corte de impostos corporativos, antiassistencialismo e cultura do empreendedorismo. Esse ideário passou a ganhar força após o fim do padrão-ouro da economia internacional e do esgotamento do capitalismo de Estado que prevaleceu do final da Segunda Guerra Mundial até o final dos anos 1970. Foi acelerado nas gestões conservadoras do presidente norte-americano Ronald Reagan e da primeira-ministra britânica Margareth Tatcher, nos anos 1980, e fez parte do receituário de instituições financeiras como Fundo Monetário Internacional (FMI) em acordos de ajuda financeira para países superendividados como Brasil, México, Argentina e, mais recentemente, a Grécia. As críticas a esse modelo, que unem políticos populistas de esquerda e de direita, ganharam força após a crise econômica global iniciada em 2008.

Ver Globalização, Liberalismo

NEOPENTECOSTALISMO

É a chamada terceira onda das igrejas de denominação pentecostal no mundo e a vertente que mais tem crescido em adeptos e em importância política em nível global. O pentecostalismo da primeira onda surgiu nos Estados Unidos no início do século XX e era considerado uma renovação da linha evangélica tradicional que se mantinha desde a Reforma Protestante. O nome vem do grego *pentecostes* (quinquagésimo) e se origina da celebração cristã da descida do Espírito Santo para apóstolos e seguidores 50 dias após a realização da Páscoa. Mais do que outros cristãos, pentecostais e outras linhas renovacionistas acreditam que Deus, agindo por meio do Espírito Santo, continua a desempenhar um papel direto e ativo na vida cotidiana. Esses fiéis consideram toda palavra das Escrituras como divinamente inspirada e algumas tendências mais fundamentalistas repelem qualquer interpretação que possa distorcer essa crença. As primeiras igrejas dessa onda inicial, a Congregação Cristã do Brasil e a Assembleia de Deus, chegaram ao país nos anos 10 do século passado e se instalaram preferencialmente em regiões mais pobres e periféricas. A segunda onda pentecostal também teve origem norte-americana, a partir dos anos 1940 e 1950, com forte influência da doutrina da Teologia da Prosperidade — a crença de que Deus deseja que seus fiéis tenham uma vida próspera, no campo pessoal e econômico —, da confissão positiva e da possibilidade de cura divina. Também foi nesse período que a evangelização eletrônica (via rádio e TV) experimentou sua primeira evolução, tendo como um dos símbolos no Brasil a Igreja Pentecostal Deus É Amor, do já falecido missionário David Miranda. A terceira onda, chamada de neopentecostal, nascida na virada dos anos 1970 para os anos 1980, adicionou aos cultos alguns aspectos de sincretismo religioso e transformou tradicionais sessões de descarrego, de exorcismo e de arrecadação de recursos em espetáculos de mídia eletrônica. Críticos dessa nova vertente dizem que os neopentecostais trocaram a austeridade, o ascetismo e a solidariedade tradicionais da fé cristã pelo individualismo, pela vaidade e por um misticismo exagerado. As principais igrejas dessa terceira onda se transformaram também em forças políticas no Brasil, como a Igreja Universal do Reino de Deus, do bispo Edir Macedo; a Sara Nossa Terra, do pastor Robson Rodovaldo; a Igreja Internacional da Graça de Deus, do missionário R. R. Soares; e a Igreja Mundial do Poder de Deus, do apóstolo Valdemiro Santiago. Outros dois expoentes da evangelização eletrônica sãos os pastores Marco Feliciano (que também é deputado federal) e Silas Malafaia, que seguem linhas neopentecostais dentro da Assembleia de Deus e são apoiadores de Jair Bolsonaro. Malafaia, líder da Assembleia de Deus Vitória em Cristo, celebrou, em 2013, o casamento do católico Bolsonaro com a evangélica Michelle de Paula Firmo Reinaldo. Em 2016, o futuro presidente da República foi batizado nas águas do Rio Jordão pelo pastor Everaldo Dias Ferreira, figura importante da Assembleia e presidente do PSC, partido ao qual Bolsonaro era filiado à época. Pregações contra o materialismo da esquerda, críticas aos defensores dos direitos dos homossexuais e discursos antiaborto aproximaram essa tendência da fé evangélica das forças políticas em torno da campanha de Bolsonaro à Presidência da República em 2018. Pesquisas do Datafolha e do Ibope, que mostraram perda de popularidade do presidente no primeiro semestre de 2019, apontaram que os fiéis das igrejas neopentecostais são a parcela da população da qual ele mantém mais apoio e credibilidade.

NEPOTISMO

Prática de nomear ou contratar parentes na administração pública. A origem da expressão vem do latim *nepos* (sobrinho), em referência ao costume dos primeiros Papas da Igreja Católica de nomear sobrinhos para cargos de grande importância e altos salários. Embora a prática do nepotismo seja historicamente comum no Brasil, há tentativas recentes de barrar esses privilégios. A Constituição de 1988, por exemplo, estipula entre seus princípios fundamentais a impessoalidade, a moralidade, a eficiência e a isonomia. Um inciso do artigo 117 do Estatuto dos Servidores da União (Lei 8.112/90) proíbe ao servidor público manter sob sua chefia imediata, em cargo ou função de confiança, cônjuge, companheiro ou parente até o segundo grau. O número de casos com interpretação variada em diversas instâncias judiciais e a demora da Câmara dos Deputados em votar uma PEC sobre o nepotismo apresentada em 1996 levaram o Supremo Tribunal Federal a decidir sobre o tema. Uma súmula vinculante foi editada em 2008 considerando como violação constitucional a nomeação de parentes até o terceiro grau em toda a administração pública nos três poderes. Por ser considerada muito abrangente, foi necessário um detalhamento das proibições dessa norma, que ficaram mais claras em um decreto de 2010 publicado na gestão de Luiz Inácio Lula da Silva. Tanto a súmula do STF como o decreto tornaram mais difícil também a nomeação por reciprocidade, o chamado nepotismo cruzado, que se dá quando a autoridade pública contrata parentes em outros poderes ou serviços públicos sem subordinação direta. Jair Bolsonaro já reconheceu que nunca viu problemas em nomear parentes no exercício de seus mandatos como deputado federal, até porque isso não era considerado ilegal até a súmula de 2008. Seu primeiro sogro, João Garcia Braga (pai de Rogéria Nantes Bolsonaro), foi nomeado em 1991 como assessor, mesmo cargo que exerceu depois no gabinete do neto Flávio Bolsonaro entre 2003 e 2007. Após a separação de Rogéria, Jair Bolsonaro assumiu um relacionamento com Ana Cristina Siqueira Valle e os pais dela (José Procópio Valle e

Henriqueta Siqueira Valle) também se tornaram assessores no gabinete. Em setembro de 1999, o deputado minimizou essas nomeações. "Há alguns dias, o jornal *Folha de S.Paulo* acusou-me de praticar nepotismo, porque empreguei, não em meu gabinete, minha ex-companheira nesta Casa. Primeiro, estou separado judicialmente. Meu divórcio saiu na semana passada." Seus filhos Flávio e Eduardo também foram nomeados para um cargo comissionado na liderança do PPB em 2002. No ano seguinte, Eduardo exerceu uma função de assessoria na liderança do PTB em Brasília, mesmo cursando a faculdade de Direito da UFRJ, no Rio de Janeiro. Em 2005, quando a CCJ discutia a admissibilidade da PEC do Nepotismo (334/96), o então deputado chamou de "hipocrisia" e "palhaçada" a discussão sobre o tema e disse que não faria demagogia, segundo reportagem da *Folha de São Paulo*. "Eu não estou preocupado, porque meu filho não é um imbecil e minha companheira não é uma jumenta. (...) E as amantes? Vão ficar de fora da proposta? Todo mundo sabe que está cheio de amante do Executivo aqui. Se o bicho pegar, vou começar a falar", ameaçou. Em 2015, durante discussões sobre a reforma política, Bolsonaro voltou ao tema: "O fim do nepotismo não vai reduzir despesas. Não. E não vai aumentar a produtividade legislativa. Em absoluto. É reforma política ou é o que eles querem? Agora, esses que querem o fim do nepotismo ou o fazem por demagogia ou, então, são os donos de seus respectivos estados, de todas as concessões públicas, das empreiteiras, de tudo no estado. Inclusive, há famílias em um estado aqui no meio do Brasil que se fizeram em cima da política. O fim do nepotismo é uma maneira de alguns parlamentares se apresentarem ao povo brasileiro como puros", criticou. A malsucedida indicação de Eduardo Bolsonaro para a embaixada brasileira em Washington pelo pai reacendeu o debate a respeito da opinião do presidente sobre a nomeação de parentes no serviço público. Sobre o assunto, o presidente desdenhou: "Lógico que é filho meu. Pretendo beneficiar um filho meu, sim. Pretendo, está certo. Se puder dar um filé-mignon a meu filho, eu dou…" Em agosto, o jornal *O Globo* publicou reportagem mostrando que, entre 1991 e 2018, Bolsonaro e seus três filhos mais velhos empregaram em seus gabinetes 102 pessoas com laços de parentesco entre si, sendo que 22 estavam ligadas ao capitão da reserva. Ao comentar a notícia, o presidente foi irônico: "Que mania que todo parente de político não presta. (...) Já botei parentes, sim, antes da decisão de que nepotismo seria crime. Qual é o problema?", perguntou.

Ver Ana Cristina Siqueira Valle, Impessoalidade, Rogéria Nantes Bolsonaro, "Zero 1", "Zero 2", "Zero 3"

Nióbio

Metal raro encontrado em abundância no Brasil que, por suas características de resistência e tenacidade, é amplamente utilizado como elemento de liga na indústria siderúrgica mundial. Há outras utilizações como na área de alta tecnologia, turbinas, próteses ortopédicas, baterias de carros elétricos e tomógrafos. Como o Brasil detém mais de 90% da produção mundial do elemento, os direitos para sua extração e as pesquisas sobre novas áreas de aplicação e uso são foco de constantes debates políticos e econômicos. O primeiro político a colocar o nióbio como tema de debate nacional foi o conservador Enéas Carneiro, que concorreu por três vezes à Presidência da República pelo nanico PRONA (1989, 1994 e 1998) e se elegeu deputado federal em 2002. Ele costumava afirmar que o País vendia o material "a preço de banana" e, depois, recomprava bens manufaturados com a liga de ferro-nióbio por valores altíssimos. As duas maiores minas de extração de nióbio no País estão localizadas em Araxá (MG) e em Catalão (GO), essa última adquirida pela chinesa CMOC em 2016. Histórico defensor da exploração do potencial dos recursos naturais brasileiros como ponte para o desenvolvimento econômico, Jair Bolsonaro herdou o discurso sobre o nióbio do deputado do PRONA, falecido em 2007. O tom nacionalista sobre a exploração do metal subiu quando o site Wikileaks vazou, em 2010, um documento secreto do Departamento de Estado norte-americano listando minas brasileiras de nióbio entre os locais cujos recursos e infraestrutura eram considerados estratégicos para os EUA. Em julho de 2016, Bolsonaro visitou a mina de Araxá a convite da companhia CBMM e produziu um vídeo de 20 minutos que se tornou viral nos anos seguintes, quando sua candidatura à Presidência se consolidou. Na ocasião, Bolsonaro defendeu a criação de um "Vale do Nióbio" no Brasil e prometeu incentivar as pesquisas de novas aplicações do metal. Mesmo ciente do uso do elemento em áreas estratégicas da indústria, o presidente deu destaque para uma aplicação mais simples em 2019. Em junho, enquanto visitava Osaka (Japão) para a reunião do G-20, Bolsonaro fez uma *live* no *Facebook* e mostrou bijuterias e talheres japoneses feitos com nióbio. Ao comentar que o preço das peças era superior ao de itens feitos com ouro, acrescentou: "E ainda tem gente me criticando quando falo do nióbio." Alguns estudos apontam que a importância estratégica e econômica do nióbio pode estar superestimada, porque não há perspectiva de uma demanda crescente nas próximas décadas. Pelo ritmo atual, só a mina de Araxá pode atender às necessidades mundiais por 200 anos.

Ver Demarcação de Terras Indígenas

NOVA DIREITA

Termo adotado no final dos anos 1970 para descrever o ressurgimento entre os intelectuais ocidentais do pensamento conservador e antissocialista. Esse movimento ganhou força durante as gestões de Ronald Reagan e Margareth Thatcher e se consolidou com o colapso econômico da União Soviética e dos países sob sua influência na virada dos anos 1980 para os 1990. Existem linhas de estudo que defendem que a nova direita apenas resgata valores do liberalismo e do conservadorismo que tinham entrado em declínio após a onda de contracultura da década de 1960. Formuladores de políticas públicas ou organizadores de *think tanks* adeptos desse ideário são defensores radicais do livre mercado, da redução do estado e da desregulamentação. O consenso entre eles é que uma economia muito regulada favorece

Bolsonário: A "Nova Política" de A a Z

a criação de privilégios e subsídios para determinadas corporações, gerando custos que inevitavelmente são pagos pelos setores mais produtivos, em forma de impostos excessivos, ou pela população em geral, na forma de inflação. O viés conservador da nova direita se dá com a maior preocupação e preservação dos costumes como moral, religião, dever e autoridade, entre outros. No Brasil, os grupos que se definem como nova direita ganharam força desde os protestos de 2013, que começaram com queixas sobre o reajuste do transporte público, evoluíram para o questionamento da qualidade de todos os serviços prestados pelo Estado e, depois, da atuação da maior parte da classe política. Grupos como o Vem Pra Rua, Movimento Brasil Livre e Endireita Brasil, entre outros, souberam utilizar as plataformas de redes sociais para agregar os descontentes com as administrações social-democratas e de centro--esquerda que estavam no poder há décadas e foram fundamentais para dar o apoio popular que o Congresso Nacional precisava para votar o impeachment de Dilma Rousseff em 2016. Do lado econômico, destacam-se *think tanks* liberais como o Instituto Millenium e o Instituto Mises.

Ver Alt-Right, Conservadorismo, CPAC, Liberalismo, MBL, Neoconservadorismo, Neoliberalismo

NOVA POLÍTICA

Expressão que ganhou força após as manifestações populares que ocorreram no Brasil entre 2013 e 2016 e que representa a negação das práticas antigas da política, como o patrimonialismo, a troca de favores e de cargos por votos no Congresso Nacional, própria do presidencialismo de coalizão, e a corrupção sistêmica. Novos atores, ligados tanto aos partidos tradicionais como aos recém-criados agremiações e grupos organizados na sociedade civil, passaram a ganhar espaço ao defenderem modelos alternativos de gestão pública e de governabilidade, com mais ética, transparência, eficiência e honestidade. Embora Jair Bolsonaro tenha usado a expressão para caracterizar o novo momento do país conforme sua candidatura ganhava musculatura em 2018, a "nova política" já era defendida pela ex-ministra do Meio Ambiente Marina Silva na disputa eleitoral de 2014. Mesmo atuando na política desde o final da década de 1980, Bolsonaro conseguiu disseminar a ideia de que poderia romper com o modelo "antigo", porque construiu ao longo dos anos uma imagem de *outsider* no sistema. Ele fez parte, por exemplo, de partidos políticos que aderiram aos governos de Fernando Henrique Cardoso e Luís Inácio Lula da Silva, mas nunca pediu ou recebeu cargos, além de votar de forma independente da orientação da legenda em várias ocasiões, especialmente quando estava em jogo algum interesse dos servidores públicos civis ou militares. Os discursos contra a corrupção que fez na Câmara, citando praticamente todos os governos que o antecederam, reforçaram essa imagem. Em seu site oficial de campanha em 2018, um texto sobre o contraponto entre o "novo" e o "velho" na política citava "autoridades políticas rançosas e bolorentas, grande mídia encaixada no esquema, intelectuais e artistas adeptos e parasitas das verbas públicas" como representantes do modelo a ser substituído. Os ataques que sofria eram atribuídos a "toda esta máquina enferrujada e pejada de corrupção, burocracia e fome de poder, com todos os seus recursos lícitos e ilícitos, tentando (...) frear a ascensão de seu único concreto adversário". O programa de governo entregue ao TSE, no trecho intitulado "O Brasil Livre", dizia: "Propomos um governo decente, diferente de tudo aquilo que nos jogou em uma crise ética, moral e fiscal. Um governo sem 'toma lá dá cá', sem acordos espúrios." Após a eleição e durante as reuniões da equipe de transição, o presidente tentou negociar com bancas temáticas suprapartidárias do Congresso para conseguir a garantia de aprovação de seus projetos, mas voltou atrás ainda em dezembro de 2018 e passou a tratar da articulação com líderes partidários. Porém optou por escolhas pessoais e técnicas para o primeiro escalão, o que acabou por irritar até seu partido, o PSL, cujas lideranças viram uma sub-representação no governo. Em 2019, quando as queixas aumentaram, o presidente fez comentários contra a resistência da "velha política", o que causou problemas na tramitação da reforma da Previdência. Em abril, ele prometeu aos parlamentares abandonar o uso do termo. Críticos do governo enxergam nesse "novo" modelo de gestão proposto por Bolsonaro resquícios do "antigo": casos de nepotismo na indicação do filho Eduardo Bolsonaro para a embaixada brasileira em Washington, liberação de R$3 bilhões em emendas de deputados, antes da votação da Previdência em primeiro turno, e excesso de medidas provisórias editadas.

Nova Previdência

Foi o nome dado à reforma da Previdência proposta pela equipe econômica do presidente Jair Bolsonaro, encabeçada pelo ministro Paulo Guedes. Pelas regras aprovadas tanto pela Câmara como pelo Senado, os novos entrantes no regime previdenciário só poderão se aposentar aos 62 anos (mulheres) e 65 anos (homens). Essas regras vão valer tanto para os trabalhadores da iniciativa privada (Regime Geral de Previdência Social) quanto para o funcionalismo público federal do Executivo, Legislativo e Judiciário (Regime Próprio de Previdência Social da União). Para quem já está no mercado de trabalho, foram criadas regras de transição que levam em consideração o tempo de contribuição e a idade. Para ter direito a 100% da aposentadoria, o tempo mínimo de contribuição será 35 anos para mulheres e de 40 anos para homens. Foi instituída também uma política progressiva de alíquotas de contribuição, de acordo com o salário recebido pelo trabalhador. Chamou a atenção o curto tempo de tramitação da PEC no Congresso Nacional — foram oito meses entre a entrega do texto por Bolsonaro à presidência da Câmara até sua aprovação em dois turnos no Senado. Colaborou para essa celeridade o recuo do governo federal ao retirar do texto a criação de um regime de capitalização baseado no modelo chileno e a retirada de estados e municípios da primeira fase da reforma. A última vez em que o regime previdenciário sofreu alterações tão profundas foi na gestão de Fernando Henrique Cardoso e a proposta tramitou por quase quatro anos, sofrendo grandes mudanças

Bolsonário: A "Nova Política" de A a Z

em relação ao texto original. Outro aspecto importante foi que Bolsonaro precisou ser "convencido" da necessidade econômica de modificar o regime de pensões brasileiro, algo a que ele historicamente foi contrário. Em outubro de 2019, pouco antes de o Senado concluir a aprovação da reforma, o presidente disse em entrevistas que "lamentava". "Se não fizer (a reforma), o Brasil quebra em dois anos. Lamento, tem que aprovar. Não tinha como." Essa opinião do governante diverge da do capitão da reserva que virou deputado federal no início da década de 1990. Em 1996, quando a PEC da era FHC começou a tramitar na Câmara, Bolsonaro manteve um apoio crítico devido à promessa de que os militares teriam um regime próprio. Em maio daquele ano, ele discursou que a separação evitaria uma injustiça com a categoria. "(A PEC) reconhece as peculiaridades da profissão, pois, entre outras coisas, a estes servidores são proibidas a greve e a sindicalização. E não possuem fundo de garantia e hora extra, por exemplo." No ano seguinte, no entanto, quando passou a vigorar a tese de regime único, o deputado foi contra o que considerou "insensibilidade e desconhecimento da realidade". "Na questão dos servidores públicos civis e militares, o fim da paridade entre ativos e inativos é inadmissível. Ao combinar para os demais trabalhadores 60 anos de idade com 35 de contribuição, pela dificuldade de se atingir esse período, empurra todos para a aposentadoria com 65 anos e com salário mínimo", afirmou em junho de 1997. Durante o processo de votação em janeiro de 1999 do projeto que instituía a cobrança previdenciária dos servidores inativos, além de elevar a alíquota de desconto do funcionalismo da ativa, Bolsonaro acusou os governistas de tentarem comprar seu voto. "Se fosse para salvar o país, daria até minha cueca, mas não vou dar dinheiro para agiota internacional", disse à *Folha de S.Paulo*. Em 2003, quando o governo Lula enviou outra PEC para mudar a Previdência, Bolsonaro anunciou que votaria contra para não trair sua consciência. Ele citou o exemplo dos professores em sua argumentação: "Desconsiderar um período de transição, levando os mestres, assim como os demais trabalhadores, a se aposentar apenas com 60 anos de idade é uma excrescência. (...) E, no caso de querer se aposentar aos 53 anos, sofrerá em seus proventos um redutor de 5% por ano que falte para completar os 60 anos. Ou seja, um professor com 53 anos de idade vai se aposentar, se quiser, com 65% de sua atual remuneração. E sabemos quão mal pagos são todos eles." Em julho daquele ano, o deputado comentou no plenário que, com a proposta de reforma, "o Governo Lula só quer honrar compromissos com banqueiros internacionais e empresas que gerenciam os serviços públicos privatizados". No mesmo mês, participando da comissão especial da PEC previdenciária, ele foi irônico: "Li esses dias nos jornais que o PT fala em negociar a aposentadoria integral aos 65 anos. Procurei obter informações a respeito da expectativa e da esperança de vida dos brasileiros. A primeira é de 67 anos — a maior está no DF — e a segunda, de 77 anos. É essa que o PT joga para a mídia. Então, a aposentadoria integral aos 65 anos, para quem tem expectativa de vida de 67, só seria usufruída por 2 anos. Aos 65 anos, nem com Viagra dá para aproveitar mais a vida. Há exceções." Em 2005, quando o governo petista sofreu forte desgaste pelo escândalo do Mensalão, o deputado discursou no plenário ironizando os parlamentares de esquerda que se diziam traídos pelo governo. "É muito complicado falar em traição (…) quando esses deputados votaram a proposta de reforma da Previdência, taxando inativos, reduzindo pensões de viúvas, tirando o pão da boca dos órfãos e alongando o tempo de contribuição dos servidores públicos civis da União, de estados e municípios. Traíram seus eleitores de 20 anos e não choraram. Hoje, suas lágrimas de crocodilo, com algumas exceções, visam sensibilizar a opinião pública." Em 2009, Bolsonaro votou pelo fim do fator previdenciário, decisão que foi vetada pelo presidente Lula. Em 2016, quando o governo Temer apresentou nova proposta de reforma, o futuro presidente Bolsonaro voltou a criticar a proposta de regime único. Em 2019, deputados da oposição ao governo resgataram um vídeo de 2017 no qual Eduardo Bolsonaro criticava a reforma e pedia que, primeiro, cobrassem-se os "grandes devedores" do sistema. Segundo dados do Ministério da Economia, o Regime Geral de Previdência Social (RGPS) registrou déficit de R$195,2 bilhões em 2018, um aumento de 7% em relação a 2017. O rombo com o pagamento de benefícios naquele ano correspondeu a 8,6% do Produto Interno Bruto (PIB). A proposta original elaborada pela equipe do ministro Paulo Guedes previa uma economia de R$1,1 trilhão em 10 anos, mas as alterações nas duas casas legislativas encolheram essa conta. Segundo estimativas do governo federal, a economia final neste período chegará a R$800 bilhões, mas a Instituição Fiscal Independente, principal órgão de assessoria econômica do Senado, calculou uma poupança de R$630 bilhões. O Congresso Nacional sancionou a reforma no dia 12 de novembro, em sessão solene à qual Jair Bolsonaro não compareceu.

AI-5 Anticomunismo
Aliança Pelo Brasil
quecimento global Autoritarismo Arminha
Bilateralismo Balbúrdia
Bolsominion
Brasil Acima de Tudo"
Brilhante Ulstra Comunismo
Conservadorismo
Decretos das armas
Desmatamento Direitos humanos
Doutrinação
Escola Sem Partido
Fascismo Fake News
Homofobia Misoginia
Olavo de Carvalho Kit gay Mito
Ideologia de Gênero
Lei Rouanet Marxism
Nacionalismo Nazism
Nióbio Queiroz Ne ismo
Pirralha Regime m
ena de morte Socialismo
O

OCDE

A Organização para a Cooperação e Desenvolvimento Econômico (OCDE) é uma das mais importantes instituições internacionais surgidas no pós-Guerra e funciona como um grande centro de intercâmbio de conhecimentos sobre políticas públicas. Embora seja conhecida como um clube dos países ricos, agrega 35 nações-membros entre seus membros oficiais, em variados estágios de desenvolvimento social e econômico. Sua origem se deu em 1948, ainda no início do Plano Marshall — de reconstrução da Europa devastada pela Segunda Guerra Mundial — mas, em 1961, a organização foi reformulada em novas bases e objetivos, ampliando a participação de países não europeus. As discussões nos fóruns, grupos de trabalho, comitês e seminários e a elaboração de estudos e de estatísticas pela OCDE buscam a melhora nos processos legislativo, institucional e normativo dos países, proporcionando linhas de orientação para o desenvolvimento econômico e social do ambiente de negócios, do mercado financeiro e de trabalho, além da própria governança pública. Essa troca de experiências permite a economias em desenvolvimento e emergentes refletir sobre temas atuais, como crescimento inclusivo, qualidade e modernização das relações de trabalho, reformas econômicas, produtividade e incentivo à inovação tecnológica. O Brasil iniciou uma aproximação com a Organização apenas a partir do início dos anos 1990, especialmente em grupos de trabalho e comitês específicos, e passou a ser considerado parceiro estratégico (*key partner*) em 2007, ao lado dos outros BRICs. O pedido de adesão formal do País à OCDE só aconteceu em 2017, por orientação do presidente Michel Temer. Essa formalização historicamente enfrentou barreiras, ora de fundadores, como os Estados Unidos, que discordam da política de abranger demais ou de maneira muito acelerada o grupo, ora impostas pelo próprio governo brasileiro, que via riscos comerciais na obrigatória adesão a vários instrumentos legais, normas, diretrizes e padrões internacionais. A mensagem mais forte de que o processo de entrada do Brasil na organização poderia ganhar velocidade foi dada em março de 2019, quando o presidente Jair Bolsonaro ouviu de Donald Trump em sua visita oficial aos Estados Unidos que o governante norte-americano apoiaria o pleito do Brasil. Como parte do acordo, o parceiro latino-americano deveria iniciar as tratativas para sair da lista de países com tratamento especial e diferenciado da Organização Mundial do Comércio (OMC). "Nós vamos apoiar, nós vamos ter uma grande relação de diferentes maneiras. Isso é apenas uma coisa que vamos fazer em honra do presidente Bolsonaro e do Brasil", disse Trump na ocasião. No entanto, em outubro, o secretário de Estado norte-americano, Mike Pompeo, enviou carta ao secretário-geral da OCDE, Angel Gurria, indicando que a Casa Branca preferia começar a expansão da entidade apenas com Argentina e Romênia, cujos processos estavam mais adiantados que o do Brasil. Na carta, Pompeo afirma que "os Estados Unidos continuam preferindo a ampliação em ritmo contido, levando em consideração a necessidade de pressionar por planos de governança e sucessão". O comunicado, que poderia ser lido como um recuo da promessa firmada, passou a ser utilizado por críticos do governo brasileiro, que teria sido "traído" por Trump. O próprio presidente dos EUA foi ao Twitter para desmentir o que chamou de "fake news". "A declaração conjunta com o presidente [Jair] Bolsonaro, divulgada em março, deixa absolutamente claro que eu apoio que o Brasil inicie o processo para uma adesão total à OCDE. Os EUA se mantêm junto a essa declaração e ao presidente Bolsonaro. Esse artigo (em referência à carta publicada na agência Bloomberg) é fake news!", escreveu. Bolsonaro também comentou em uma transmissão ao vivo que nada havia mudado. "Não é chegou e vai entrando. Estamos praticamente chegando lá, só que dois países estavam na frente, Argentina e Romênia, e isso foi mais uma vez externado hoje." Quando o Brasil for definitivamente aceito no "clube", precisará também se comprometer com contribuições financeiras fixas e suplementares anuais para ajudar a custear a entidade e alguns projetos específicos com valores equivalentes ao tamanho da economia dos países membros. Segundo estudo da FGV de 2018, a contribuição do Brasil deverá ser equivalente a 15 milhões de euros.

OLINDA BOLSONARO

Mãe de Jair Messias Bolsonaro, Olinda Bonturi Bolsonaro é viúva de Percy Geraldo Bolsonaro e teve outros cinco filhos, além do presidente: Guido, Denise, Solange, Renato e Vânia. Problemas durante a gestação fizeram a católica "dona Linda" prometer que chamaria o terceiro filho de Messias, que acabou sendo o nome do meio porque "seu Geraldo" seguiu a sugestão de um amigo e batizou o bebê, nascido em março de 1955, de Jair, em homenagem ao atacante palmeirense Jair Rosa Pinto.

Ver Percy Geraldo Bolsonaro, Jair Rosa Pinto

OLAVO DE CARVALHO

Jornalista, ensaísta, filósofo e escritor considerado o "guru" da nova direita no Brasil. Olavo já afirmou em entrevistas ter sido militante de esquerda na juventude e contou à BBC que foi amigo de José Dirceu nos anos 1960. Trabalhou como jornalista desde os anos 1970, tendo sido colaborador do suplemento semanal *Folhetim*, da *Folha de S.Paulo*, na primeira equipe responsável pela publicação, comandada pelo jornalista Tarso de Castro. No final da década, especializou-se em astrologia e esoterismo e ministrou diversos cursos ligando esses conhecimentos a aplicações como orientação profissional, psicologia, relacionamentos e cultura. Autodidata, definiu-se como filósofo nos anos 1990, mesmo sem ter concluído a graduação tradicional, e passou a ministrar cursos a respeito. Crítico frequente da produção intelectual brasileira, publicou entre os anos de 1994 e 1996 os livros *A Nova Era e a Revolução Cultural:* Fritjof Capra & Antonio Gramsci, *O Jardim das Aflições:* de Epicuro à Ressurreição de César e *O Imbecil Coletivo:* Atualidades Inculturais brasileiras, trilogia que sedimentou o tom polemista de todas as obras seguintes. Na época, quando ainda contribuía para a seção Tendências & Debates da *Folha de S.Paulo*, alertava para os riscos do marxismo cultural na educação e para o Foro de São Paulo, como organismo disseminador do socialismo na América Latina, dois temas que considerava perigosamente ausentes na imprensa. O avanço da internet permitiu ao autor disseminar suas ideias em um período no qual posicionamentos à direita do campo político encontravam forte resistência nos bancos acadêmicos e nos meios de comunicação. Passou a organizar cursos online sobre filosofia e a frequentar chats e outros centros de debate digital, como o Orkut. Em 1998, escreveu em seu blog que sua ideologia pessoal era uma mistura de vários conhecimentos e crenças. Na economia, por exemplo, afirmou ser "francamente liberal", o que o tornava, portanto, contrário ao socialismo e a "toda forma de Estado corporativo". Em religião, classificou a si mesmo como "tradicionalista e conservador", mas, em moral e educação, preferiu a definição de "anarquista" por repudiar a imposição de regras à força, seja por líderes religiosos ou pelo Estado. Em política internacional e, sobretudo, em comércio internacional, ele disse ser "radicalmente nacionalista, protecionista e tudo o mais que os globalistas odeiam". Para ele, "é justo que o empresário nacional, sobretudo o pequeno, busque apoio de seu próprio governo para não ser esmagado pelos monopólios internacionais". Em filosofia, preferia ser chamado de realista, "meus gurus sendo Aristóteles, Sto. Tomás, Leibniz, Husserl e Xavier Zubiri, todos os quais afirmam o poder humano de conhecer as coisas como são". Ainda sobre as teses globalistas, Olavo afirmou ser, "em todos os domínios e circunstâncias, contra o governo mundial". "Ninguém deve governar o mundo, senão Deus. A ONU, a Unesco, o Banco Mundial, as grandes corporações multinacionais, a Internacional Socialista e todas as entidades do gênero são para mim a encarnação mesma da megalomania e do desejo ilimitado de poder", escreveu em seu blog. Boa parte dessas ideias foram expostas, em 2017, no documentário *Jardim das Aflições*, dirigido por Josias Teófilo. Em 2005, mudou-se para os Estados Unidos, de onde continuou a produzir artigos, ensaios e livros. O desenvolvimento das mídias sociais transformou o escritor e polemista em um fenômeno de popularidade. Atualmente, Olavo de Carvalho possui mais de 577 mil seguidores no Facebook, quase 200 mil no Twitter e seu canal no YouTube supera os 790 mil inscritos. Seus artigos sobre história, democracia, religião, ciência, linguagem, educação, entre vários outros temas, foram compilados, em 2013, no livro *O Mínimo que Você Precisa Saber para Não Ser um Idiota*, que vendeu mais de 100 mil exemplares. Esse livro apareceu com destaque no vídeo em que Bolsonaro agradeceu à população pela vitória na eleição presidencial de outubro de 2018, ao lado de uma biografia de Winston Churchill, da Bíblia e da Constituição. A aproximação do filósofo com a família Bolsonaro foi natural devido não só aos históricos ataques feitos por ele às teses de esquerda e ao chamado aparelhamento das universidades ao longo das últimas décadas, como também à defesa do legado do regime militar. Em 2012, a ligação se tornou estreita quando o deputado estadual Flávio Bolsonaro sugeriu e conseguiu a aprovação do nome de Olavo de Carvalho para receber a Medalha Tiradentes. A entrega foi feita ao vivo dos Estados Unidos através canal do filósofo no YouTube. Em dezembro de 2014, em um artigo para o *Diário do Comércio*, Olavo defendeu Jair Bolsonaro das acusações sobre apologia ao crime de estupro, no famoso caso da troca de ofensas com a petista Maria do Rosário. O avanço da candidatura do deputado federal direitista à Presidência da República fortaleceu ainda mais os laços, a ponto de o escritor passar a ser considerado "guru" ideológico do político antes mesmo de a vantagem nas pesquisas tornar sua vitória possível. Eleito, Bolsonaro fez o convite para o filósofo assumir a pasta da Educação. Ele declinou e indicou o teólogo e escritor Ricardo Vélez Rodriguez para o cargo. Quando o ministro caiu em março de 2019 por pressões internas e externas, outro nome ligado a Olavo de Carvalho foi escolhido para a pasta, o economista Abraham Weintraub, esse considerado um "olavete" de carteirinha. O ministro das Relações Exteriores, Ernesto Araújo, também foi uma sugestão do filósofo radicado nos Estados Unidos. Em dezembro de 2019, lançou junto com outros autores ligados à direita um jornal online chamado *Brasil Sem Medo*, do qual o filósofo anunciou ser o presidente do Conselho Editorial. Com reportagens, análise, artigos e podcasts, o site pretender ser "o maior jornal conservador da internet brasileira".

Ver Anticomunismo, Doutrinação, Foro de São Paulo, Globalismo, "Olavetes"

"Olavetes"

Apelido dado aos alunos, seguidores e apoiadores do filósofo Olavo de Carvalho. A forte aproximação do escritor com a família Bolsonaro nos últimos anos levou à indicação de alguns "olavetes" a cargos nos principais níveis do governo federal. Os ministros Abraham Weintraub e Ernesto Araújo são dois exemplos. O grupo dos seguidores do filósofo entrou em atrito com ministros militares nos primeiros meses do governo de Jair Bolsonaro. Um dos maiores críticos da influência de Olavo no governo era o general Carlos Alberto dos Santos Cruz, que ocupou até junho de 2019 a Secretaria de Governo da Presidência da República. Em depoimento à CPI das Fake News em novembro do mesmo ano, Santos Cruz acusou o filósofo de ter orientado ataques pessoais a sua honra nas semanas que antecederam sua demissão.

Ver Olavo de Carvalho

Ombro a Ombro

Jornal em formato tabloide criado pelo coronel Pedro Schirmer, em 1988, para difundir ideias do meio militar, e voltado a servidores da ativa e da reserva. A publicação circulou até 2005. Reportagem publicada pelo jornal *O Globo* em 2 de julho de 1988 sobre o primeiro exemplar informou uma tiragem de 12 mil exemplares e o propósito declarado de "fortalecimento dos laços de camaradagem das Forças Armadas". O editorial defendia a iniciativa privada, o equilíbrio entre o capital e o trabalho, o patriotismo, o civismo, a moral pública, o respeito à família e o nacionalismo. Nessa edição, uma nota citava o então senador Fernando Henrique Cardoso como um "empedernido defensor das teses de esquerda" e criticava o humorista Millôr Fernandes. A nota sobre a absolvição dos capitães Jair Bolsonaro e Fabio Passos da

Silva da acusação de planejarem atentados a bomba foi publicada na coluna "Sentinela Alerta! Alerta Estou!". Ao longo de sua existência, o tabloide sempre defendeu a memória dos militares que participaram da "revolução" de 1964.

Operação Beco Sem Saída

Foi um suposto plano de atentados a bomba denunciado pela revista *Veja* em outubro de 1987 e que seria encabeçado pelos capitães do Exército Fabio Passos da Silva e Jair Bolsonaro, em uma tentativa de pressionar o governo José Sarney a repor perdas salarias do funcionalismo militar que se acumulavam desde 1984. Segundo relato da repórter Cassia Maria Vieira Rodrigues, o plano foi citado inicialmente pela esposa do capitão Fabio, mas foi confirmado e detalhado por Bolsonaro, que expôs a intenção de explodir "algumas espoletas" em "pontos sensíveis". A repercussão negativa motivou um desmentido por escrito pelos envolvidos, que negaram até mesmo terem conversado com a repórter. A *Veja* voltou à carga na edição seguinte, a de número 1.000 (04/11/1987), detalhando os encontros, listando testemunhas e publicando dois croquis que teriam sido feitos à mão pelo próprio Bolsonaro, mostrando como montar artefatos de TNT disparados por mecanismo elétrico ligado a um relógio. Entre as supostas localizações das bombas estavam quartéis e a adutora de Guandu, responsável pelo abastecimento de água do Rio de Janeiro. Inicialmente satisfeito com as explicações dos capitães, o ministro Leônidas Pires Gonçalves mandou em novembro que fosse instalado um Conselho de Justificação, que concluiu que os militares haviam mentido aos superiores. Em junho de 1988, o Superior Tribunal Militar (STM) absolveu Fabio e Bolsonaro por inconsistência das provas. Os quatro exames de grafologia feitos nos croquis atribuídos a Bolsonaro foram inconclusivos.

Ver Ponto de Vista, "Rambonaro"

Operação Lava Jato

Investigação da Polícia Federal brasileira que desvendou o maior caso de corrupção do país, não só pelos valores envolvidos, mas pelo número de pessoas indiciadas e condenadas. Segundo o Ministério Público do Paraná, até julho de 2019, foram contabilizadas 99 acusações criminais contra 438 pessoas por crimes como corrupção, formação de quadrilha, lavagem de dinheiro, tráfico internacional de drogas e infrações contra o Sistema Financeiro Internacional. Os crimes denunciados até então mostravam o pagamento de R$6,4 bilhões em propinas e as acusações contra pessoas, empresas e partidos políticos geraram acusações por improbidade que pediam o pagamento de R$18,3 bilhões. O ressarcimento total, incluindo multas, alcançava até aquela data R$40,3 bilhões. Segundo o MP, a primeira etapa da operação — que adotou o nome de Lava Jato por conta do uso de uma rede de postos de combustíveis para a movimentação de recursos ilícitos — ocorreu ainda em 2009, quando foi investigado em Curitiba um esquema de lavagem de dinheiro que envolvia o ex-deputado federal José Janene (PP) e doleiros. Em 2013, o monitoramento de conversas telefônicas do doleiro Alberto Yousseff revelou uma doação por terceiros de um carro modelo Land Rover para o ex-diretor de Abastecimento da Petrobras Paulo Roberto da Costa. Foi por conta dessa ligação que se descobriu a formação de um verdadeiro cartel entre grandes empreiteiras para pagar propina para executivos da estatal e outros agentes públicos em troca da facilitação de assinatura de contratos bilionários superfaturados. Segundo os investigadores, o suborno era distribuído por meio de operadores financeiros do esquema, incluindo os doleiros citados na primeira etapa. Paulo Roberto da Costa foi preso por duas vezes em 2014 e assinou um acordo de delação premiada em agosto daquele ano. Descobriu-se que, além do Abastecimento, as diretorias Internacional e de Serviços da Petrobras também atuavam no esquema de desvios, com a participação de seus ex-diretores Jorge Zelada, Nestor Cerveró e Renato Duque. Outro executivo da estatal citado foi o ex-gerente de Serviços Pedro Barusco. Em 2015, a operação avançou em direção ao núcleo político do esquema, com denúncias contra o ex-tesoureiro do PT João Vaccari Neto e o ex-deputado do SD, Luiz Argôlo, e do PP, Pedro Corrêa, além de José Dirceu, que se encontrava preso por conta do escândalo do Mensalão. Em março, o ministro do STF Teori Zavascki autorizou a investigação de 47 políticos pela Lava Jato a pedido do Procurador Geral da República, Rodrigo Janot. Jair Bolsonaro atribuiu na época a citação de 18 deputados e ex-deputados de seu partido, o PP, na investigação ao "preço que meu partido está pagando por apoiar sobejamente um governo corrupto e imoral". Em junho daquele ano, foram presos os presidentes das duas maiores empreiteiras do Brasil: Odebrecht (Marcelo Odebrecht) e Andrade Gutierrez (Otávio Marques de Azevedo). Em outubro de 2015, denúncias envolvendo contratos da Eletronuclear de áreas de transporte acabaram por motivar um desmembramento da Lava Jato no Rio de Janeiro, e essa nova frente foi responsável por acusações contra o ex-governador Sérgio Cabral (PMDB) e o empresário Eike Batista. Em 2016, houve outro desmembramento, dessa vez no Distrito Federal, com investigações que levaram à prisão do ex-presidente da Câmara Eduardo Cunha (PMDB) e do ex-senador Delcídio Amaral (PT). Denúncias de contratos superfaturados em obras do metrô paulistano e do Rodoanel geraram a criação de outro braço da operação em São Paulo, em 2017. O ex-presidente Michel Temer é citado em um dos processos. Já a partir de 2014, Bolsonaro começou a se fazer mais presente nos protestos anticorrupção que tomavam as ruas. Em novembro daquele ano, foi fotografado em uma manifestação realizada no Rio de Janeiro ao lado do Batman, personagem frequente dos protestos. Em setembro de 2015, levou ao plenário da Câmara com seu filho Eduardo um "pixuleco", pequeno boneco inflável com a imagem de Lula usando uniforme de presidiário, criando um princípio de confusão com o petista Ságuas Moraes (MT). No final daquele ano, discursou defendendo que os presidentes Lula e Dilma haviam loteado a Petrobras e permitido roubos para manter uma base de votação no Congresso. "Isso foi feito por Luiz Inácio Lula da Silva e Dilma Rousseff. Esses são os mentores desse crime hediondo praticado na Petrobras. Parece que o Ministério Público fechou os olhos para isso. Tem que pegar deputado e senador? Tem. Mas os mentores, Dilma e Lula, é que estão à frente desse negócio", afirmou. Em 2016, Lula passou a ser formalmente investigado pela Lava Jato. Após denúncia do MP de São

Paulo de lavagem de dinheiro e ocultação de patrimônio, o ex-presidente chegou a ser indicado ministro da Casa Civil em março, em uma manobra de Dilma para lhe garantir foro privilegiado, mas o ministro Gilmar Mendes suspendeu a nomeação. A suspeita era que a OAS teria feito uma reforma milionária em um triplex localizado no Guarujá (SP), cuja aquisição interessava a Lula e à ex-primeira-dama Marisa Letícia. O juiz Sergio Moro, responsável por julgar os casos da Lava Jato em primeira instância e por autorizar as operações da PF sobre a operação, acatou a denúncia sobre o triplex em novembro de 2016 e condenou o ex-presidente a nove anos de prisão em julho de 2017. Os juízes do TRF-4 ratificaram a condenação em janeiro de 2018 e elevaram a pena para 12 anos de reclusão. Lula foi preso no dia 7 de abril daquele ano, passando 580 dias recolhido a uma cela especial na sede da PF do Paraná. A soltura aconteceu após o STF ter julgado ações sobre a possibilidade de prisão a partir de condenações em segunda instância. A maioria dos ministros considerou que a norma constitucional permite a liberdade dos réus até que se encerrem todas as possibilidades de recurso aos tribunais superiores. Entre 2014 e 2018, o juiz Sergio Moro acabou se tornando uma celebridade nacional e um símbolo do combate à corrupção. Após a eleição presidencial, Bolsonaro confirmou rumores da campanha e convidou Moro para assumir o ministério da Justiça em seu futuro governo. A conduta de Moro à frente da Lava Jato passou a ser questionada após o vazamento de conversas no aplicativo Telegram entre o juiz, o procurador Deltan Dallagnol e outros integrantes da força-tarefa. As reportagens sobre o caso começaram a ser publicadas no periódico digital *The Intercept* em junho de 2019, mas parte das conversas também foi divulgada pela *Folha de S.Paulo* e pela revista *Veja*.

AI-5 Anticomunismo
Aliança Pelo Brasil   Arminha
quecimento global Autoritarismo
Bilateralismo Balbúrdia
Bolsominion
Brasil Acima de Tudo"
Brilhante Ulstra Comunismo
Conservadorismo
Decretos das armas
Desmatamento Direitos humanos
Doutrinação
Escola Sem Partido
Fascismo Fake News
Homofobia Misoginia
Olavo de Carvalho Kit gay
deologia de Gênero   Mito
Lei Rouanet Marxismo
Nacionalismo Nazismo
Nióbio Queiroz Nepotis
Pirralha   gime militar
ena de morte Socialismo

P

Pacote Anticrime

Nome dado a uma série de projetos de lei elaborados pela equipe do ministro da Justiça Sergio Moro e enviado pelo governo federal ao Congresso Nacional, propondo mudanças no Código Penal, no Código de Processo Penal e na Lei de Execuções Penais, com o objetivo de combater a corrupção e tornar mais rígido o tratamento dado a detentos que cometeram crimes violentos ou a líderes de organizações criminosas. Em fevereiro de 2019, Moro propôs alterações em 14 leis para dificultar a progressão de regime prisional e saídas temporárias, ampliar as possibilidades de interceptação de comunicações, endurecer regras de isolamento das lideranças criminosas, além de permitir acordos entre o Ministério Público e acusados de crimes mediante declaração de culpa. Um dos pontos mais polêmicos é a proteção legal de policiais envolvidos na morte de suspeitos. Um dos projetos estabelece que um juiz pode reduzir a pena pela metade ou até deixar de aplicá-la caso o excesso policial ocorra de "escusável medo, surpresa ou violenta emoção". Políticos da oposição ao governo, defensores dos direitos humanos e alguns especialistas em violência urbana consideram esse dispositivo uma "licença para matar" a ser dada à polícia. Outro item controverso do pacote é a criminalização do caixa dois em processos eleitorais, com pena de dois a cinco anos de reclusão, e a possibilidade de separação das infrações eleitorais dos crimes comuns em um mesmo processo. Mesmo com a decisão de desmembrar o pacote entre Câmara e Senado para acelerar sua tramitação, a apreciação do pacote perdeu agilidade por ter sido dada prioridade em 2019 à agenda econômica, com a reforma da Previdência em destaque. Após acordos, o Congresso Nacional aprovou, no início de dezembro de 2019, um texto que mesclou parte do pacote de Moro com um outro projeto elaborado por juristas, sob a coordenação do ministro do STF Alexandre de Moraes, e ainda com sugestões de parlamentares. O presidente sancionou o texto com 25 vetos na véspera do Natal.

Ver Direitos Humanos, Operação Lava Jato

Palavras Cruzadas

Jair Bolsonaro tinha como hobby na juventude preencher e criar palavras cruzadas. Ele aproveitou que a seção de passatempos do jornal *O Estado de S.Paulo* nos anos 1970 recebia contribuição dos leitores e passou a enviar seus problemas para a publicação no diário quando ainda cursava o Científico (atual Ensino Médio) em Eldorado Paulista. Reportagem publicada no *Estadão*, em novembro de 2018, contabilizou 21 contribuições do futuro capitão do Exército para a seção entre os anos de 1971 e 1976. Em entrevista, ele contou que demorava até cinco horas para montar um problema e esperava semanas pela publicação. Em outubro de 2019, em uma visita à sede do jornal em São Paulo, ele recebeu das mãos do diretor-presidente do Grupo Estado, Francisco Mesquita Neto, um livro com a compilação de suas contribuições para a seção do jornal e um quadro com a reportagem de 2018 sobre esse seu passatempo.

P

PALMITO

Apelido de infância de Jair Bolsonaro, que gostava de extrair palmito nas matas do Vale do Ribeira, onde sua família morava. Em uma reunião da comissão especial que discutia o Estatuto das Famílias em 2005, o deputado deu detalhes sobre a origem da denominação que o irritava, no contexto de comentar as propostas que considerava exageradas para conter a prática do bullying. "Um de meus apelidos, porque eu sou meio branquelo, era 'palmito', por causa de minha canela. (...) Eu ficava revoltado, mas também xingava os outros e levava a vida. Era muito melhor", disse. "Em meu tempo, o gordinho da escola enfiava porrada em todo mundo. Hoje em dia, o gordinho é a vítima... E tem até projeto aqui para punir pai que não educa o filho para não chamar os outros de gordinho", ironizou.

Ver Lei da Palmada

PARAÍBAS

Forma depreciativa para se referir à população da região Nordeste do Brasil. A expressão é muito utilizada no Rio de Janeiro e em alguns estados do Sul (em São Paulo, o termo equivalente seria "baianos"). O presidente Bolsonaro envolveu-se em grande polêmica ao usar essa expressão em julho de 2019. Pouco antes de iniciar um café da manhã com jornalistas estrangeiros, sem saber que os microfones estavam abertos, ele criticava a atuação de alguns governadores do Nordeste para o ministro-chefe da Casa Civil Onyx Lorenzoni, quando declarou: "Daqueles governadores de paraíba, o pior é o do Maranhão." Bolsonaro se referia a Flávio Dino (PCdoB), reeleito em 2018. As reações de personalidades nordestinas, como artistas, políticos e intelectuais foi de forte repúdio à fala, em especial nas redes sociais. O presidente minimizou o caso, afirmando ter criticado tanto Dino quanto o governador paraibano João Azevedo Lins Filho (PSB). Mesmo que a intenção não tenha sido a de menosprezar a população nordestina, é fato que a região foi a única em que Bolsonaro teve menos votos que Fernando Haddad (PT) na disputa de 2018. No segundo turno, o petista teve 69,7% dos votos válidos na soma dos nove estados nordestinos, contra 30,3% de Bolsonaro.

PATRIMONIALISMO

Um dos tipos de dominação política estudados pelo sociólogo Max Weber, é considerado uma evolução do antigo modelo de dominação patriarcal. Originalmente, a dominação patriarcal se dava quando um chefe político ou uma família real exercia poder arbitrário, utilizando para tanto um arsenal burocrático. Como esse líder necessita do reconhecimento da legitimidade de seu poder, passa a distribuir cargos por critérios particulares para formar essa estrutura burocrática. Vem daí uma das principais características do patrimonialismo, que é o enfraquecimento da fronteira entre o público e o privado. Diversos autores brasileiros, como Raymundo Faoro e Simon Schwartzman, estudaram a formação das estruturas de poder no país e concluíram que a herança ibérica, em particular a portuguesa, é responsável pela histórica resistência nacional em superar a preferência pelo centralismo estatal tanto da população como da classe política.

Ver Nepotismo

PATRIOTA

Partido que surgiu em 2011 com o nome de Partido Ecológico Nacional (PEN), ligado às causas ambientalistas. No segundo semestre de 2017, o partido começou a negociar a filiação de Jair Bolsonaro com a intenção de conseguir patrocinar sua candidatura à presidência. Por pressão do futuro candidato, a direção colocou em votação online a proposta de mudança de nome da agremiação e o escolhido foi Patriota. Em janeiro de 2018, o acordo original foi desfeito e Bolsonaro acabou por se filiar ao PSL. Na época, o presidente do Patriota alegou que o candidato tentava se apoderar do partido, fazendo cada vez mais exigências ao diretório nacional da legenda. Sem Bolsonaro, o PATRI lançou à Presidência da República o Cabo Daciolo, que ficou em 6° lugar na disputa, à frente de nomes mais conhecidos como Marina Silva, Álvaro Dias e Henrique Meirelles. A agenda original do partido, que era ambientalista, mudou para o conservadorismo religioso. Em 2019, o Patriota incorporou o Partido Republicano Progressista (PRP).

Ver PSL

PAULO FREIRE

Educador e filósofo pernambucano, Paulo Freire foi declarado em 2012, durante o governo de Dilma Rousseff, o patrono da educação brasileira. De formação marxista, Freire criou um método de alfabetização e de educação das populações mais pobres que é hoje gerador de forte controvérsia e um dos *fronts* da guerra cultural entre os campos políticos da esquerda e da direita. Seu principal livro, *Pedagogia do Oprimido*, faz forte crítica à "consciência opressora" das elites mais ricas e de suas formas de manipulação e de invasão cultural para manter a percepção dos oprimidos como inferiores. Na educação, isso se dá, segundo o filósofo, pela adoção do modelo de concepção "bancária" do conhecimento, no qual cabe ao educador depositar comunicados e informação. Aos educandos, caberia apenas receber esses "depósitos" e guardá-los ou arquivá-los. Nesse modelo, defende Freire, não há espaço para a comunicação real, nem possibilidade de transformação ou estímulo à criatividade. A busca pela necessária libertação desse modelo só é possível em um amplo conceito dialógico, quando os alunos se enxergarem não apenas como espectadores, mas como cocriadores do mundo. Suas ideias de educação para adultos foram aplicadas no início dos anos 1960, na região Nordeste, sempre unindo o ensino do alfabeto de "palavras geradoras" para os alunos como parte da compreensão da realidade social. O método revolucionário de educação foi um dos alvos dos militares que tomaram o poder em 1964. Paulo Freire ficou preso por mais de dois meses antes de partir para o exílio, de onde só voltou em 1979. Nos anos fora do Brasil, o educador passou por países como Bolívia, Chile, Estados Unidos e Suíça. No exterior, ele coordenou como consultor do Conselho Mundial das Igrejas um programa de educação para adultos na Nicarágua, Guiné-Bissau, São Tomé e Príncipe, Cabo Verde e Tanzânia. De volta ao Brasil, participou de programas estaduais e municipais que empregavam seu método durante a redemocratização. Em 1989, quando Lula chegou ao segundo turno das eleições presidenciais, Freire teve seu nome cogitado para assumir o ministério da Educação e Cultura. Ele morreu em 1997, aos 76 anos, e foi anistiado *post mortem* em 2009 por recomendação da Comissão de Anistia. Em 2013, quando um movimento iniciado para contestar os aumentos de passagens de ônibus se transformou em grandes manifestações populares contra a classe política e a corrupção, grupos conservadores encontraram espaço para fazer um discurso crítico à doutrinação ideológica nas escolas, simbolizada pelo método Paulo Freire. Entre 2014 e 2015, as manifestações de rua já possuíam forte viés ideológico anti-PT e os cartazes contra a obra do educador ficaram mais frequentes. Em 2017, já no governo de Michel Temer, um projeto no Senado tentou anular sem sucesso a lei de cinco anos antes que tornara Freire o patrono da educação brasileira. A crítica ao filósofo entrou na campanha de Jair Bolsonaro em 2018. Em uma reunião com empresários no Espírito Santo, o capitão da reserva afirmou: "Temos que debater a ideologia de gênero e a escola sem partido. Entrar com lança-chamas no MEC e expulsar o Paulo Freire lá de dentro." O candidato discordava frontalmente do desenvolvimento do senso crítico nas salas de aula. "Vai lá no Japão. Vai ver se eles estão preocupados com pensamento crítico. A educação tem que ser mais objetiva", afirmou na ocasião. Já eleito presidente, Bolsonaro disse em uma entrevista à repórter-mirim Esther Castilho que retiraria de Freire o título de patrono da educação. Em dezembro de 2019, ao comentar o fim da parceria da Fundação Roquette Pinto com o Ministério da Educação para gerir o programa TV Escola, Bolsonaro ofendeu a memória do educador: "Tem um monte de formado aqui em cima dessa filosofia aí, de um Paulo Freire da vida aí. Esse energúmeno aí. Ídolo da esquerda."

Ver Doutrinação, Gramscismo, Marxismo Cultural, Olavo de Carvalho

Pena de Morte

A condenação de uma pessoa à pena capital fez parte da história do Brasil durante um longo período, da época da Colônia até os últimos anos do Império, só tendo sido oficialmente abolida após a proclamação da República em 1889. Herança das Ordenações Filipinas, código legal português promulgado em 1603 pelo rei Filipe I, a pena máxima foi mantida no Brasil, no Código Criminal de 1830, devido à, segundo historiadores, pressão de proprietários de escravos. Prova disso foi que um dos crimes passíveis de pena de morte era "insurreição". Pela lei, após uma condenação, apenas uma graça concedida pelo imperador poderia comutar a pena capital do criminoso, mas D. Pedro II só passou a optar pela clemência após um famoso caso de erro judiciário. Em 1855, o fazendeiro Manoel De Motta Coqueiro foi enforcado por ter sido considerado responsável pelo assassinato de oito pessoas de uma mesma família de colonos em uma de suas propriedades, na região de Conceição de Macabu, no Rio de Janeiro. A população local e os jornais da época se referiam a Motta Coqueiro como a "Fera de Macabu". Somente após a execução surgiram indícios de que o condenado fora vítima de uma conspiração armada por inimigos políticos. Escandalizado, D. Pedro II começou a conceder perdão com mais frequência a partir do episódio. O último homem livre foi executado no Brasil em 1861 e o último escravo condenado foi enforcado em 1876. Com a Constituição de 1891, prevaleceu no Brasil a previsão de pena capital apenas para determinados crimes militares cometidos em época de guerra contra uma nação inimiga, exceto em dois períodos: durante a vigência do Estado Novo na ditadura de Getúlio Vargas e a partir de 1969, com a edição do Ato Institucional número 14, no regime militar. Nesses dois momentos, só houve registro de duas condenações, mas as penas foram comutadas antes das execuções. O debate sobre a extensão da punição máxima para crimes considerados hediondos cometidos por civis é frequente na história do Poder Legislativo brasileiro, com propostas de mudanças na Constituição ou no Código penal ou com sugestões de plebiscitos ou consultas populares sobre o tema. Geralmente, projetos sobre a pena de morte são apresentados em momentos de forte comoção nacional por algum crime bárbaro recente. Isso apesar de o Brasil ser signatário da Convenção Interamericana de Direitos Humanos, a chamada Carta de San José da Costa Rica, que repudia a pena de morte. O deputado federal Jair Bolsonaro foi o autor de um dos vários projetos para a realização de plebiscito sobre a pena capital em outubro de 1997, proposta apresentada poucas semanas após o sequestro e morte do menino Ives Ota, na Zona Leste de São Paulo (SP). No entanto, a proposição mais famosa e a que mais avançou na Câmara foi uma PEC de autoria do deputado Amaral Netto (PDS-RJ) em 1988, que chegou a receber inicialmente parecer favorável da Comissão de Constituição, Justiça e Redação (CCJR) naquele ano. Após recurso, o texto passou por nova análise, sendo então considerado inconstitucional por ferir uma cláusula pétrea da Carta, e arquivado em 1988. Sempre que em discursos sobre esse tema polêmico, Bolsonaro mostrou-se favorável à pena capital. Em outubro de 2001, no aniversário de seis anos da morte de Amaral Netto, o capitão reformado afirmou que o assunto não era "apanágio da direita, mas (...) deve ser, sem quaisquer dúvidas, debatido em todos os aspectos ideológicos, de um extremo ao outro" e disse que as vítimas dos criminosos pagavam duas vezes pela omissão do debate por parte dos políticos, "com a vida e com o bolso", referindo-se aos custos para manter assassinos reincidentes na cadeia. Em 2005, Bolsonaro assinou um requerimento para que fosse registrado nos Anais da Câmara "voto de louvor ao presidente da Indonésia, o senhor Susilo Bambang Yudhoyono, em razão da condenação à pena de morte, determinada pela Justiça de seu país, para o traficante de drogas Marco Archer Cardoso Moreira".

O brasileiro foi preso e condenado no país asiático em 2004, após tentar entrar com mais de 13 quilos de cocaína escondidos nos tubos de uma asa-delta. Ele foi fuzilado em 2015, mesmo após pedidos de clemência feitos pelo governo brasileiro. "O fuzilamento do brasileiro Marco Archer, na Indonésia, foi justo e merecido. O governo inclusive criou uma séria questão diplomática com aquele país ao condenar o fuzilamento", comentou Bolsonaro na tribuna da Câmara. Pelo histórico do político, o tema voltou a ser veiculado na campanha presidencial de 2018, mas o já eleito presidente disse em dezembro daquele ano que "a pena de morte não está em nosso plano, não está em nosso programa, não foi debatida durante a campanha e, enquanto eu for presidente, de minha parte, não teremos essa agenda".

Percy Geraldo Bolsonaro

Pai de Jair Messias Bolsonaro, veio de uma família de imigrantes italianos. Seu avô, Vittorio Bolzonaro, tinha 10 anos quando, em 1888, saiu de Anguillara Veneta, na província de Pádua, e aportou em Santos, estabelecendo-se na região de Campinas (SP). Décadas depois, foi nessa cidade que Percy Geraldo passou a auxiliar um dentista e aprendeu a função de prático, passando a realizar extrações, obturações e a modelar dentaduras, mesmo sem ter a formação profissional. Quando se mudou para Ribeira, ganhou notoriedade por prestar esses serviços, tanto na cidade como na área rural, e se envolveu na política local, que tinha seu grupo, chamado de "pés rachados", que se contrapunha aos "pés lisos". Seu "Gerardo", como era conhecido na região, chegou a ser preso por exercício ilegal da profissão de dentista, ao que consta devido à perseguição política. O pai do futuro presidente da República se mudou com a mulher, Olinda, e os seis filhos para Eldorado Paulista e chegou a se candidatar a prefeito e a vereador pelo MDB nos anos 1970, segundo conta Clóvis Saint-Clair em seu livro *Bolsonaro — O homem que peitou o Exército e Desafia a Democracia*. Em 1995, Percy Geraldo Bolsonaro faleceu e, em 2018, o Colégio Militar de Duque de Caxias (RJ) recebeu seu nome.

Ver Jair Rosa Pinto, Olinda Bolsonaro

PDC

O Partido Democrata Cristão foi o primeiro partido político ao qual Bolsonaro foi filiado. A agremiação era uma grande força política até 1965, quando foi extinta pelo governo militar. Refundada em dimensão muito menor 20 anos depois, era presidida, em 1988, pelo coronel da reserva e ex-governador de Goiás Mauro Borges quando o capitão Bolsonaro se filiou à legenda. O partido tinha uma linha de atuação mais ao centro do espectro político, defendendo o "respeito à dignidade humana", a "propriedade privada" e a "mensagem evangélica". Na época da filiação, o secretário-geral da legenda, o tenente-coronel da reserva Jair Nogueira disse ao *Jornal do Brasil* que o capitão se identificava

BOLSONÁRIO: A "NOVA POLÍTICA" DE A A Z

com a ideologia da legenda, de centro-direita, e que o PFL também tentou trazer o futuro presidente para suas fileiras. Segundo ele, a principal pregação do partido naquele ano seria o combate à corrupção e a defesa da moralidade pública. Em sua primeira entrevista como candidato, em setembro de 1988, Bolsonaro afirmou que a crise do Brasil era de homens e que o país precisava de pessoas honestas e que estivessem dispostas a dar esperanças à população. Bolsonaro fez uma campanha humilde em termos de recursos, mas conseguiu se eleger vereador no Rio de Janeiro com 11.062 votos. Em março de 1993, o PDC fundiu-se ao PDS, dando origem ao PPR.

PFL

O Partido da Frente Liberal foi um partido criado em 1985, após dissidência do PDS no decorrer da disputa pelo colégio eleitoral que terminou com a vitória de Tancredo Neves. O partido foi o mais forte da base de apoio durante as gestões de Fernando Henrique Cardoso na Presidência da República e passou para a oposição nas gestões petistas de Lula e Dilma Rousseff. Em março de 2007, a agremiação mudou sua denominação para Democratas (DEM). O PFL foi o partido em que o deputado federal Jair Bolsonaro se abrigou após divergir da direção nacional do PTB nas eleições municipais de 2004. Ele permaneceu na legenda de janeiro a maio de 2005, migrando para o PP.

PINOCHET

O general Augusto Pinochet comandou o golpe de estado que derrubou o regime socialista de Salvador Allende no Chile, em 1973, e governou o país latino-americano com mão de ferro até 1990. A ditadura de Pinochet é considerada uma das mais violentas e de desrespeito aos direitos humanos já ocorrida no continente. Dados oficiais contabilizam mais de 3 mil opositores políticos que foram mortos ou desapareceram — especialmente nos primeiros anos da ditadura — e mais de 40 mil que foram vítimas de arbitrariedades como prisões ilegais e torturas. O regime militar também é lembrado por ter realizado reformas liberais na economia que hoje são consideradas responsáveis pela relativa prosperidade alcançada pela população nas décadas seguintes. Pinochet tentou se manter por mais tempo no poder, mas foi derrotado em um plebiscito popular, em 1988, e o Chile voltou à democracia com uma eleição presidencial no ano seguinte. O ex-ditador se tornou senador vitalício e foi preso na Inglaterra em 1998, quando viajou para realizar um tratamento médico. O pedido internacional de prisão foi feito pelo juiz espanhol Baltazar Garzón, que investigava extensões da Operação Condor contra cidadãos espanhóis que desapareceram ou foram mortos após o golpe no Chile. Pinochet ficou em prisão domiciliar na Inglaterra por quase dois anos, mas sua extradição para a Espanha não foi autorizada. Durante esse período, debates acalorados sobre a ditadura chilena aconteceram no

Congresso brasileiro e Jair Bolsonaro se mostrou um fervoroso defensor do general. Em outubro de 1998, o deputado brasileiro perguntou: "O que é pior para um povo: o que o general Pinochet talvez tenha feito no passado, terminando, matando baderneiros, ou a democracia no país (Brasil), que hoje mata milhões pelo descaso?" Em novembro, em uma das discussões sobre as violações de direitos humanos no Chile, o deputado do PPB afirmou sobre Pinochet: "Matou pouco, tinha de ter matado mais." Em dezembro, após ler uma mensagem por fax que teria enviado ao primeiro-ministro britânico Tony Blair pedindo a soltura do chileno, Bolsonaro indagou o que os espanhóis estavam fazendo no Chile no momento do golpe, sugerindo que eram agentes de governos socialistas. Para o deputado brasileiro, Pinochet evitou que o Chile se tornasse uma nova Cuba no continente e ele teria conduzido a transição do país à democracia. Quando o ex-ditador faleceu, em 2008, o deputado afixou uma faixa preta em seu gabinete em sinal de luto. Em 2015, em outro discurso, defendeu a necessidade do golpe no Chile: "Em 1973, por que Pinochet teve que botar para quebrar? Porque havia mais de 30 mil cubanos lá dentro", afirmou. Bolsonaro visitou o Chile oficialmente como presidente da República em março de 2019 e evitou fazer defesa de Pinochet para não constranger o colega Sebastián Piñera, mas seu ministro-chefe da Casa Civil, Onyx Lorenzoni, disse em entrevista que o ex-ditador "teve que dar um banho de sangue no país". O presidente, no entanto, voltou em setembro a fazer comentários sobre o regime de exceção no Chile. Irritado com os comentários da alta comissária para os direitos humanos da ONU, Michelle Bachelet, sobre os riscos que os defensores de minorias e do meio ambiente têm sofrido no Brasil, o presidente brasileiro afirmou que os chilenos tiveram coragem de dar um basta aos comunistas, entre eles o pai da ex-presidente Michelle, o brigadeiro Alberto Bachelet. O militar se opôs aos generais golpistas, foi preso, torturado e morto em 1974. Até Piñera, adversário político de Michelle Bachelet, saiu em sua defesa: "Não compartilho em absoluto com a menção de Bolsonaro em respeito à ex-presidente do Chile, especialmente em um tema tão doloroso como a morte de seu pai."

Ver Anticomunismo, Autoritarismo, Fujimorização

PIRRALHA

Foi como o presidente Jair Bolsonaro se referiu à adolescente e ativista ambiental sueca Greta Thunberg em 10 de dezembro de 2019. Em sua tradicional fala diária na saída do Palácio da Alvorada, o presidente comentou sobre um *post* que a garota escrevera no dia 8 daquele mês criticando o silêncio de autoridades mundiais sobre a violência sofrida por indígenas da etnia Guajajara. "É impressionante a imprensa dar espaço para uma pirralha dessa aí. Uma pirralha", repetiu. No mesmo dia, Greta mudou temporariamente sua descrição no perfil da rede social para "pirralha", usando a expressão em português. A garota ganhou notoriedade a partir de agosto de 2018, quando iniciou, em frente ao parlamento da Suécia, em Estocolmo, uma "greve ambiental" para exigir que o governo local cumprisse os objetivos do Acordo de Paris. O protesto inicialmente solitário agregou adeptos e, em poucas semanas, havia milhares de pessoas acampadas no local, o que acabou dando origem ao movimento "Fridays for the Future" (Sextas-feiras pelo Futuro), que inspirou, via redes sociais, protestos similares em vários pontos do planeta. Diagnosticada com Síndrome de Asperger, um transtorno neurobiológico que afeta a percepção que as pessoas têm do mundo e sua interação com terceiros, Greta canalizou o interesse extremo característico que os indivíduos nessa condição apresentam para o tema dos efeitos do aquecimento global e se tornou uma porta-voz não oficial da causa. Ela é convidada frequente de cúpulas internacionais que debatem questões sobre o clima, como o Fórum Econômico Mundial de Davos, na Suíça, a Assembleia Geral da ONU, em Nova York, e a COP25, em Madri, sempre desafiando os líderes mundiais a realizar ações concretas em favor do meio ambiente. Na mesma semana em que a ativista foi ironizada por Bolsonaro, a revista *Time* anunciou que Greta Thunberg havia sido escolhida a "Pessoa do Ano" de 2019.

Ver Acordo de Paris, Aquecimento Global, Psicose Ambientalista, Queimadas

PLANO REAL

Nome dado ao Plano de Estabilização da Economia elaborado durante o governo do presidente Itamar Franco que visava estancar o processo de hiperinflação do país. Foi iniciado em 1993, após a indicação do senador Fernando Henrique Cardoso para o ministério da Fazenda, e incluía etapa fiscal, de reformas institucionais e administrativas e monetária. Essa última, adotada já em 1994, previa uma fase de transição para uma nova moeda, o Real, com a criação de um indexador oficial chamado de Unidade Real de Valor (URV). Foi na apresentação, discussão e votação da medida provisória que criava a URV que o deputado Jair Bolsonaro se insurgiu contra o plano. Ele argumentava que o programa esquecia de propósito a inflação acumulada entre os meses de janeiro e fevereiro, prejudicando os servidores civis e militares. Na comissão mista do Congresso Nacional que aprovou a URV, apenas Bolsonaro votou contra. Quando FHC deixou o ministério para se candidatar à Presidência da República, em março de 1994, ele passou a criticar o caráter eleitoreiro do plano e afirmou que votaria em Luiz Inácio Lula da Silva no segundo turno das eleições daquele ano, caso Paulo Maluf não estivesse no páreo.

POLITICAMENTE CORRETO

Termo usado para descrever linguagens, comportamentos e valores utilizados de forma natural ou incentivada para evitar que se cometam ofensas ou preconceitos contra determinados grupos de pessoas. O objetivo seria atingir um grau mais harmonioso nas relações sociais. Nas últimas décadas, o debate sobre o PC ganhou ares de guerra cultural entre posições à esquerda e à direita. Enquanto um grupo diz defender o respeito às minorias e à diversidade da sociedade, o outro aponta para uma tentativa de imposição de pontos de vista de uma parcela das pessoas sobre as demais e um ataque à liberdade de expressão. Em outras palavras, a visão mais à direita acredita que o PC seria uma exigência de que um suposto bem coletivo se impõe sobre as consciências e crenças individuais. O "politicamente correto" surgiu entre os anos 1920 e 1930 em discussões dentro dos partidos comunistas que debatiam qual discurso deveria prevalecer internamente nessas organizações, mas o termo ganhou a forma conhecida hoje ao ser adotado pela nova esquerda dos Estados Unidos, na virada dos anos 1960 e 1970, aplicado para questões como consciência negra, feminismo, direitos de homossexuais, pacifismo, ambientalismo e, mais tarde, teses globalistas. A direita brasileira abraçou a crítica dos neoconservadores norte-americanos, que veem no PC uma interferência indevida nos debates acadêmicos, sociais e culturais — um indício do que os políticos dessa corrente costumam classificar como "marxismo cultural". Em seu discurso de posse em janeiro de 2019, Bolsonaro afirmou que o Brasil começava a se "libertar do socialismo e do politicamente correto". Em agosto, em uma visita à Festa do Peão de Boiadeiro de Barretos (SP), o presidente defendeu rodeios e vaquejadas e afirmou que não existia mais o politicamente correto no Brasil.

Ponto de Vista

Nome da coluna de artigos da revista *Veja*, na qual o então capitão Jair Messias Bolsonaro publicou um texto sob o título *O salário está baixo*, reclamando dos baixos valores dos soldos da tropa. Parecendo antever os problemas que a manifestação pública lhe traria, o capitão do Exército escreveu: "Corro o risco de ver minha carreira de devoto militar seriamente ameaçada, mas a imposição da crise e da falta de perspectiva que enfrentamos é pior." A queixa gerou processos por infração ao Regulamento Disciplinar do Exército (RDE) em setembro de 1986.

Ver Operação Beco Sem Saída

Populismo

O populismo é uma forma de discurso e ação que enxerga a virtude e a legitimidade política residindo no "povo". Quem adota essa linha de atuação, normalmente classifica as elites dominantes como corruptas e afirma que os objetivos políticos são alcançados de maneira mais eficiente por meio de um relacionamento direto entre governo e população, em vez de aceitar a mediação pelas instituições políticas existentes (Legislativo e Judiciário). Existem exemplos históricos de governos populistas posicionados tanto à direita como à esquerda do espectro político. A Alemanha nazista de Hitler foi um tipo de populismo autoritário que se baseava na figura carismática de seu líder para atacar elites intelectuais e supostas contaminações de cunho racial, reivindicando a volta das tradições do povo alemão. Também é correto afirmar que há fortes características populistas em governos de ideologia socialista,

BOLSONÁRIO: A "NOVA POLÍTICA" DE A A Z

como a antiga União Soviética ou a Cuba pós-revolução. O "bolivarismo" da Venezuela é um exemplo de movimento populista recente.

POSTO IPIRANGA

Apelido que o próprio candidato à Presidência da República, Jair Bolsonaro, deu a seu principal assessor econômico, Paulo Guedes, durante a campanha de 2018. Quando a imprensa fazia questionamento sobre propostas econômicas para seu futuro governo, ele costumava mandar perguntar para o "Posto Ipiranga". A menção era uma referência ao personagem de uma campanha publicitária da rede de postos de combustíveis — interpretado pelo ator Antônio Duarte de Almeida Junior, o Batata — que respondia a qualquer pergunta com a mesma frase: "Pergunta lá no Posto Ipiranga." Essa referência a um local que teria as respostas para tudo se popularizou no Brasil e foi naturalmente utilizada em diversas situações, incluindo a política. A empresa já havia ficado incomodada e entrado na Justiça Eleitoral contra uma paródia feita na campanha de João Doria Jr. à prefeitura de São Paulo, em 2016, que usava o conceito para criticar a administração do petista Fernando Haddad. Mas não se incomodou com a investida de Bolsonaro. O capitão da reserva intensificou essa referência a seu futuro ministro da Economia a partir de julho de 2018. Em uma entrevista ao jornal *O Globo* no dia 22, ele confirmou entender pouco de economia. "Não entendo mesmo. Não entendo de medicina, de agricultura, não entendo um montão de coisa. (...) Estou indo para o vestibular ou para campanha política?", questionou. Quando foi feita uma pergunta sobre a taxação de dividendos, ele foi mais direto: "Quem aplica no mercado financeiro, é isso? Aí eu vou para o Posto Ipiranga. Pergunta para o Paulo Guedes. Não tenho vergonha de falar isso não." No final do mesmo mês, entrevistado no programa *Roda Viva*, da TV Cultura, ele repetiu a afirmação. "O Paulo Guedes é meu Posto Ipiranga. Eu tenho vários Postos Ipiranga. O general Heleno é meu Posto Ipiranga nas Forças Armadas. O Nathan (Garcia) é meu Posto Ipiranga no agronegócio." Sobre eventuais divergências futuras com Guedes, Bolsonaro, que tinha fama de estatista, afirmou que havia sido influenciado pelo economista. Mas também disse que havia convencido seu futuro ministro de respeitar os "filtros" que a política (Câmara e Senado) fariam em suas propostas.

Ver Nova Previdência

PÓS-VERDADE

Termo escolhido pela Oxford Dictionaries como a palavra do ano em 2016, é uma expressão que denota circunstâncias nas quais os fatos objetivos são menos influentes na formação da opinião pública do que apelos a emoção ou a crenças pessoais. A palavra foi muito usada naquele ano após discussões a respeito dos resultados do referendo do Brexit no Reino Unido e das eleições presidenciais norte-

-americanas, que terminaram com a vitória de Donald Trump. O uso do prefixo pós antes de um substitutivo dá um sentido de que o tempo tornou o conceito em questão sem importância ou irrelevante, como no caso de "pós-guerra" ou do controverso "pós-racial". É comum atribuir o primeiro uso da expressão no sentido conhecido dos dias atuais a um artigo de 1992 do escritor e roteirista sérvio-americano Steve Tesich para a revista *The Nation*. No texto, ele argumentava que o impacto negativo do escândalo de Watergate, no início da década de 1970, havia sido tão forte sobre a sociedade norte-americana que teria ficado mais fácil para os governantes mentirem para a população. A prova disso foi a aceitação do caso Irã-Contras na gestão de Ronald Reagan ou das poucas explicações exigidas na Guerra do Golfo na administração Bush. Segundo a argumentação de Tesich — que, em 1980, ganhou um Oscar pelo roteiro de *Breaking Away* (no Brasil, chamado de *O Vencedor*) —, todos os ditadores do passado tinham trabalhado duro para "suprimir a verdade", mas que a população estava passando uma mensagem de que isso não seria mais necessário. "De uma maneira muito fundamental, nós, como povo livre, decidimos livremente que queremos viver em algum mundo pós-verdade."

Ver Fake News

PSICOSE AMBIENTALISTA

Expressão utilizada pelo presidente Jair Bolsonaro para se referir a um suposto superdimensionamento internacional das questões ambientais no Brasil. O presidente usou esse termo em junho, durante sua participação na reunião do G-20 em Osaka (Japão), que ocorreu no mesmo período em que os governos alemão e francês passaram a questionar publicamente a política sobre meio ambiente do novo governo brasileiro. Em entrevista a jornalistas, Bolsonaro detalhou uma conversa que teve com a chanceler alemã Angela Merkel sobre o tema. "Mostramos que o Brasil mudou o governo e é um país que vai ser respeitado. Falei para ela também da psicose ambientalista que existe para conosco." A expressão foi na verdade emprestada de um livro escrito pelo príncipe imperial brasileiro Dom Bertrand de Orleans e Bragança, um dos símbolos do conservadorismo cristão no Brasil. A obra *Psicose Ambientalista*, de 2012, defende que a "ecologia radical viola gravemente o direito de propriedade" usando o "pretexto de salvar a natureza". Segundo o príncipe, socialistas como os líderes da Teologia da Libertação se refugiaram por trás da bandeira ecológica após o colapso da União Soviética. No livro, ele relativiza a importância das mudanças climáticas e abranda os efeitos negativos da ação humana sobre o meio ambiente. O texto também é bastante crítico ao novo Código Florestal, aprovado durante a gestão de Dilma Rousseff.

Ver Aquecimento Global, Desmatamento, Queimadas

PP

Partido Progressista foi a nova denominação assumida pelo PPB em 2003, momento em que Paulo Maluf perdia espaço como liderança nacional. A legenda tem uma plataforma de defesa do livre mercado e de liberdade religiosa. Embora seja considerado um partido conservador, fez parte da base de apoio nas gestões de Lula e assumiu protagonismo maior nos governos de Dilma Rousseff, ganhando o Ministério das Cidades. O PP rompeu com Dilma, em 2016, e apoiou Michel Temer, recebendo em troca as pastas da Agricultura (Blairo Maggi) e da Saúde (Ricardo Barros). O partido mudou a denominação para Progressistas em agosto de 2017. Bolsonaro permaneceu no PP até 2016, quando migrou para o Partido Social Cristão (PSC).

PPB

O Partido Progressista Brasileiro foi fundado em setembro de 1995, após a fusão entre o PPR (de Bolsonaro), o PRP e uma das versões antigas do PP. Na época, era a quarta força do Congresso Nacional, atrás apenas do PFL, PMDB e do PSDB. Tinha 85 deputados e oito senadores e sua maior figura política era o prefeito paulistano Paulo Maluf, tão popular que conseguiu eleger o desconhecido Celso Pitta como seu sucessor em 1996. O partido tinha um verniz governista não oficial: votava constantemente a favor da gestão FHC, mas não reconhecia a adesão, mesmo tendo o ministro Francisco Dornelles no governo tucano. A legenda rachou em 1997, durante a votação da reeleição para presidente, mas ainda se manteve forte no ano seguinte, com a eleição de dois governadores, três senadores e 60 deputados. Em São Paulo, Maluf tentou o governo do Estado, mas foi derrotado por Mario Covas (PSDB) no segundo turno, após passar meses liderando as pesquisas de intenção de votos. Em setembro de 1997, durante uma reunião da Comissão Especial de Segurança Pública da Câmara, o capitão da reserva disse que, no Rio de Janeiro, o PPB era conhecido como Partido Progressista do Bolsonaro. O partido aderiu de vez ao governo FHC no segundo mandato e acabou mudando novamente de nome em 2003, voltando ao antigo PP.

Ver PP

PPR

O Partido Progressista Reformador (PPR) foi fundado em abril de 1993, a partir da fusão do Partido Democrático Social (PDS) com o Partido Democrata Cristão (PDC), ao qual o já deputado federal Jair Bolsonaro era filiado. A legenda fazia parte dos planos do prefeito paulistano Paulo Maluf de criar uma força política nacional capaz de catapultá-lo a uma candidatura presidencial no ano seguinte. A direção dizia que a sigla seria "um grande partido progressista, de centro, e comprometido com as reformas". Ban-

P

deiras como redução da máquina estatal, desregulamentação e abertura da economia, voto distrital misto e reforma da Previdência estavam entre as propostas originais. O PPR nasceu como a terceira maior bancada do Congresso Nacional, com 72 deputados e 10 senadores. Tinha ainda o governador do Acre e 865 prefeitos. Sem conseguir montar uma aliança com o PFL no ano seguinte, Maluf desistiu da ideia de candidatar-se à Presidência e o partido escolheu o senador Esperidião Amin (SC) para disputa. Ele ficou em sexto lugar, com 2,75% dos votos válidos. Na eleição de 1994, Bolsonaro foi reeleito deputado federal pelo PPR ao receber 111.927 votos, a terceira maior votação do estado do Rio naquele ano. Mas a bancada do PPR foi reduzida para 52 deputados e dois senadores. Como o partido perdeu força, acabou realizando nova fusão em 1995, dessa vez com o PP, dando origem ao PPB.

Ver PPB

Praia do Forte Imbuí

Praia de acesso restrito controlada pelo Exército, localizada no bairro Jurujuba, em Niterói (RJ), na saída da Baía da Guanabara. Segundo a Fundação Cultural do Exército, o forte foi construído entre 1863 e 1901, tendo como função ligar-se a outras fortificações para proteger a baía. Em 1894, as obras de construção incluíram a instalação de uma cúpula encouraçada, armada com dois canhões do tipo Krupp. Historicamente, a praia só é frequentada por militares, suas famílias e pessoas com autorização prévia, mas a visitação ao forte é aberta. Em abril de 1990, o *Jornal do Brasil* noticiou que Jair Bolsonaro e sua família foram barrados no acesso à área da praia. Eles frequentavam o local há anos nos finais de semana, mas a notoriedade que o capitão da reserva — que, na época, já era vereador pelo Rio de Janeiro — ganhou ao reclamar da questão salarial em artigos, cartas aos jornais, entrevistas e discursos causava insatisfação e consequentes retaliações pelos oficiais de alta patente. O aviso da proibição foi feito pelo primeiro-tenente Rogério de Amorim Gonçalves, que dizia cumprir ordens do comando. Bolsonaro argumentou que a atitude feria não só o Estatuto dos Militares, mas também o artigo 5º da Constituição, e exigiu que o comunicado fosse feito por escrito, no que foi atendido. O *JB* publicou uma reprodução desse aviso. "Fui ofendido e humilhado, barrado em um lugar onde entram 400 carros no sábado, 600 no domingo. Até de civis", disse Bolsonaro aos jornais. A proibição de entrada em áreas militares já havia acontecido durante a campanha para vereador, quando o futuro deputado federal e presidente da República foi impedido de panfletar e de distribuir santinhos na Vila Militar de Deodoro e chegou a ser retirado de uma solenidade, seguida de missa, em homenagem a São Miguel Arcanjo, padroeiro dos paraquedistas.

Ver Operação Beco Sem Saída, Ponto de Vista

PSC

O Partido Social Cristão existe desde 1985, mas só obteve seu registro definitivo junto à Justiça Eleitoral em 1990. É uma legenda firmemente alicerçada em valores morais cristãos nos costumes e liberais na economia. O logo do partido é o *ichtus*, representado por dois arcos que se cruzam para formar a figura de um peixe, considerado o mais antigo símbolo dos cristãos. Ligado à igreja Assembleia de Deus, o partido concorreu à Presidência da República em 2014 com o pastor Everaldo Pereira e indicou, em 2018, como candidato a vice na chapa de Álvaro Dias (Podemos), o ex-presidente do BNDES Paulo Rabello de Castro. Jair Bolsonaro entrou no partido em março de 2016 para tentar catapultar a candidatura de seu filho, Flávio Bolsonaro, à prefeitura do Rio de Janeiro. Naquele ano, o pastor Everaldo batizou Jair Bolsonaro nas águas do rio Jordão, em Israel. Flávio terminou o primeiro turno em quarto lugar, com 14% dos votos, e o partido ainda demonstrou força com a reeleição de seu irmão, Carlos Bolsonaro, para a Câmara Municipal. Ele foi o mais votado naquele ano, com 106,6 mil votos.

PSD

O Partido Social Democrático é uma versão renovada do antigo PSD, que foi extinto junto com vários outros partidos em 1965 por determinação do governo militar. Ressurgido em 1981, tinha fortes ligações com o último presidente militar, o general João Baptista Figueiredo, e chegou a cogitar lançá-lo como candidato à Presidência em uma futura eleição. Foi pelo PSD que o ex-presidente da União Democrática Ruralista (UDR) Ronaldo Caiado se candidatou ao Palácio do Planalto em 1989. O partido entrou na trajetória de Bolsonaro em 1993, quando fez uma investida sobre vários deputados para tentar o número mínimo de parlamentares necessário para lançar uma nova candidatura no ano seguinte. Mas o então presidente do PP Álvaro Dias denunciou estar havendo compra de deputados para acelerar a filiação. Bolsonaro chegou a assinar uma ficha de inscrição, mas recuou ao saber das denúncias e foi chamado como testemunha contra os parlamentares acusados. Ao final de 1993, a Câmara cassou os mandatos de Onaireves Moura (PR) e Nobel Moura (RO) por liderarem o aliciamento de deputados e de Itsuo Takayama (MT) por ter aceitado US$30 mil para trocar de partido.

PSL

O Partido Social Liberal é uma legenda que existe desde 1994, mas que só obteve seu registro junto ao TSE em 1998. Historicamente ligado às ideias e à agenda liberal, o partido moldou seu discurso para receber Jair Bolsonaro no início de 2018, tornando-se uma legenda fortemente conservadora, com bandeiras favoráveis à legalização do porte de armas e contrárias ao casamento entre pessoas do mesmo sexo, por exemplo. Na área econômica, continua a defender a redução do papel do estado na economia, as privatizações, a desregulamentação e a propriedade privada, mas, na agenda de costumes, passou a incluir temas como combate "aos privilégios decorrentes de cotas", "à sexualização precoce das crianças", "à apologia da ideologia de gênero". Essa guinada conservadora acabou por afastar o movimento político "Livres" da legenda. Eleitoralmente, o PSL foi favorecido pelas mudanças. Além do presidente Jair Bolsonaro, a legenda conseguiu, no pleito de 2018, uma bancada de 52 deputados federais e quatro senadores. Após a eleição, o partido tem convivido com denúncias de uso de candidatos-laranja e de desvio de recursos dos fundos partidário e eleitoral. Em outubro de 2019, estourou uma crise interna no partido que envolveu o próprio presidente. Houve uma articulação para destituir do cargo de líder do partido na Câmara o deputado Delegado Waldir em favor do filho "Zero 3", Eduardo Bolsonaro. A reação de uma ala do partido contra o que consideraram uma tentativa de golpe externou brigas pelo controle do Fundo Partidário e do Fundo Eleitoral da legenda e acabou por derrubar a deputada Joice Hasselmann do cargo de líder do governo na Casa. As desavenças entre o grupo fiel ao presidente e a parcela que apoiava o comandante da legenda, Luciano Bivar, aceleraram a saída de Bolsonaro do partido. No dia 12 de novembro, após uma reunião com deputados aliados, o presidente informou nas redes sociais que estava deixando o PSL e que dava início à criação de um novo partido, o Aliança pelo Brasil. A desfiliação oficial aconteceu uma semana depois.

Ver Aliança pelo Brasil

PTB

O Partido Trabalhista Brasileiro (PTB) foi um dos partidos extintos pelo regime militar que renasceu com a abertura democrática e a volta do pluripartidarismo no final dos anos 1970 e começo dos 1980. A sigla que foi símbolo do trabalhismo brasileiro por duas décadas foi disputada na redemocratização pela sobrinha-neta de Getúlio Vargas, Ivete Vargas, e pelo ex-governador do Rio Grande do Sul Leonel Brizola. Como Ivete fez o pedido de registro uma semana antes de Brizola, a ex-deputada acabou ganhando a disputa e o gaúcho fundou o PDT. Desde a volta das eleições diretas para a Presidência da República, o PTB tem se notabilizado pelo esforço de fazer parte da base governista e de ganhar em troca ministérios e outros cargos. O partido foi aliado de Fernando Collor de Mello, Fernando Henrique Cardoso, Luiz Inácio Lula da Silva, Dilma Rousseff e Michel Temer. Em 2003, em meio às negociações para a formação do primeiro escalão do governo Lula, o PTB angariou várias adesões na Câmara dos Deputados, entre elas a de Jair Bolsonaro, reeleito pelo PPB com 88.945 votos. Bolsonaro ficou no PTB até o final de 2004, quando migrou para o PFL insatisfeito com o apoio do antigo partido — presidido por Roberto Jefferson — à candidatura do petista Jorge Bittar à prefeitura do Rio de Janeiro. Seu filho, Carlos Bolsonaro, elegeu-se vereador com mais de 14 mil votos ainda pelo PTB, mas sem aparecer no horário eleitoral gratuito, para que a imagem não ficasse ligada ao logo do PT, que liderava a coligação.

AI-5 Anticomunismo
Aliança Pelo Brasil
Aquecimento global Autoritarismo Arminha
Bilateralismo Balbúrdia
Bolsominion
"Brasil Acima de Tudo"
Brilhante Ulstra Comunismo
Conservadorismo
Decretos das armas
Desmatamento Direitos humanos
Doutrinação
Escola Sem Partido
Fascismo Fake News
Homofobia Misoginia
Olavo de Carvalho Kit gay Mito
Ideologia de Gênero
Lei Rouanet Marxism
Nacionalismo Nazism
Nióbio Queiroz Nepotismo
Pirralha Regime
Pena de morte Socialismo

Q

QUEERMUSEU

Exposição de artistas plásticos brasileiros sobre a expressão, identidade de gênero e diversidade que gerou enorme controvérsia em 2017, após acusações de incentivo à pedofilia, zoofilia e blasfêmia contra símbolos religiosos. Virou uma espécie de símbolo da guerra cultural que se instalou no Brasil no período entre o pedido de impeachment de Dilma Rousseff e o início da gestão de Jair Bolsonaro no Palácio do Planalto. A mostra *Queermuseu: cartografias da diferença na arte brasileira*, sob a responsabilidade do curador Gaudêncio Fidélis, captou R$800 mil via Lei Rouanet e reunia 264 obras de 85 artistas como Adriana Varejão, Alfredo Volpi, Bia Leite, Cândido Portinari, Cibelle Cavalli Bastos, Leonilson, Lygia Clark, Pedro Américo, Roberto Cidade e Sidney Amaral. As obras eram provenientes de coleções públicas e privadas e representavam as diversidades estética, geográfica e geracional da produção artística do Brasil. A exposição entrou em cartaz no espaço Santander Cultural de Porto Alegre no dia 15 de agosto de 2017 e ficaria em cartaz até 8 de outubro, mas foi cancelada em 10 de setembro, quando a polêmica ganhou a imprensa e as redes sociais. Grupos de direita, em especial o Movimento Brasil Livre, iniciaram uma campanha contra o "uso de dinheiro público" para produções culturais que estariam atentando contra valores como família e religião. Integrantes do MBL passaram a gravar visitantes e artistas no local da exposição e a realizar protestos em frente ao museu condenando parte das obras. Pressionado, o Santander decidiu cancelar a mostra, argumentando que não queria "gerar qualquer tipo de desrespeito ou discórdia". Na semana seguinte, manifestantes foram até a Praça da Alfândega pedir pela reabertura da exposição e entraram em confronto com grupos de direita, o que exigiu a intervenção da Brigada Militar. Em meio à discórdia, Jair Bolsonaro participou de um debate no SBT/Alterosa, em Minas Gerais, no qual classificou a exposição como "excrescência" e sugeriu "fuzilar os expositores", dizendo depois que era apenas força de expressão. O debate nas redes sociais foi fomentado não só por opiniões fortes, mas também pelo uso de "fake news". Uma delas foi utilizada por Carlos Bolsonaro: a de que havia um espaço no *Queermuseu* para que crianças vestissem macacões com aberturas que permitiam que tocassem nos genitais umas das outras. A foto usada pelo vereador do Rio realmente era de obra da artista Lygia Clark, mas de uma exposição dos anos 1960 que só permitia a interação de adultos. No *Queermuseu*, a citação a essa obra era feita com manequins e não havia possibilidade de uso pelo público. Uma outra obra que foi disseminada como se pertencesse à exposição foi um quadro da pintora inglesa Kim Noble que sugeria um ato de pedofilia. No entanto não havia obras estrangeiras na mostra da capital gaúcha. Políticos da linha conservadora aproveitaram o caso para externar opiniões. O prefeito de Belo Horizonte, Alexandre Kalil, disse que não havia chance de a exposição ir para a capital mineira. João Dória Jr., então prefeito de São Paulo, gravou um vídeo dizendo que era defensor da arte, mas que havia um limite. "Não pode, no contexto da liberdade (de expressão), afrontar a liberdade do outro". A exposição deveria seguir para o Museu de Arte do Rio (MAR), depois da experiência gaúcha, mas o prefeito Marcelo Crivella impediu sua realização no local. "Só se for no fundo do mar", ironizou. No entanto, a Escola de Artes Visuais do Parque Lage, na cidade carioca, interessou-se em receber o *Queermuseu*. Foi lançada uma campanha de financiamento coletivo (*crowdfunding*) que conseguiu arrecadar mais de R$1 milhão, com doações de 1.678 participantes. Entre os dias 18 de agosto e 16 de setembro de 2018, a exposição no Parque Lage recebeu cerca de 35 mil visitantes. Naquele ano, Gaudêncio Fidélis foi chamado para depor na Comissão Parlamentar de Inquérito (CPI) dos Maus-tratos a Crianças e Adolescentes. O presidente da comissão, senador Magno Malta, pediu a condução coercitiva do curador e foi atendido pelo ministro do STF, Alexandre de Moraes.

Ver Homofobia, Ideologia de Gênero

QUEIMADAS

A queimada é considerada uma técnica primitiva de limpeza de um terreno para seu posterior uso para o cultivo, pasto ou construção, mas também pode ocorrer por motivos naturais em épocas de tempo muito seco. Sem controle ou fiscalização, pode gerar grandes incêndios florestais. Ao longo das últimas décadas, as autoridades brasileiras passaram a considerar os meses de setembro e outubro como o período mais crítico para a ocorrência de queimadas devido às condições meteorológicas, mas um relatório do Instituto Nacional de Pesquisas Espaciais (INPE), sobre os meses de janeiro a agosto de 2019, acabou por gerar uma crise ambiental que extrapolou as fronteiras nacionais. Segundo o Instituto, os focos de incêndios florestais tinham crescido 82% em oito meses em relação ao ano anterior. A constatação do INPE aconteceu no mesmo mês em que seu diretor, Ricardo Galvão, foi exonerado após divulgação sobre o avanço do desmatamento na Amazônia. Galvão fez críticas diretas a Bolsonaro, após o presidente ter sugerido que ele estaria causando constrangimentos ao governo por estar "a serviço de alguma ONG". O presidente manteve o tom acusador no caso das queimadas. "Pode estar havendo, não estou afirmando, ação criminosa desses 'ongueiros' para chamar a atenção contra minha pessoa, contra o governo do Brasil." Segundo o presidente, isso teria acontecido por sua determinação de reduzir e até de eliminar repasses para ONGs. "O fogo foi tocado, pareceu, em lugares estratégicos." O vereador Carlos Bolsonaro compartilhou na época um vídeo da youtuber indígena de direita Ysani Kalapalo, da aldeia Tehuhungu (MT), no qual ela absolvia o governo pelas queimadas, afirmando tratar-se de "um exagero da mídia". No mês seguinte, ela acompanhou o presidente e sua comitiva durante a abertura da Assembleia Geral da ONU, em Nova York. Aproveitando dessa presença, Bolsonaro discursou para outros chefes de estado que "existem também queimadas praticadas por índios e populações locais, como parte de sua respectiva cultura e forma de sobrevivência". Em outubro, o secretário especial de Assuntos Fundiários, Luiz Antônio Nabhan Garcia, seguiu a mesma linha e atribuiu parte da culpa dos incêndios na região amazônica aos povos indígenas que teriam isso como "prática" e "costume". Ele isentou os ruralistas, embora existam evidências de que o desmatamento para fins de agricultura e pecuária são duas importantes causas para as queimadas. No dia 10 de agosto, grupos de produtores rurais do Pará trocaram mensagens e vídeos pelo WhatsApp fazendo uma convocação para que fosse colocado em prática um plano de incendiar áreas da Amazônia. O episódio ficou conhecido como "Dia do Fogo". No final daquele mês, no auge da crise, o presidente da França, Emmanuel Macron, que já havia se desentendido com Bolsonaro na divulgação dos dados sobre o desmatamento, convocou via Twitter os países membros do G7 para discutir as queimadas na Amazônia durante uma cúpula marcada para Biarritz. "Nossa casa está queimando. Literalmente", afirmou o líder francês. O presidente brasileiro reagiu e colocou em dúvida as reais intenções de Macron. "Não podemos aceitar que um presidente dispare ataques descabidos e gratuitos à Amazônia, nem que disfarce suas intenções atrás da ideia de uma aliança dos países do G-7 para 'salvar' a Amazônia, como se fôssemos uma colônia ou uma terra de ninguém", escreveu Bolsonaro na rede social. Os ataques foram para o lado pessoal no dia 24 de agosto, quando o presidente brasileiro praticamente endossou uma ofensa à primeira-dama francesa, Brigitte. Um seguidor de Bolsonaro no Twitter publicou uma foto do governante brasileiro com sua esposa Michelle (25 anos mais jovem que ele) e outra de Macron com Brigitte (25 anos mais velha que o marido), com o comentário: "É inveja, presidente, do Macron, pode crê (sic)." Em seu perfil, o presidente respondeu: "Não humilha, cara. Kkkkkkk." O francês disse em uma entrevista que, "como sinto muita amizade e respeito pelo povo brasileiro, espero que tenha rapidamente um presidente que esteja à altura". Mesmo com a crise tendo arrefecido, Bolsonaro voltou a cutucar Macron em outubro, durante uma *live* que fez com o dono da rede de lojas Havan, Luciano Hang. "Cuidado, que vão falar que eu botei fogo na Notre Dame", provocou, ao lembrar do incêndio que destruiu o famoso ponto turístico parisiense em abril de 2019. Especialistas consideram que o avanço das agressões ao meio ambiente no Brasil seria resultado da retórica do governo federal contra o ativismo ambiental, considerado uma das travas do investimento produtivo no País. As ações do governo na área teriam sido dificultadas em abril de 2019, após a publicação do decreto 9.759, conhecido como "revogaço" por ter eliminado conselhos, comissões, fóruns e outras denominações de colegiados da administração pública, muitos deles ligados à agenda ambiental. O aumento do desmatamento, o avanço das queimadas e a demora em combater a poluição por óleo nas praias nordestinas entre setembro e outubro foram elencados entre os efeitos negativos desse decreto federal. Em dezembro de 2019, Bolsonaro voltou a polemizar sobre as queimadas na Amazônia. Durante uma das *lives* de quinta-feira, ele repetiu as acusações contra ONGs, mas incluiu um astro de Hollywood na citação. "Uma ONG contratou 70 mil por uma foto de queimadas. Então, o que o pessoal da ONG fez? O que é mais fácil? Tocar fogo, tira foto, filma, a ONG divulga, faz campanha contra o Brasil, entra em contato com Leonardo DiCaprio e ele doa 500 mil dólares para essa ONG. Uma parte foi para o pessoal que estava tacando fogo. Ô, Leonardo, você está colaborando com a queimada na Amazônia, assim não dá", afirmou. Por meio de sua conta no Instagram, o ator respondeu que apoia quem trabalha para "salvar seu patrimônio natural e cultural", mas que não financia nenhuma organização não governamental alvo de investigação no Brasil, embora essas ONGs fossem "dignas de apoio". Na primeira *live* de 2020, no dia 2 de janeiro, o presidente voltou a provocar o francês Macron ao citar os incêndios florestais na Austrália: "Agora está pegando fogo é na Austrália, eu queria saber se o Macron falou alguma coisa até agora? Falou em colocar em dúvida a soberania da Austrália? Aquela menina lá, aquela pequeninha (sic) falou alguma coisa também?" A menina citada é a ativista adolescente sueca Greta Thunberg, que criticou a política ambiental brasileira e foi chamada de "pirralha" por Bolsonaro.

Ver Desmatamento, Pirralha, Revogaço, Ysani Kalapalo

QUEIROZ

Fabrício José Carlos de Queiroz é um ex-policial militar do Rio de Janeiro aposentado e amigo da família Bolsonaro desde 1984. Entre 2007 e 2018, ele exerceu as funções de assessor, motorista e segurança de Flávio Bolsonaro, no período em que o "Zero 1" foi deputado estadual. O ex-PM teve seu nome envolvido em um escândalo no final de 2018, após o vazamento de uma investigação do Conselho de Controle de Atividades Financeira (Coaf), que encontrou indícios de movimentação financeira atípica de R$1,2 milhão durante o ano de 2016. Os depósitos em valores altos e a grande quantidade de saques de pequenos valores em datas que coincidiam com os pagamentos de salários na Alerj reforçaram suspeitas de que Queiroz operava um esquema chamado de "rachadinha", ou seja, apropriação de parte dos salários de funcionários nomeados por políticos. O ex-policial faltou a quatro depoimentos agendados pelo Ministério Público do Rio de Janeiro, alegando problema de saúde. Em relato enviado por escrito ao MP, Queiroz admitiu que recolhia parte dos salários de servidores do gabinete do deputado para fazer o pagamento a outros assessores que não tinham vínculo formal. Ele também informou que o atual senador Flávio Bolsonaro não tinha conhecimento dessa prática. Sobre a origem do dinheiro, ele afirmou em uma entrevista ao SBT que tudo era fruto de negociações de veículos. "Eu sou um cara de negócios, eu faço dinheiro, compro, revendo, compro, revendo, compro carro, revendo carro, sempre fui assim, gosto muito de comprar carro de seguradora." Entre as movimentações atípicas investigadas pelo Coaf, constavam 10 cheques depositados na conta da primeira-dama Michelle Bolsonaro no valor de R$40 mil, atribuídos depois ao pagamento de um empréstimo. As investigações foram interrompidas em julho de 2019, quando o presidente do STF, Dias Toffoli, atendendo a um pedido da defesa de Flávio Bolsonaro, suspendeu todos os inquéritos abertos a partir de dados compartilhados por órgãos de controle como o Coaf. Queiroz teve paradeiro incerto até agosto de 2019 — essa ausência gerou uma onda de memes com o título "Cadê o Queiroz?" —, quando o jornal *O Globo* e a revista *Época* o localizaram em São Paulo, onde estava morando para se tratar de um câncer. Em outubro, os jornais *O Globo* e *Folha de S.Paulo* publicaram reportagens com áudios enviados por Queiroz, por meio do WhatsApp, nos quais ele revelava manter

BOLSONÁRIO: A "NOVA POLÍTICA" DE A A Z

ainda influência sobre nomeações. "Tem mais de 500 cargos, cara, lá na Câmara e no Senado. Pode indicar para qualquer comissão ou alguma coisa, sem vincular a eles (a família Bolsonaro) em nada, em nada. Vinte continhos aí para gente caía bem para caralho (sic), entendeu?", dizia a um interlocutor que não foi identificado pelas reportagens. Em uma outra matéria, ele reclamou de estar abandonado, o que gerou até comentários de Jair Bolsonaro, que estava em viagem oficial à Ásia e ao Oriente Médio: "Eu não sei dessa informação. Por favor, por favor. O (Fabrício) Queiroz cuida da vida dele, eu cuido da minha", afirmou o presidente.

AI-5 Anticomunismo
Aliança Pelo Brasil
Arminha
quecimento global Autoritarismo
Bilateralismo Balbúrdia
Bolsominion
Brasil Acima de Tudo"
Brilhante Ulstra Comunismo
Conservadorismo
Decretos das armas
Desmatamento Direitos humanos
Doutrinação
Escola Sem Partido
Fascismo Fake News
Homofobia Misoginia
Olavo de Carvalho Kit gay
deologia de Gênero Mito
Lei Rouanet Marxismo
Nacionalismo Nazismo
Nióbio Queiroz Nepotismo
Pirralha Socialsmo
ena de morte
R

"RAMBONARO"

Foi o apelido dado a Jair Bolsonaro na Vila Militar, em 1987, após a publicação da matéria da revista *Veja* sobre a "Operação Beco Sem Saída", um suposto plano de explodir artefatos em pontos estratégicos, como quartéis e uma adutora, para pressionar o governo federal a reajustar os soldos dos militares. O nome fazia referência ao personagem dos cinemas nos anos 1980 John Rambo, ex-militar vivido nas telas por Sylvester Stallone e que resolvia seus problemas com tiros e explosões. O deputado lembrou esse episódio dez anos depois, em outubro de 1997, em um discurso na Câmara. "Fui acusado de ter um plano para destruir a vila militar. Passei a ser conhecido na vila, pelos amigos, como 'Rambonaro'. Tudo bem, safei-me, livrei-me dos processos, e nada mais pesa sobre meu passado."

Ver Operação Beco Sem Saída, Ponto de Vista

REGIME MILITAR

Período de estado de exceção no Brasil que durou de março de 1964 até março de 1985 e que foi caracterizado por governos comandados por militares, perseguições políticas, restrições de direitos, censura à imprensa, reformas econômicas de cunho liberal e defesa do nacionalismo. Historiadores concordam que já havia descontentamentos e focos de conspiração dentro das Forças Armadas desde os anos 1950, apoiados por parte da classe empresarial, políticos conservadores ligados à União Democrática Nacional (UDN) e parcelas significativas da classe média, da imprensa e da Igreja. A crescente força política da classe trabalhadora, por meio dos sindicatos, e a popularidade de figuras ilustres que clamavam por mudanças estruturais na sociedade elevavam os temores de que havia uma crescente infiltração comunista no Brasil. Acredita-se que o suicídio de Getúlio Vargas em agosto de 1954, cujo governo estava perto de ser derrubado por escândalos de corrupção e em meio a fortes crises política e econômica, adiou em uma década o planejado golpe civil-militar. O país permaneceu sob um regime democrático nos anos seguintes, mas sempre envolto em crises político-administrativas. Em 1961, o presidente Jânio Quadros renunciou a seu mandato e as forças conservadoras tentaram impedir a posse de seu vice, João Goulart (Jango), ex-ministro do Trabalho de Vargas e ligado ao sindicalismo. A solução encontrada foi reduzir os poderes presidenciais e adotar o parlamentarismo, regime que perdurou até janeiro de 1963, quando a população optou pela volta do presidencialismo, após um plebiscito. Os sinais de que Jango dava uma guinada à esquerda em seu governo, com propostas de nacionalização de setores industriais, desapropriação de terras e várias reformas de base, reacenderam os ânimos dos conspiradores. Na manhã de 31 de março de 1964, tropas comandadas pelo general Olímpio Mourão Filho saíram de Juiz de Fora (MG) e ocuparam áreas estratégicas no Rio de Janeiro. Movimentações semelhantes foram depois realizadas em Minas Gerais e em outros estados. Jango viajou para o Rio Grande do Sul, para organizar uma reação, mas, em 2 de abril, uma sessão do Congresso Nacional considerou o cargo de presidente vago, embora Goulart se encontrasse em território nacional. Em 11 de abril daquele ano, o general Humberto de Alencar Castello Branco foi eleito o novo presidente da República, através de eleição indireta realizada apenas por deputados e senadores. Começava ali um regime que foi chamado por seus realizadores de Revolução de 1964. A cada Ato Institucional editado pelos governantes, o regime foi ficando mais fechado e autoritário, até que o AI-5, de dezembro de 1968, suprimiu de vez várias garantias constitucionais. O ato autorizava o presidente da República a decretar o recesso do Congresso Nacional, intervir nos estados e municípios, cassar mandatos parlamentares, suspender os direitos políticos dos cidadãos e confiscar bens considerados ilícitos. Os críticos consideram esse ato como início concreto da ditadura militar no país. Um lento processo de redemocratização foi iniciado na gestão de Ernesto Geisel (1974-1979) e se consolidou na administração de João Figueiredo (1979-1985). Integrante das Forças Armadas e fortemente identificado com ideias nacionalistas, além de crítico das teorias e da prática socialistas, Jair Bolsonaro é historicamente defensor da tese de que houve necessidade da tomada de poder pelos militares, em 1964, e do endurecimento do regime nos anos seguintes. Quando chegou ao Congresso, nos anos 1990, o capitão da reserva até admitia que o movimento poderia ser classificado como golpe. Em 1999, na sessão da Comissão dos Direitos Humanos que ouvia o depoimento do general Newton Cruz sobre o atentado no Riocentro, Bolsonaro comentou: "Demos um golpe em 1964 e levamos dezenas de golpes depois." Ao longo do tempo, o deputado federal preferiu classificar a ação como revolução, contrarrevolução e contragolpe, sempre destacando que os revoltosos se anteciparam a um golpe da esquerda. No aniversário de 40 anos do movimento, em março de 2004, afirmou em discurso que, "no regime militar, restabeleceram-se o progresso, a ordem, a disciplina e a hierarquia". No ano seguinte, na mesma data, foi mais detalhista, destacando que, naquela época, o país "vivia um clima de corrupção, de greve generalizada, de insubordinação nas Forças Armadas, de caos absoluto". Citando matérias de jornais, lembrou que havia uma paralisação de serviços públicos essenciais e que "outros acontecimentos indicavam a perspectiva de iminente guerra civil". Segundo ele, esse ambiente tornava o Brasil um alvo interessante para o comunismo internacional e que o "heroico movimento militar de 1964" surgiu para "se contrapor a uma revolução comunista em pleno andamento". Bolsonaro aproveitou para listar conquistas que atribuiu ao regime, como os avanços na área energética, nos transportes, na educação e na infraestrutura. "Em pouco tempo, o Brasil (...) passou da 49ª para a 8ª economia do mundo." Esse discurso foi mantido nos anos seguintes, com o complemento de que houve apoio popular, da imprensa (ele citou um editorial elogioso do jornal *O Globo* até na sabatina do *Jornal Nacional* durante a campanha de 2018) e da Igreja. A violência praticada por agentes do Estado no período, como acusações de prisões, tortura e assassinatos, sempre foi assumida pelo deputado como necessária devido ao ambiente similar a uma guerra ou amenizada com a lembrança de crimes cometidos pelos militantes de esquerda durante a luta armada. Em novembro de 2013, quando deputados e senadores votaram pela anulação da sessão do Congresso de 2 de abril de 1964 que declarou vaga à Presidência da República no mandato de João Goulart, Bolsonaro se revoltou: "Querem apagar um fato histórico de modo infantil. Isso é mais do que stalinismo, quando se apagavam fotografias, querem apagar o Diário do Congresso", disse. Em fevereiro de 2015, ele voltou ao tema para mais uma vez legitimar a escolha de Castello Branco para presidir o Brasil. "O Exército atendeu ao clamor popular, tanto é que o Congresso cassou João Goulart. Os mentirosos da esquerda, os patifes de sempre falam que foi um golpe. (...) O Congresso elegeu Castello Branco. Inclusive, Ulysses Guimarães votou em Castello Branco, que só se sentou à Mesa Presidencial no dia 15 de abril de 1964, de forma legítima, como legitimamente também, de forma indireta, votou--se em Tancredo Neves", comparou. Em março de 2019, já empossado presidente, Bolsonaro determinou ao Ministério da Defesa que fossem feitas as "devidas" comemorações em unidades militares em referência a 31 de março de 1964, data que havia sido retirada do calendário oficial militar desde o primeiro mandato de Dilma Rousseff.

Ver AI-5, Comissão Especial de Mortos e Desaparecidos Políticos, Comissão Nacional da Verdade, Guerrilha do Araguaia

REGINA GORDILHO

Política carioca, Regina Gordilho era uma comerciante de confecções que ganhou notoriedade em março de 1987, quando seu filho Marcellus, de 24 anos, morreu após ser espancado por um grupo de cinco policiais militares em uma rua próxima à Cidade de Deus, bairro da zona oeste do Rio de Janeiro. Além da luta pela punição dos culpados, Regina se envolveu em vários protestos e manifestações, tornando-se um símbolo contra a violência policial. Foi eleita vereadora pelo PDT nas eleições de 1988, a mesma disputa que levou Jair Bolsonaro para a Câmara do Rio. Escolhida pelo prefeito eleito Marcello Alencar e pelo líder nacional de seu partido, Leonel Brizola, para presidir a Câmara, adotou uma linha de atuação moralizadora do poder público. Regina realizou uma devassa nas contratações irregulares da Câmara, irritando até companheiros de sua legenda. Ganhou tanta popularidade que chegou a ser cogitada para compor a chapa presidencial de Brizola em 1989. Acusada de egocêntrismo e autoritarismo, além de pouco disposta a cumprir trâmites do Regimento Interno da Casa, foi isolada pelos demais vereadores. Um grupo conseguiu assinaturas suficientes para a abertura de um processo de impeachment em setembro de 1989 e coube a Jair Bolsonaro a relatoria do processo. Embora a comissão processante tenha decidido pela improcedência das acusações, o relatório não foi acatado pelo plenário, que votou pelo afastamento da presidente em outubro daquele ano por 29 votos a 2. Curiosamente, Bolsonaro votou a favor do impeachment, mesmo tendo assinado o relatório contrário no mês anterior. Regina Gordilho ainda foi eleita para a Câmara federal por duas vezes, em 1990 e 1994.

R

Reserva Yanomami

É uma área florestal de 9,419 milhões de hectares localizada entre os estados de Roraima e Amazonas, na fronteira com a Venezuela, cuja posse permanente foi garantida à tribo Yanomami em 1991, durante o governo Collor. Foi a primeira grande área contínua a ser demarcada como reserva após a promulgação da Constituição de 1988. Na época, chamou a atenção da opinião pública internacional devido à forte afluência de garimpeiros à região, após o descobrimento de jazidas de cassiterita e ouro e de indícios de ocorrência de reservas de urânio e de diamante na região. O contato descontrolado desses novos habitantes com a população indígena gerou epidemias que dizimaram cerca de 1,5 mil yanomamis em poucos anos. Em 1993, garimpeiros chacinaram 16 índios, entre eles crianças, mulheres e idosos, após um conflito nunca esclarecido totalmente. Antes disso, Jair Bolsonaro apresentou um Projeto de Decreto Legislativo (PDL), em abril de 1992, para revogar a portaria que delimitou a remarcação das terras. O deputado alegava que havia um choque de precedentes constitucionais, uma vez que a Carta Magna prevê concessão aos índios de terras tradicionalmente ocupadas por eles, mas também existe a determinação de que o estabelecimento de uma faixa de fronteira de 150 quilômetros é fundamental para a defesa do território nacional. Em seu entendimento, como há yanomamis também na reserva do lado venezuelano, a fronteira teria deixado de existir. Bolsonaro foi à tribuna para denunciar a "indústria da demarcação de terras indígenas" e lembrou que a área definida era praticamente igual à de Portugal e algumas vezes maior que a de outros países, como Holanda, Suíça e Dinamarca. Segundo seu discurso, a demarcação em questão atenderia a interesses de países do 1º Mundo e seria uma propaganda para a conferência ECO-92, marcada para o Rio de Janeiro. A Comissão de Defesa Nacional da Câmara deu parecer favorável ao projeto em junho de 1992, mas seu andamento foi interrompido depois. O PDL de Bolsonaro foi reapresentado em 1993 e sua votação em regime de urgência chegou a ser debatida no plenário da Câmara em agosto de 1995. Em abril daquele ano, o deputado afirmou que as demarcações no Brasil eram feitas a mando do G-7. Ele relatou que, quando começou a se discutir a delimitação da área para a tribo, em 1979, o tamanho era de 2 milhões de hectares, que passou para 7 milhões/ha em 1985, chegando a 9,5 milhões/ha em 1991. O pedido de urgência foi rejeitado por 290 deputados, contra 125 que votaram a favor. O texto foi arquivado. Em maio de 2000, em uma reunião da Comissão de Relações Exteriores e Defesa Nacional, Bolsonaro queixou-se de que nem governo, nem deputados aceitavam rediscutir a demarcação de terras indígenas. O presidente da comissão, o deputado Luiz Carlos Hauly, ponderou que o capitão da reserva poderia ter nova oportunidade no futuro de modificar a legislação, dada a forma contundente de se manifestar. "Jamais serei governo", resignou-se Bolsonaro.

Ver Demarcação de Terras Indígenas

REVOGAÇO

Iniciativa do governo Bolsonaro de revogar centenas de decretos presidenciais ainda em vigor, embora sem utilidade ou mesmo vigência. Segundo um balanço apresentado pelo governo em novembro de 2019, quando a gestão atingiu 300 dias, foram extintos 257 decretos que apenas burocratizavam e dificultavam a vida do cidadão brasileiro e foram revogados 334 órgãos colegiados considerados extintos, inativos ou inoperantes. Em abril, quando o presidente autorizou a extinção das 250 primeiras normas, ele escreveu em sua conta oficial no Twitter que ia anunciar, na cerimônia dos 100 primeiros dias da administração, a "anulação de centenas de decretos desnecessários que serviam para dar volume a nosso já inchado Estado e criar burocracias que só atrapalham". O decreto mais antigo que o governo eliminou datava de 1903 e dizia respeito à chancelaria brasileira. Também foi revogado um decreto de 1986 que estabelecia presença majoritária da União no capital da mineradora Vale, privatizada em 1997. Entre os colegiados extintos no primeiro ano da gestão Bolsonaro, havia três comitês ligados ao Plano Nacional de Contingência para Incidentes de Poluição por Óleo em Águas sob Jurisdição Nacional. Esse vazio no centro de decisões foi apontado por ambientalistas como motivo para a demora do Ministério do Meio Ambiente em responder ao desastre ambiental do derramamento de óleo nas praias nordestinas a partir do final de agosto de 2019.

ROGÉRIA NANTES BOLSONARO

Primeira esposa de Jair Bolsonaro, é mãe dos três primeiros filhos do presidente, Flávio, Carlos e Eduardo. Rogéria se casou com o capitão em 1978, ano seguinte à formatura dele na Academia Militar das Agulhas Negras (AMAN), e foi a primeira pessoa da família do ex-deputado a se aventurar na política depois do próprio. Quando chegou à Câmara federal, Bolsonaro incentivou a mulher a concorrer a uma cadeira de vereadora no Rio de Janeiro. Ela participava ativamente de manifestações junto com o marido em 1992, como na Marcha pela Dignidade da Família Militar realizada em abril. Em junho, Bolsonaro denunciou uma agressão que Rogéria havia sofrido por um coronel da PM do Distrito Federal, que tentou tomar uma filmadora de suas mãos. No final do ano, o apoio e o sobrenome do marido lhe garantiram os 7,9 mil votos suficientes para que chegasse ao legislativo carioca pelo PDC. A apuração dos votos era nominal e demorada naquela época, o que invariavelmente gerava acusações sobre fraudes. No domingo seguinte à eleição, em uma das muitas interrupções da contagem, o deputado se uniu a Rogéria e mais 50 outros candidatos para protestar. Ao *Globo*, Bolsonaro disse que o Poder Judiciário era "o mais corrupto do país". A atuação da vereadora seguiu em linha com o pensamento político do marido, de defesa do funcionalismo, especialmente dos pensionistas e aposentados, e de vigilância sobre os gastos públicos. Ela apresentou, em agosto de 1994, um projeto de lei sobre controle de natalidade similar ao de Bolsonaro, com permissão de realização de cirurgias como vasectomia e laqueadura na rede municipal de hospitais. Após migrar para o PPB, foi reeleita em 1996, dessa vez com 24,8 mil votos. O casal se afastou a partir de 1997, divorciando-se em 1998. Além de problemas pessoais, Bolsonaro disse em entrevista para a revista *IstoÉ* que Rogéria quebrou um acordo de que o consultaria em qualquer votação importante, o que não fez no segundo mandato. Para a coluna de Ricardo Boechat no jornal *O Globo*, ele se queixou do voto da ex-mulher favorável ao aumento do IPTU na cidade. Para a eleição de 1990, o deputado tentou sem sucesso impedir Rogéria de usar seu sobrenome na disputa por um terceiro mandato. Ele lançou então a candidatura do filho mais novo, Carlos Bolsonaro, de apenas 17 anos. Carlos se elegeu pelo PPB com 16 mil votos. Rogéria estava no PMDB e seus 5,1 mil votos só lhe deram uma suplência. Ela passou a exercer cargos comissionados na vice-governadoria de Luiz Paulo Conde, durante a gestão da governadora Rosinha Matheus. Em janeiro de 2019, foi nomeada para o gabinete do deputado estadual Anderson Moraes, do mesmo PSL de Jair Bolsonaro.

Ver "Zero 1", "Zero 2" e "Zero 3"

Robôs Sociais

São programas de computador que executam funções de comunicação semelhantes às humanas, como responder ou disparar e-mails e enviar mensagens em redes sociais. Ao simular o comportamento humano, esses programas conseguem interferir em debates espontâneos ou mesmo criar discussões forjadas, essencialmente com o uso de notícias falsas (fake news). Segundo estudo da FGV de 2017, já houve forte atuação de robôs nas eleições presidenciais de 2014, no pleito municipal paulistano de 2016 e na discussão do impeachment de Dilma Rousseff no mesmo ano, entre outros momentos de forte polarização política. Também há provas de uso desses "bots" na eleição de Donald Trump e na votação da saída do Reino Unido da União Europeia. Em 2018, o TSE tentou atuar com firmeza, ao menos nos robôs que impulsionavam mensagens negativas contra determinados políticos, e multou candidatos. Houve casos tanto na campanha de Fernando Haddad (PT) como na de Bolsonaro (PSL). Sempre que um tema polêmico, como a Reforma da Previdência, por exemplo, ganha ares de debate nacional, as denúncias sobre uso de robôs proliferam.

AI-5 Anticomunismo
Aliança Pelo Brasil
Arminha
quecimento global Autoritarismo
Bilateralismo Balbúrdia
Bolsominion
"Brasil Acima de Tudo"
Brilhante Ulstra Comunismo
Conservadorismo
Decretos das armas
Desmatamento Direitos humanos
Doutrinação
Escola Sem Partido
Fascismo Fake News
Homofobia Misoginia
Olavo de Carvalho Kit gay
deologia de Gênero Mito
Lei Rouanet Marxismo
Nacionalismo
Nióbio Queiroz Nepotismo
Pirralha Regime mil
ena de morte Socialismo

S

SALDON PEREIRA FILHO

Capitão que foi preso em outubro de 1987 por determinação do comando da Escola Superior de Aperfeiçoamento de Oficiais (ver EsAO) após entregar a seus superiores um manuscrito reivindicando melhores salários para a tropa e criticando a política econômica do governo de José Sarney. O clima de revolta gerado pela prisão do colega de Jair Bolsonaro motivou os capitães Fabio Passos da Silva e Jair Bolsonaro a dar declarações em entrevista à revista *Veja* no final daquele mês, quando foi citado o plano Operação Beco Sem Saída (ver Operação Beco Sem Saída). "São uns canalhas", teria afirmado Bolsonaro à reportagem. "Terminaram as aulas de hoje mais cedo para que a maioria dos alunos estivesse fora da escola na hora de prenderem nosso companheiro."

SÃO MIGUEL ARCANJO

Santo padroeiro dos paraquedistas, fuzileiros navais, marinheiros, paramédicos e policiais. Pelo calendário cristão, 29 de setembro é o dia dedicado ao "anjo do arrependimento e da Justiça", um dos três anjos citados pelo nome na Bíblia, ao lado de Rafael e Gabriel. De acordo com o texto bíblico, o Arcanjo Miguel é o líder de exércitos celestiais de anjos, defendendo as pessoas das ações do demônio, sendo esse manifestado através do ódio, da mentira e da violência. Logo no início de sua carreira política, em setembro de 1988, ainda em campanha para vereador no Rio de Janeiro, Jair Bolsonaro compareceu à missa de São Miguel na área de estágio do Comando da Brigada Paraquedista na Vila Militar de Deodoro (RJ). Em uma demonstração de que os oficiais de alta patente ainda estavam irritados pelos episódios recentes de insubordinação, o capitão foi intimado a se retirar da solenidade. O candidato do PDC já havia sido avisado de que sua presença seria proibida em qualquer unidade da Brigada, mas aquela foi a primeira vez que pediram sua saída. Curiosamente, o *Jornal do Brasil* relatou, na edição de 1º de outubro, que o candidato Joel Reinoso, do PL, permaneceu no local entregando panfletos e santinhos. Devido a esse tipo de empecilho, o capitão adotou algumas táticas para manter seu nome em destaque junto aos militares. Em uma ocasião, simulou que seu carro havia quebrado na Ponte Rio-Niterói, próximo ao quartel da Base Naval, e conseguiu distribuir material de campanha para os marinheiros que seguiam para o Rio de Janeiro pela ponte.

Ver Operação Beco Sem Saída, Ponto de Vista

SOCIALISMO

Doutrina que defende a propriedade coletiva dos meios de produção (fábricas, equipamentos industriais, terra), uma economia integrada baseada no planejamento de longo prazo em termos de necessidades e em um estado controlado pela "ditadura do proletariado". A conceituação teórica dessa doutrina, elaborada por Karl Marx e Friedrich Engels, é que o socialismo se torna a consequência inevitável do capitalismo, porque a própria evolução desse último tipo de sociedade gera problemas que só podem ser resolvidos por uma transição para a forma seguinte. Segundo essa teoria, para que a classe trabalhadora saia vencedora da inevitável disputa de poder que virá da crise do capitalismo, é necessária uma intensa organização das massas com o propósito de ganhar poder político para efetuar a transformação. Essa filosofia contrasta fortemente com o liberalismo na economia e com o conservadorismo na política e nos costumes.

AI-5 Anticomunismo
Aliança Pelo Brasil
Arminha
Aquecimento global Autoritarismo
Bilateralismo Balbúrdia
Bolsominion
"Brasil Acima de Tudo"
Brilhante Ulstra Comunismo
Conservadorismo
Decretos das armas
Desmatamento Direitos humanos
Doutrinação
Escola Sem Partido
Fascismo Fake News
Homofobia Misoginia
Olavo de Carvalho Kit gay
Ideologia de Gênero Mito
Lei Rouanet Marximo
Nacionalismo Nazismo
Nióbio Queiroz Nepotism
Pirralha Socialismo
Pena de morte
Regime militar
T

"Troféu" Jaca

"Prêmio" oferecido ao deputado federal Jair Bolsonaro por estudantes da PUC-RJ, em maio de 2001, após sua participação em um debate sobre o Congresso Nacional, que passava pela crise da violação do painel de votações no Senado. Segundo as acusações, o presidente da Casa à época, senador Antônio Carlos Magalhães (BA), e seu colega do PFL José Roberto Arruda (DF) teriam pedido ao Serviço de Processamento de Dados (Prodasen) uma lista de votos da sessão da cassação de Luiz Estevão — votação que deveria ser secreta. Os dois políticos acabaram por renunciar a seus mandatos para não serem cassados também. Reportagens da *Folha*, do *Jornal do Brasil* e do *Globo* de 12 de maio relatam que os cerca de 300 estudantes da universidade que assistiram ao debate na véspera da votação ouviam e apoiavam as declarações do relator do Conselho de Ética do Senado, Saturnino Braga (PSB-RJ), sobre a possibilidade de punição dos parlamentares, mas passaram às vaias quando Bolsonaro começou a defender o regime militar. "Quem aponta aqui um avô de vocês que foi torturado? Se foi é porque merecia", provocou. Após apupos, princípio de confusão e gritos de "fascista", o deputado do PPB ganhou uma jaca como troféu. "Ele merece, ele merece", gritaram em coro os estudantes.

Triplo A

É um projeto idealizado pelo ambientalista de origem norte-americana e naturalizado colombiano Martín von Hildebrand, conhecido defensor dos povos indígenas latino-americanos. Consistiria na criação de um grande corredor (chamado de AAA) de preservação ambiental que iria dos Andes até a Amazônia, abrangendo terras do Peru, Brasil, Equador, Colômbia, Venezuela, Guianas e Suriname. A proposta voltou aos noticiários quando Bolsonaro e seu chanceler Ernesto Araújo passaram a afirmar que a implantação do Triplo A fez parte das negociações sobre o Acordo de Paris na COP21, embora nenhum documento oficial tenha feito menção ao corredor ecológico. Alegando riscos à soberania do território nacional, Bolsonaro chegou a prometer a retirada do Brasil entre os signatários do acordo.

Ver Acordo de Paris, Aquecimento Global

TROLL

Uma gíria de internet que define alguém que, deliberadamente, faz um comentário ou uma série de comentários sobre uma pessoa ou uma situação para gerar um ruído de comunicação e desvirtuar uma discussão. A expressão vem de uma palavra em inglês (*trolling*) que é um tipo de pesca que consiste em deixar várias linhas com iscas em um barco em movimento para atrair peixes. Desde que entrou na política, no final dos anos 1980, Bolsonaro assumiu um comportamento que hoje é associado aos trolls da internet, fazendo de propósito declarações fortes que geram reações ainda mais inflamadas. Sobre o massacre do Carandiru, em 1992, quando a Tropa de Choque da Polícia Militar de São Paulo invadiu o presídio durante uma rebelião e matou 111 detentos, o então deputado federal de primeiro mandato afirmou: "Deviam ter matado mil." Mesmo após empossado presidente, o uso de frases fortes é frequente, como quando minimizou os danos do trabalho infantil ou quando afirmou que "falar que se passa fome no Brasil é uma grande mentira".

AI-5 Anticomunismo
Aliança Pelo Brasil
Arminha
Aquecimento global Autoritarismo
Bilateralismo Balbúrdia
Bolsominion
"Brasil Acima de Tudo"
Brilhante Ulstra Comunismo
Conservadorismo
Decretos das armas
Desmatamento Direitos humanos
Doutrinação
Escola Sem Partido
Fascismo Fake News
Homofobia Misoginia
Olavo de Carvalho Kit gay Mito
Ideologia de Gênero
Lei Rouanet Marxismo
Nacionalismo Nazismo
Nióbio Queiroz Nepotismo
Pirralha Regime militar
Pena de morte Socialismo

U

Urna Eletrônica

O combate às fraudes eleitorais é um desejo antigo da sociedade brasileira e uma busca constante do Tribunal Superior Eleitoral há décadas, sendo a convicção do uso da tecnologia para atingir esse fim também antiga. O Código Eleitoral de 1932 já previa a utilização do uso de "máquinas eleitorais", não só para aumentar a segurança, mas também a agilidade no preenchimento das cédulas e sua totalização. Foi somente na década de 1980 que a Justiça Eleitoral passou a investir na informatização. Entre 1986 e 1988, o TSE realizou o cadastramento eletrônico de toda a base de eleitores brasileiros, partindo depois para a instalação de um parque computacional próprio envolvendo todos os 27 tribunais regionais e as quase 2,9 mil zonas eleitorais existentes. Com essa infraestrutura montada, o Tribunal iniciou a implantação do projeto do voto eletrônico. Em 1996, todas as capitais e municípios com população superior a 200 mil habitantes — cerca de um terço do eleitorado total — escolheram prefeitos e vereadores usando as urnas eletrônicas pela primeira vez, com resultados positivos e poucas reclamações. As mudanças reduziram ou eliminaram completamente práticas irregulares tradicionais favorecidas pelo processo manual, como as "urnas grávidas", que já continham votos antes do início do pleito, ou o "mapismo", uma manipulação de resultados realizada durante a totalização. Apesar de dificuldades orçamentárias, o TSE avançou no projeto a cada processo eleitoral e atingiu 100% de informatização na disputa municipal de 2000, quando 109 milhões de brasileiros puderam usar as urnas eletrônicas. O avanço tecnológico do voto não aconteceu sem críticas de vários políticos, inicialmente focadas no custo dos equipamentos em uma época de austeridade nos gastos públicos, depois em uma suposta insegurança do sistema e, especialmente, na dificuldade de auditoria dos resultados. O primeiro modelo de urna, de 1996, tinha uma impressora acoplada para o registro do voto, equipamento que foi abandonado na votação seguinte. Em 1999, o senador paranaense Roberto Requião enviou um projeto que modificava a Lei Eleitoral no sentido de ampliar a segurança e a transparência do processo. A proposta previa que a "urna eletrônica disporá de mecanismo que permita a impressão do voto, sua conferência visual e depósito automático, sem contato manual, em local previamente lacrado, após conferência pelo eleitor". Após um longo período de debates, a nova legislação foi aprovada apenas em 2002, com várias modificações e sem validade para as eleições daquele ano. As críticas permaneceram, mas uma nova tentativa de reinstalar o voto impresso só teve sucesso na discussão da minirreforma eleitoral em 2015, ainda na esteira das acusações de irregularidade e de pedido de auditoria feitas pelo tucano Aécio Neves, inconformado com a derrota por pequena margem sofrida na disputa presidencial do ano anterior para Dilma Rousseff. Foi de autoria de Jair Bolsonaro a emenda aditiva à PEC da reforma que reinstituiu a impressão dos votos. O texto enviado pelo deputado estipulava que, "independente do meio eletrônico empregado para o registro dos votos, fica obrigatória a expedição de cédulas físicas no processo de votação e apuração das eleições, plebiscitos e referendos, a serem depositadas em urnas indevassáveis, para fins de auditoria em casos de suspeição arguida por qualquer partido político". Em sua justificativa, o capitão da reserva alegava que "a urna eletrônica de votação, embora tenha representado a modernização do processo eleitoral, garantindo celeridade tanto na votação quanto na apuração das eleições, é alvo de críticas constantes no que se refere à confiabilidade dos resultados apurados, além de outros riscos deveras discutidos em diversos cenários" e que "a possibilidade de ratificação do resultado do processo de votação, o qual, uma vez divulgado pela Justiça Eleitoral, ficaria submetido à homologação decorrente da ratificação dos votos por meio da conferência das cédulas físicas, em sendo o caso". Nas discussões da reforma, Bolsonaro via com suspeitas a defesa que o governo petista fazia do voto eletrônico. "A esquerda descobriu que a maneira mais fácil de se perpetuar no poder é manter essa urna Smartmatic", afirmou em abril de 2015, citando uma empresa de tecnologia que participava do processo eleitoral na Venezuela chavista, mas que nunca fornecera urnas ou sistema nos pleitos brasileiros. Em maio, ele afirmou: "Eu inclusive defendia o voto eletrônico no passado, como Santos Dumont defendeu a aviação e, depois, praticou suicídio. Ele viu, para ele, a besteira que ele fez e buscou o suicídio." No mesmo mês, o temor de o PT se perpetuar no poder voltou a seu discurso: "Há uma desconfiança muito grande em relação à eleição para presidente da República realizada no ano passado. Vamos supor que quem desconfia tenha razão. Não temos como comprovar. Nas futuras eleições, na de 2018, por exemplo, pode o partido que está fazendo parte dessa fraude começar a inserir, na maioria das seções do Brasil, 8, 9, 10 a 12 votos de legenda para si. Esse partido, que teria 50, 60 cadeiras, passaria a ter uma bancada próxima de 200 parlamentares. A partir daí, nós não teremos mais do que reclamar. Não teremos mais como aprovar propostas de emenda à Constituição. O Congresso estará engessado", afirmou. A introdução do voto impresso foi aprovada, vetada pela presidente Dilma, decisão revertida pelo Congresso, mas nunca foi implementada. Em 2017, o TSE calculou que a introdução dos novos equipamentos custaria cerca de R$2,5 bilhões em 10 anos. Em 2018, a maioria dos ministros do STF votou pela inconstitucionalidade da mudança, a pedido da então procuradora-geral da República, Raquel Dodge. Um mês antes, o candidato à Presidência da República pelo PSL afirmara no Twitter que a confirmação física do voto eletrônico era o "antibiótico" para mudar os destinos do Brasil. No dia da votação em primeiro turno, ele voltou a falar da necessidade de mudanças: "Você vai mudar a forma. (...) Nós podemos mudar tudo, até a Constituição, né? Não vai ser a urna eletrônica que não vai ser mudada. O Supremo decidiu que o voto impresso não cabe. Tudo bem. Agora uma nova urna eletrônica mesmo, mas com poderes de ser auferida, isso nós vamos propor, sim." Em novembro de 2019, após a crise política na Bolívia que culminou com a renúncia do presidente Evo Morales, Bolsonaro afirmou na rede social que "a lição que fica para nós é a necessidade, em nome da democracia e transparência, de contagem de votos que possam ser auditados. O voto impresso é sinal de clareza para o Brasil".

AI-5 Anticomunismo
Aliança Pelo Brasil
Arminha
Aquecimento global Autoritarismo
Bilateralismo Balbúrdia
Bolsominion
"Brasil Acima de Tudo"
Brilhante Ulstra Comunismo
Conservadorismo
Decretos das armas
Desmatamento Direitos humanos
Doutrinação
Escola Sem Partido
Fascismo Fake News
Homofobia Misoginia
Olavo de Carvalho Kit gay Mito
Ideologia de Gênero
Lei Rouanet Marxismo
Nacionalismo Nazismo
Nióbio Queiroz Nepotismo
Pirralha Regime militar
Pena de morte Socialismo

V

Vaza Jato

Apelido dado ao vazamento de conversas entre o juiz Sergio Moro e os procuradores da força-tarefa da Operação Lava Jato, em Curitiba, realizadas entre os anos de 2015 e 2018, por meio do aplicativo de mensagens Telegram. A divulgação do material começou a ser feita pelo site *The Intercept Brasil*, em 9 de junho de 2019, e o conteúdo reforça a tese de que o magistrado e os integrantes do Ministério Público teriam cometido excessos e ilegalidades durante a investigação, além de explicitar motivações políticas em várias oportunidades. Na série de reportagens do site, as conversas mostram que Moro teria aconselhado e orientado operações da força-tarefa, uma mescla de acusador e julgador que afrontaria tanto a Constituição brasileira como o Código de Ética da Magistratura. No dia seguinte à publicação, Moro (ministro da Justiça do governo Bolsonaro) lamentou, por meio de nota oficial, "a falta de indicação de fonte de pessoa responsável pela invasão criminosa de celulares de procuradores" e comentou que o conteúdo das mensagens não trazia "qualquer anormalidade ou direcionamento da atuação enquanto magistrado, apesar de terem sido retiradas de contexto e do sensacionalismo das matérias". Já o grupo de 15 procuradores da força-tarefa comunicou em nota que seus integrantes "foram vítimas de ação criminosa de um hacker", que "praticou os mais graves ataques à atividade do Ministério Público, à vida privada e à segurança" dos investigadores. Um mês depois, a Polícia Federal realizou a chamada Operação Spoofing, contra uma "organização criminosa que praticava crimes cibernéticos". Na operação, foram presos quatro hackers, sendo que um deles (Walter Delgatti Neto) admitiu ter entrado nas contas de procuradores da Lava Jato e ter repassado mensagens ao *The Intercept Brasil*. O acusado negou ter alterado o conteúdo das mensagens (uma das suspeitas alegadas por Moro) e disse não ter recebido dinheiro por isso. A quantidade e a complexidade do material em posse do *The Intercept Brasil* e a necessidade de elevar a percepção de autenticidade das mensagens levaram o site a buscar parcerias para a divulgação. A *Folha de S.Paulo* e a revista *Veja* publicaram várias matérias em conjunto sobre o conteúdo entregue pelos hackers. Em outubro, o presidente Jair Bolsonaro se ateve apenas à ilegalidade da atitude, sem comentar o conteúdo. "O que é criminoso é criminoso. Respeita a lei. Igual a quebra de sigilo. Se seguiu a lei, tudo bem. Não seguiu, está errado", disse na saída do Palácio do Alvorada.

Ver Operação Lava Jato

Voto de Protesto

O primeiro registro de votos a favor de Jair Bolsonaro ocorreu na eleição de 1986, quando ele nem era candidato a cargo público. Segundo o jornal *Folha de S.Paulo*, em meio aos quase 30% de votos anulados para o Senado na seção eleitoral do Setor Militar Urbano de Brasília, Bolsonaro teria recebido ao menos dois votos, um a mais que o roqueiro Raul Seixas e que o herói de desenhos animados He-Man.

AI-5 Anticomunismo
Aliança Pelo Brasil
Arminha
Aquecimento global Autoritarismo
Bilateralismo Balbúrdia
Bolsominion
'Brasil Acima de Tudo"
Brilhante Ulstra Comunismo
Conservadorismo
Decretos das armas
Desmatamento Direitos humanos
Doutrinação
Escola Sem Partido
Fascismo Fake News
Homofobia Misoginia
Olavo de Carvalho Kit gay
Mito
Ideologia de Gênero
Lei Rouanet Marxismo
Nacionalismo Nazismo
Nióbio Queiroz Nepotismo
Pirralha Reserva militar
Pena de morte Socialismo

W

WALTER BEZERRA CARDOSO PINTO

Coronel que, a exemplo de Jair Bolsonaro, também sofreu sanções em setembro de 1986 por conta de insatisfações, tornadas públicas, da tropa e de seus familiares. O oficial foi preso e exonerado de suas funções no 9º Batalhão de Infantaria Motorizada de Pelotas (RS), após uma carta assinada por sua esposa (Martha) ter sido publicada no jornal *Zero Hora* com reclamações sobre as dificuldades financeiras das famílias dos militares.

AI-5 Anticomunismo
Aliança Pelo Brasil
Arminha
Aquecimento global Autoritarismo
Bilateralismo Balbúrdia
Bolsominion
"Brasil Acima de Tudo"
Brilhante Ulstra Comunismo
Conservadorismo
Decretos das armas
Desmatamento Direitos humanos
Doutrinação
Escola Sem Partido
Fascismo Fake News
Homofobia Misoginia
Olavo de Carvalho Kit gay Mito
Ideologia de Gênero
Lei Rouanet Marxismo
Nacionalismo Nepotismo
Nióbio Queiroz Nepotism
Pirralha Regime militar
Pena de morte Socialismo

Y

Ysani Kalapalo

Ativista e youtuber indígena que apoiou, em 2018, a candidatura de Jair Bolsonaro à Presidência da República e que fez parte da comitiva oficial brasileira na Assembleia Geral da Organização das Nações Unidas (ONU), em setembro de 2019, sendo nominalmente citada pelo presidente em seu discurso de abertura do evento. Ysani é natural da aldeia Tehuhungu, no Alto Xingu (MT), e viveu seus 12 primeiros anos na tribo, com quase nenhum contato com a cultura branca. Em 2002, seus pais se viram obrigados a mudar para São Paulo com os seis filhos, devido a uma doença que acometeu Ysani e uma irmã mais nova. Estabelecida primeiro em São Carlos (SP), depois no Rio de Janeiro e após na capital paulistana, Ysani começou a frequentar movimentos e encontros pela causa indígena até que, em 2011, passou a fazer parte de grupos contrários à construção da Usina Hidrelétrica de Belo Monte. Após participar de cursos sobre tecnologia e mídias sociais, fundou com outras lideranças o Movimento Indígenas em Ação, pioneiro na conscientização da cultura das tribos brasileiras em meios digitais. Sua notoriedade levou a alguns convites para seminários e eventos nacionais e internacionais. Ela discursou no Congresso Nacional em 2013, durante as comemorações do Dia do Índio. Seu canal no YouTube, em que posta vídeos com curiosidades sobre a vida, a cultura e o comportamento dos índios, tem mais de 300 mil inscritos. Em 2018, dizendo estar insatisfeita com os governos de esquerda, passou a apoiar a candidatura de Bolsonaro à Presidência, gerando críticas de algumas lideranças históricas dos povos indígenas, como o cacique Raoni Metuktire, da etnia caiapó. Embora no passado Ysani tenha aceitado a figura de Raoni como representante da causa indígena, essa posição mudou desde a campanha presidencial. A ativista considera que ele não pode falar nem mesmo em nome de todos dos índios do Xingu, devido à diversidade de etnias na região. Foi nessa linha que Bolsonaro discursou na Organização das Nações Unidas (ONU) ao se referir à presença de Ysani. "Existem, no Brasil, 225 povos indígenas, além de referências de 70 tribos vivendo em locais isolados. Cada povo ou tribo com seu cacique, sua cultura, suas tradições, seus costumes e, principalmente, sua forma de ver o mundo. A visão de um líder indígena não representa a de todos os índios brasileiros. Muitas vezes, alguns desses líderes, como o cacique Raoni, são usados como peça de manobra por governos estrangeiros em sua guerra informacional para avançar seus interesses na Amazônia", afirmou. Uma das bandeiras que aproximou a chamada "indígena do século XXI" das proposições dos aliados de Bolsonaro é o combate ao infanticídio, costume antigo nas tribos brasileiras. Em um de seus vídeos mais assistidos no YouTube, Ysani relata que crianças filhas de mãe solteira, com deficiência física, ou gêmeos correm o risco de serem enterrados vivos ao nascerem, de acordo com os costumes tradicionais. Essa visão contrária à prática tradicional, uniu a ativista à ministra da Mulher, da Família e dos Direitos Humanos do governo Bolsonaro, Damares Alves, que historicamente combate o infanticídio indígena.

AI-5 Anticomunismo
Aliança Pelo Brasil
Arminha
quecimento global Autoritarismo
Bilateralismo Balbúrdia
Bolsominion
"Brasil Acima de Tudo"
Brilhante Ulstra Comunismo
Conservadorismo
Decretos das armas
Desmatamento Direitos humanos
Doutrinação
Escola Sem Partido
Fascismo Fake News
Homofobia Misoginia
Olavo de Carvalho Kit gay Mito
deologia de Gênero
Lei Rouanet Marxismo
Nacionalismo Nar mo
Nióbio Queiroz Nepotism
Pirralha me milita
ena de morte Sociali mo
Z

"Zero 1"

Flávio Nantes Bolsonaro, chamado pelo pai de "Zero 1" por ser o primeiro filho do capitão da reserva, é bacharel em Direito e tem especializações em Políticas Públicas e Empreendedorismo. Entrou para a política em 2002, ao concorrer para uma cadeira na Assembleia Legislativa do Rio de Janeiro, com propostas ligadas à segurança pública e anticorrupção. Foi eleito deputado estadual naquele ano com 31.293 votos. Seu primeiro projeto na Alerj, em 2003, visava revogar a lei de cotas raciais na UERJ e na UENF. Flávio presidiu a Comissão de Segurança Pública naquele ano e foi um dos responsáveis pelo pedido de cassação do deputado e secretário estadual de Esportes Chiquinho da Mangueira, acusado de ter sido o pivô do afastamento do comandante do 4º Batalhão da PM, o tenente-coronel Erir Ribeiro da Costa Filho. Chiquinho teria pedido para a polícia reduzir a atuação no morro da Mangueira, transmitindo um recado dos traficantes do local. O comandante revelou a conversa, expôs o político e foi afastado. Apesar das evidências, o deputado foi inocentado pela mesa diretora da Assembleia. Flávio Bolsonaro também se mostrou um crítico feroz da exigência do exame da OAB para o exercício da advocacia e foi voto vencido na criação de uma Comissão da Verdade estadual. Sobre os direitos LGBT, já fez declarações polêmicas parecidas com as do pai. Em 2004, quando o deputado Edino Fonseca apresentou um projeto classificado como "cura gay", Flávio disse que votaria contra, porque não considerava correta a destinação de verbas públicas para tratar de uma questão relacionada ao íntimo de uma pessoa. Mas ele também afirmou que era hipocrisia não reconhecer que os defensores da heterossexualidade estavam sofrendo ataques antidemocráticos. Para uma plateia de dezenas de militantes LGBT, ele afirmou: "Se Deus quisesse que o mundo fosse homossexual, não teria criado Adão e Eva, e sim Adão e Ivo." Reeleito por três vezes, o "Zero 1" costumava defender na tribuna policiais acusados de agir com violência, lutava por melhores salários ou por reajustes em gratificações, e apresentou várias moções de mérito para agentes de segurança. Dois deles, o ex-capitão do Bope Adriano Magalhães da Nóbrega e o major da PM Ronald Paulo Alves Pereira foram mais tarde identificados como integrantes de milícias e do chamado "Escritório do Crime", grupo de matadores de aluguel formado por ex-policiais. Opositores da família Bolsonaro acreditam que esses são indícios da ligação do deputado com as milícias que controlam dezenas de bairros na capital fluminense. Essa associação nunca foi assumida ou comprovada. Em 2007, ele disse em um discurso que não podia "estigmatizar" as milícias por conta de casos isolados de maus policiais. "A milícia nada mais é do que um conjunto de policiais, militares ou não, regidos por uma certa hierarquia e disciplina, buscando, sem dúvida, expurgar do seio da comunidade o que há de pior: os criminosos", afirmou. Ele disse ainda ver benefícios na segurança oferecida pelos milicianos. "Eu, por exemplo, (...) gostaria de pagar 20 reais, 30 reais, 40 reais para não ter meu carro furtado na porta de casa, para não correr o risco de ver o filho de um amigo ir para o tráfico, de ter um filho empurrado para as drogas", continuou. Em 2008, após a milícia da favela do Batan ter aprisionado e torturado por mais de sete horas um motorista, um fotógrafo e uma repórter do jornal *O Dia*, a Alerj aprovou a criação de uma Comissão Parlamentar de Inquérito (CPI) para investigar o poder e as ramificações desses grupos. Flávio votou a favor, segundo ele por "respeito à imprensa", mas voltou a minimizar esse tipo de segurança paralela ao Estado. "Em muitas comunidades, onde residem policiais, onde residem bombeiros, eles se organizam para que o tráfico não impere nessas regiões, sem visar lucro, sem exigir cobrança de nada", afirmou. Embora alguns políticos tenham sido citados na CPI, o nome de Flávio jamais foi comentado. No entanto, quando o Coaf detectou, em 2018, movimentações financeiras atípicas de um de seus ex-assessores, Fabrício Queiroz, descobriu-se que a mãe e uma irmã do ex-capitão do Bope Adriano Magalhães da Nóbrega, um dos comandantes da milícia de Rio das Pedras, estavam comissionadas no gabinete do deputado. Flávio atribuiu as indicações ao próprio Queiroz, assim como disse não ter relação com a estratégia do ex-PM de abocanhar parte dos salários de outros assessores, prática chamada de "rachadinha". O Ministério Público passou a investigar Flávio, mas, em junho de 2019, o presidente do STF, Dias Toffoli, ordenou a suspensão de todas as investigações e processos que usam dados do Coaf sem autorização ou supervisão judicial. Em 2016, após ter reagido a um assalto trocando tiros com bandidos em uma avenida da Barra da Tijuca, Flávio saiu candidato a prefeito pelo PSC. No lançamento da candidatura, seu pai disse: "Se vocês acreditam em mim, podem acreditar em meu filho, porque ele é muito melhor que eu." Mesmo com apenas 23 segundos no horário eleitoral, Flávio conseguiu 14% dos votos válidos naquele ano, ficando em quarto lugar. Alguns especialistas passaram a comentar que o eleitorado de direita havia despertado no Brasil. Em 2018, foi eleito senador, com mais de 4,3 milhões de votos. Em Brasília, manteve a linha de atuar na segurança pública. Seu primeiro projeto foi a redução da maioridade penal de 18 anos para 16 anos.

"ZERO 2"

Carlos Nantes Bolsonaro é o segundo filho do presidente Jair Bolsonaro, fruto do casamento com Rogéria Nantes Bolsonaro. Foi eleito em 2000 o mais jovem vereador do Brasil, com apenas 17 anos, e é considerado o herdeiro político mais próximo não só das ideias, mas também do estilo do pai. Em outubro daquele ano, ao comemorar a conquista do filho por uma das cadeiras na Câmara do Rio de Janeiro, o capitão da reserva disse ao jornal *O Estado de S. Paulo* que Carlos era um "clone" seu e acrescentou: "Filho de troglodita, troglodita é." Em dezembro de 2018, ao comemorar o aniversário do filho no Twitter, o presidente se referiu ao filho como "meu pitbull". Jair decidiu lançar a candidatura do "Zero 2" após seu divórcio com Rogéria e até tentou, sem sucesso, impedir a ex-esposa de usar seu sobrenome na eleição.

Rogéria cumpriu dois mandatos como vereadora antes dos desentendimentos com o marido. No final, Carlos acabou eleito com 16 mil votos e sua mãe ficou apenas com suplência, tendo obtido 5,1 mil votos. Inicialmente, o deputado não abriu mão de influenciar o mandato do filho. Ao *Jornal do Brasil*, avisou ainda na campanha que o gabinete do futuro vereador seria um apêndice do seu, em Brasília.

BOLSONÁRIO: A "NOVA POLÍTICA" DE A A Z

"Daqui a dois anos, deixo ele voar sozinho", prometeu. O vereador mostrou-se um fiel seguidor do ideário político do pai, votando a favor de pautas relacionadas à segurança pública e contra medidas que considerou desperdício de dinheiro público. Carlos já apresentou propostas para isentar do pagamento de IPTU as viúvas de PMs, bombeiros e guardas civis mortos em ação, assim como para garantir vagas no ensino fundamental para os filhos dessas vítimas. Também assinou projeto idêntico ao de Jair Bolsonaro em Brasília sobre controle de natalidade e sempre se opôs a qualquer menção sobre gênero ou orientação sexual na base curricular das escolas municipais. Foi coautor, em 2001, de emenda na Lei Orgânica do município para acabar com o voto secreto na Casa. Defensor do porte de armas, foi dele a moção para que a idosa Maria Dora dos Santos Arbex, de 67 anos, recebesse a medalha Pedro Ernesto, a maior condecoração do município. Ela ganhou notoriedade em outubro de 2006, após balear na mão um morador de rua que tentou assaltá-la enquanto passeava com seu cachorro. Em 2011, Carlos recusou a regalia de um carro de luxo oficial que a mesa da Câmara aprovou para todos os vereadores. Em 2016, foi reeleito pela quarta vez, com 106,6 mil votos, ficando em primeiro lugar na disputa. Desde 2014, o vereador é responsável por toda a estratégia digital e pelas páginas do pai nas redes sociais. Desde então, as fotos, vídeos, memes e declarações postadas tornaram o deputado um fenômeno na internet e contribuíram para sedimentar a imagem dele na campanha eleitoral de 2018. A presença de Carlos no Rolls Royce da Presidência na posse de Jair Bolsonaro foi o reconhecimento de sua importância na eleição. A influência do vereador só cresceu depois disso. Na equipe de transição do governo, conseguiu afastar o estrategista digital Marcos Aurélio Carvalho, protegeu os aliados do filósofo Olavo de Carvalho e ajudou a sepultar a indicação da atriz Maitê Proença para a pasta do Meio Ambiente. Carlos Bolsonaro alimentou a crise que culminou na demissão do ministro da Secretaria Geral da Presidência, Gustavo Bebianno, que ficou apenas 49 dias no cargo. O ex-presidente do PSL tentou o apoio do presidente na crise do uso de laranjas pelo partido, mas o vereador conseguiu blindar o pai, acusando o ministro de mentir sobre reuniões quando Bolsonaro ainda estava internado para uma cirurgia relacionada ao atentado que sofreu na campanha. A ala militar do governo considerada não ideológica também virou alvo constante do "Zero 2". As declarações públicas do vice-presidente general Hamilton Mourão invariavelmente recebem críticas, ressalvas ou comentários irônicos por parte de Carlos. O apoio que ele deu a Olavo de Carvalho em uma polêmica com os militares foi considerado o estopim que gerou a demissão, em junho de 2019, do general Carlos Alberto dos Santos Cruz da Secretaria de Governo da Presidência da República.

"ZERO 3"

Eduardo Nantes Bolsonaro é o terceiro filho do primeiro casamento de Jair Bolsonaro. O "Zero 3" é bacharel em Direito, escrivão da Polícia Federal e o deputado estadual com a votação mais expressiva da história: concorrendo por São Paulo em 2018, foi reeleito com mais de 1,8 milhão de votos. Em Brasília desde 2015, foi eleito para a Câmara dos Deputados pela primeira vez no ano anterior, com 82 mil votos. Ele tem forte atuação em pautas de segurança e de combate às ideologias de esquerda, com vários projetos feitos em coautoria com seu pai. Em fevereiro de 2015, em seu primeiro discurso na tribuna, avisou que seu papel como deputado seria o de "frear algumas besteiras que são feitas aqui no Congresso". Ele é um crítico ferrenho do Estatuto de Desarmamento, que teria, em sua visão, limitado o direto de legítima defesa pelo cidadão comum. Um de seus projetos mais polêmicos foi apresentado em maio de 2016 e prevê criminalizar a apologia ao comunismo. Na justificação, o deputado lembrou que os regimes comunistas "mataram mais de 100 milhões de pessoas" e que os defensores dessa corrente política tentam fomentar de forma subliminar, velada ou mesmo ostensiva "a luta entre grupos distintos, que se materializam em textos jornalísticos, falsas expressões culturais, doutrinação escolar, atuações político-partidárias dentre outras, sempre com a pseudointenção da busca pela justiça social". Essa visão também fez de Eduardo um participante ativo e frequente da comissão especial que debateu o projeto Escola Sem Partido entre 2017 e 2018. Na votação da admissibilidade do processo de impeachment da presidente Dilma Rousseff em abril de 2016, votou favoravelmente e dedicou sua decisão ao povo de São Paulo e ao "espírito dos revolucionários de 1932", aos militares de 1964, às polícias e à família brasileira. A inspiração no estilo provocador do pai rendeu a Eduardo uma representação no Conselho de Ética por suposta quebra de decoro. O deputado teria devolvido a cusparada que o parlamentar Jean Wyllys disparou contra Jair Bolsonaro durante a votação e compartilhado nas redes sociais um vídeo que mostraria premeditação do deputado do PSOL no caso, que se enquadraria como fraude. O pedido foi arquivado. Também causou polêmica o flagrante de uma foto que mostrava diálogo, via WhatsApp, entre Jair e Eduardo durante a escolha do presidente da Câmara em fevereiro de 2017. O filho foi repreendido pelo pai, porque estava surfando na Austrália no período da votação. Candidato contra Rodrigo Maia, Jair Bolsonaro teve apenas quatro votos, incluindo o seu próprio. Em 2019, Eduardo Bolsonaro assumiu a presidência da Comissão de Relações Exteriores e, no mês de julho, o presidente da República admitiu, pela primeira vez, a possibilidade de indicar o filho para a embaixada do Brasil em Washington, considerado posto máximo da diplomacia brasileira. A notícia incitou dúvidas sobre a escolha incorrer em nepotismo por parte do presidente, mas não há nenhuma súmula vinculante do STF contendo impedimentos para o caso de indicações de parentes a cargos políticos. Em sua defesa sobre dúvidas quanto ao preparo para tal cargo, Eduardo disse: [Eu tenho] "vivência no mundo, já fiz intercâmbio, já fritei hambúrguer lá nos Estados Unidos." Na verdade, ele já vinha assumindo o papel de chanceler informal desde o final de 2018, quando fez uma viagem para a Colômbia e para os EUA em nome do futuro presidente. Foi nessa ocasião que o "Zero 3" foi fotografado com um boné da campanha de Donald Trump para a reeleição em 2020. Na viagem oficial de Jair Bolsonaro aos EUA em março, o presidente esteve junto de Eduardo na sessão de fotos com Trump, em detrimento do ministro das Relações Exteriores, Ernesto Araújo.

Mesmo com as críticas, o governo brasileiro submeteu o nome de Eduardo Bolsonaro à diplomacia norte-americana e recebeu o *agrément* (sinal verde) de Trump no início de agosto. Em outubro, uma manobra do presidente para trocar a liderança do PSL na Câmara, que estava com o Delegado Waldir (GO), para colocar Eduardo no lugar abriu uma crise que rachou o partido na Casa. Em meio a esse processo e após notícias de que a aprovação de seu nome como embaixador seria difícil de concretizar no Senado, Eduardo Bolsonaro desistiu da indicação.

Referências Bibliográficas

ALMEIDA, Alberto Carlos. *A cabeça do brasileiro*. 9. ed. Rio de Janeiro: Record, 2018.

ALMEIDA, Alberto Carlos. *A cabeça do eleitor*. Rio de Janeiro: Record, 2008.

ALMEIDA, Alberto Carlos. *O voto do brasileiro*. Rio de Janeiro: Record, 2018.

ALTER, Charlotte; HAYNES, Suyin; WORLAND, Justin. "2019 Person of the Year: Greta Thunberg." *Time*: 11 dez. 2019. Disponível em: <https://time.com/person-of-the-year-2019-greta-thunberg/>.

ANDERSON, Carter. "No Brasil, ninguém quer ser de...direita." *O Globo*. Rio de Janeiro e Brasília, 14 jul. 2002. O País, p. 14.

"Até jumento entra no bate-boca — Sessão tem piadas, troca de farpas, ironia e acusações de 'nepetismo'." *Folha de São Paulo*. Brasília, 14 abr. 2005. Brasil, p. A4.

BATISTA, Henrique Gomes; CARVALHO, Cleide. "Bolsonaro quer barrar banana do Equador." *O Globo*. São Paulo: 08 mar. 2019. Economia, p. 18. Disponível em: < https://oglobo.globo.com/economia/bolsonaro-quer-barrar-banana-do-equador-23506953 >.

BITTENCOURT, Thais P.; ROMANO, Jorge O.; VARGAS, Alex L. B.; FEITOSA, Annagesse de Carvalho; BALTHAZAR, Paulo A.; BARBOSA, Yamira R. de Souza. "O discurso político de Marina: a Nova Política." *Le Monde: diplomatique Brasil*, 11 set. 2018. Disponível em: < https://diplomatique.org.br/o-discurso-politico-de-marina-a-nova-politica/>.

BOKHARI, Allum; YIANNOPOULOS, Milo. "An Establishment Conservative's Guide To The Alt-Right." *Breitbart.com:* 29 mar. 2016. Disponível em: <https://www.breitbart.com/tech/2016/03/29/an-establishment-conservatives-guide-to-the-alt-right/>.

BOLSONARO, Flávio. *Mito ou Verdade — Jair Messias Bolsonaro*. Rio de Janeiro: Altadena, 2017.

BOLSONARO, Flávio. Deputado Flávio Bolsonaro entrega medalha Tiradentes a Olavo de Carvalho. 2012. Disponível em: <https://www.youtube.com/watch?v=Cb0JGA80iLo>. Acesso em: 10/10/2019.

BOLSONARO, Jair. Bolsonaro participa do "Sem Saída". 2012. Disponível em: <https://www.youtube.com/watch?v=3J2VT-zMQ1Y>. Acesso em: 21/01/2020.

BOLSONARO, Jair. "Ponto de Vista: O salário está baixo." *Veja*. Rio de Janeiro: Abril, p. 154, 03 set. 1986.

BOLSONARO niega que restricción al banano ecuatoriano favoresca a empresas de sus familiares en Brasil. *El Comercio.com*. Quito: 15 mar. 2019. Disponível em: <https://www.elcomercio.com/actualidad/bolsonaro-restriccion-banano-ecuatoriano-brasil.html>.

BRASIL. Câmara dos Deputados. Atividade Legislativa — Discursos e Notas Taquigráficas. Brasília, 1991-2018. Disponível em: < https://www2.camara.leg.br/atividade-legislativa/discursos-e-notas-taquigraficas>.

BRASIL. Câmara dos Deputados. Atividade Legislativa — Propostas Legislativas. Brasília, 1991-2018. Disponível em: <https://www.camara.leg.br/busca-portal/proposicoes/pesquisa-simplificada>.

BRASIL. Câmara dos Deputados. Código de ética e decoro parlamentar da Câmara dos Deputados. Coordenação de Publicações, 2001. Disponível em: < https://www2.camara.leg.br/a-camara/estruturaadm/eticaedecoro/arquivos/Codigo%20de%20Etica%20da%20CD.pdf>.

BRASIL, Câmara dos Deputados. Diário do Congresso Nacional (Seção I), Ano XLI, número 162. Discurso do deputado Sebastião Curió (PDS-PA). Brasília, 27/11/1986, p. 60-61. Disponível em: <http://imagem.camara.gov.br/Imagem/d/pdf/DCD27NOV1986.pdf#page=60>.

BRASIL. Câmara dos Deputados. CPI — Lei Rouanet: Relatório Final, 2017. Disponível em: <https://www.camara.leg.br/proposicoesWeb/prop_mostrarintegra?codteor=1554266&filename=REL+2/2017+CPIROUAN+%3D%3E+RCP+23/2016>.

BRASIL. Constituição (1988). Constituição da República Federativa do Brasil. Brasília, DF: Senado Federal, 1988.

BRASIL. Lei nº 10.826 de 22 de dezembro de 2003. Estatuto do Desarmamento. Disponível em: < http://www.planalto.gov.br/ccivil_03/leis/2003/L10.826.htm>.

BRASIL. Lei n. 13.010, de 26 de junho de 2014. Diário Oficial da União, Poder Executivo, Brasília, 2014. Disponível em: <http://www.planalto.gov.br/ccivil_03/_Ato2011-2014/2014/Lei/L13010.htm>.

BRASIL. Ministério da Saúde. Programa Mais Médicos — Dois Anos: Mais Saúde para os Brasileiros. Brasília, 2015. Disponível em: < http://www.maismedicos.gov.br/images/PDF/Livro_2_Anos_Mais_Medicos_Ministerio_da_Saude_2015.pdf>.

CARVALHO, Olavo de. "A loucura triunfante." *Jornal da Tarde*. São Paulo: 27 abr. 2000. Disponível em: < http://olavodecarvalho.org/a-loucura-triunfante/>.

CARVALHO, Olavo de. "Fórmula de minha composição ideológica." Website Oficial: 23 nov. 1998. Disponível em: <http://olavodecarvalho.org/formula-da-minha-composicao-ideologica/>.

CARVALHO, Olavo de. "Psicopatia e histeria." Artigo. *Jornal do Comércio*: 15 dez. 2014. Disponível em: <https://dcomercio.com.br/categoria/opiniao/psicopatia-e-histeria->.

CASALI, Coronel Cláudio Tavares. "O Brasil acima de tudo." Disponível em: <http://www.cipqdt.eb.mil.br/download/trabalhos_cientificos/o_brado_brasil_acima_de_tudo.pdf>.

CAVALCANTI, Leonardo. "Fake News — Memórias de Mercenários, a Verdade sob Ataque." *Correio Braziliense*. Brasília: 2018. Disponível em: <https://especiais.correiobraziliense.net.br/fakenews/index2.html>.

COMISSÃO ESPECIAL SOBRE MORTOS E DESAPARECIDOS POLÍTICOS. Acervo. Ficha Descritiva: Calos Lamarca. Disponível em: < https://cemdp.sdh.gov.br/modules/desaparecidos/acervo/ficha/cid/190>.

COMISSÃO NACIONAL DA VERDADE. Relatório, v.1. Brasília, 2014. Disponível em: <http://cnv.memoriasreveladas.gov.br/images/pdf/relatorio/volume_1_digital.pdf>.

COMISSÃO NACIONAL DA VERDADE. Relatório, v.2. Brasília, 2014. Disponível em:<http://cnv.memoriasreveladas.gov.br/images/pdf/relatorio/volume_2_digital.pdf>.

COMISSÃO NACIONAL DA VERDADE. Relatório, v.3. Brasília, 2014. Disponível em: <http://cnv.memoriasreveladas.gov.br/images/pdf/relatorio/volume_3_digital.pdf>

DAL PIVA, Juliana; CASTRO, Juliana; GUERRA, Rayanderson; CAPETTI, Pedro; COUTO, Marlen; MELLO,Bernardo;SACONI,JoãoPaulo."Em28anos,clãBolsonaronomeou102pessoascomlaços familiares." *Globo.com*. Rio de Janeiro: 04 ago. 2019. Disponível em: <https://oglobo.globo.com/brasil/em-28-anos-cla-bolsonaro-nomeou-102-pessoas-com-lacos-familiares-23837445>.

DATAFOLHA. "Brasileiros se colocam mais à direita — Para entrevistados Dilma fica mais à esquerda e Serra mais à direita." São Paulo: 31 mai. 2010. Disponível em: <http://datafolha.

folha.uol.com.br/opiniaopublica/2010/05/1223488-brasileiros-se-colocam-mais-a-direita.shtml>.

DECLARAÇÃO UNIVERSAL DOS DIREITOS HUMANOS. Assembleia Geral das Nações Unidas em Paris. 10/12/1948. Disponível em: <http://www.dudh.org.br/wpcontent/uploads/2014/12/dudh.pdf>.

"De próprio punho: o ministro do Exército acreditou em Bolsonaro e Fábio, mas eles estavam mentindo." *Veja,* Abril: Rio de Janeiro, p. 56-57, 04 nov. 1987.

DIAS, Tatiana. "Movido a paranoia — Documentos e áudios inéditos mostram plano de Bolsonaro para povoar Amazônia contra chineses, ONGs e Igreja Católica." *The Intercept Brasil,* 20 set. 2019. Disponível em: <https://theintercept.com/2019/09/19/plano-bolsonaro-paranoia-amazonia/>.

DOLAN, Kerry A. "Brasil volta a concentrar bom número de bilionários." *Forbes,* São Paulo: 06 mar. 2019. Disponível em: < https://forbes.uol.com.br/negocios/2019/03/brasil-volta-a-concentrar-bom-numero-de-bilionarios/>.

FGV. Robôs, redes sociais e política no Brasil: estudo sobre interferências ilegítimas no debate público na web, riscos à democracia e processo eleitoral de 2018. Rio de Janeiro: FGV, DAPP, 2017. Disponível em: <http://dapp.fgv.br/wp-content/uploads/2017/08/Robos-redes-sociais-politica-fgv-dapp.pdf>.

FUNDO AMAZÔNIA. Página inicial. Disponível em: < http://www.fundoamazonia.gov.br/pt/home/>.

GIRARDET, Raoul. *Mitos e Mitologias Políticas.* São Paulo: Companhia das Letras, 1987.

GOIS, Ancelmo. "Deputado Calcinha." *O Globo.* Rio de Janeiro: 23 jul. 2011. Rio, p.28.

GREGOR, A. James. *The search for neofascism: the use and abuse of social science.* New York: Cambridge Univesity Press, 2010.

GRILLO, Marco; MENEZES, Maiá; PRADO, Thiago. "Jair Bolsonaro — Não entendo mesmo de economia." *O Globo.* Rio: 22 jul. 2018.

GUEDES, Paulo. "Por Mais Brasil e Menos Brasília." *Instituto Millenium,* 01 mar. 2018. Disponível em: <https://www.institutomillenium.org.br/recentes/por-mais-brasil-e-menos-brasilia/>.

ITAMARATY. Pretendida contribuição nacionalmente determinada para consecução do objetivo da convenção-quadro das Nações Unidas sobre mudança do clima. Disponível em: <http://www.itamaraty.gov.br/images/ed_desenvsust/BRASIL-iNDC-portugues.pdf>.

JAIR, Bolsonaro. *Playboy,* Brasília: Abril, número 433, jun. 2011. p. 65-75. Entrevista concedida a Jardel Seabra.

"JAIR Bolsonaro é barrado na praia do Forte do Imbuí." *Jornal do Brasil.* Rio de Janeiro: 10 abr. 1990. Caderno Cidade, p. 5. Disponível em: <http://memoria.bn.br/docreader/DocReader.aspx?bib=030015_11&pagfis=6119>.

JANSEN, Roberta. "Bolsonaro elege o filho 'troglodita'." *O Estado de S. Paulo.* Rio de Janeiro: 06 out. 2000. Especial Eleições 2000, p. A14. Disponível em: <https://acervo.estadao.com.br/pagina/#!/20001006-39070-nac-0014-pol-a14-not>.

KREITNER, Richard. "Post-Truth and Its Consequences: What a 25-Year-Old Essay Tells Us About the Current Moment." *The Nation,* 30 nov. 2016. Disponível em: < https://www.thenation.com/article/post-truth-and-its-consequences-what-a-25-year-old-essay-tells-us-about-the-current-moment/>.

BOLSONÁRIO: A "NOVA POLÍTICA" DE A A Z

KROLL, Luísa. "Os 10 novos bilionários mais notáveis de 2019." *Forbes*. São Paulo: 26 mar. 2019. Disponível em: < https://forbes.uol.com.br/listas/2019/03/os-10-novos-bilionarios-mais-notaveis-de-2019/#foto2>.

LEITE, Edmundo. "Palavras cruzadas de Jair Bolsonaro." *Acervo Estadão*: 10 nov. 2018. Disponível em: <https://acervo.estadao.com.br/noticias/acervo,palavras-cruzadas-de-jair-bolsonaro,70002599373,0.htm>.

LINDNER, Júlia; FERNANDES, Adriana. "MEC vai exigir contratação de professor sem concurso para universidade que aderir ao Future-se." *O Estado de S. Paulo*. Brasília, 23 set. 2019. Disponível em: <https://educacao.estadao.com.br/noticias/geral,mec-vai-exigir-contratacao-de-professor-sem-concurso-para-universidade-que-aderir-ao-future-se,70003020974>.

LIGUORI, Guido; VOZA, Pasquale. *Dicionário Gramsciano: 1926-1937*. São Paulo: Boitempo, 2017.

MACEDO, Fausto; BRANDT, Ricardo. "Sérgio Moro, na íntegra: 'Ideal seria limitar o foro privilegiado'." *O Estado de S. Paulo*. São Paulo: 05 nov. 2016. Disponível em: <https://politica.estadao.com.br/blogs/fausto-macedo/sergio-moro-na-integra-ideal-seria-limitar-o-foro-privilegiado/>.

MARTINS, Andreia. "O nacional-populismo veio para ficar — Entrevista a Matthew Goodwin e Roger Eatwell." *RTP*. Lisboa, 03 nov. 2019. Disponível em: < https://www.rtp.pt/noticias/mundo/o-nacional-populismo-veio-para-ficar-entrevista-a-matthew-goodwin-e-roger-eatwell_es1183237>.

MENDONÇA, Ricardo. "Centro-direita sustenta liderança de Marina no 2° turno, diz Datafolha." *Folha de S.Paulo*. São Paulo: 07 set. 2014. Disponível em: <https://www1.folha.uol.com.br/poder/2014/09/1512201-centro-direita-sustenta-lideranca-de-marina-no-2-turno-diz-datafolha.shtml>.

MERCOSUL. Mercosur cierra un histórico Acuerdo de Asociación Estratégica con la Unión Europea. Disponível em: <https://www.mercosur.int/mercosur-cierra-un-historico-acuerdo-de-asociacion-estrategica-con-la-union-europea/>.

MINISTÉRIO DO MEIO AMBIENTE. Acordo de Paris. Disponível em: <https://www.mma.gov.br/clima/convencao-das-nacoes-unidas/acordo-de-paris.html>.

MINISTÉRIO DA EDUCAÇÃO E CULTURA. Caderno: Escola sem Homofobia. Brasília, 2011. Disponível em: <https://nova-escola-producao.s3.amazonaws.com/bGjtqbyAxV88KSj5F GExAhHNjzPvYs2V8ZuQd3TMGj2hHeySJ6cuAr5ggvfw/escola-sem-homofobia-mec.pdf>.

MITCHELL, José. "Hitler é favorito de aluno militar." *Jornal do Brasil*: 19 jan.1998. Caderno Brasil, p. 3.

MOTA, Rodrigo Patto Sá. *Em Guarda contra o perigo vermelho: O anticomunismo no Brasil (1917-1964)*. São Paulo: Perspectiva (2002).

MÜLLER, Bruno Raphael. "Estudantes pela Liberdade desafia hegemonia da esquerda." *Gazeta do Povo*. Curitiba, 22 jun. 2017. Disponível em: <https://www.gazetadopovo.com.br/educacao/estudantes-pela-liberdade-desafia-hegemonia-da-esquerda-9qk7kwlvsghnu6ulr-nup1s6kq/>.

"O kit gay já chegou nas escolas privadas." In: Blog da Família Bolsonaro, 23 jul. 2012. Disponível em: <http://familiabolsonaro.blogspot.com/2012/07/o-kit-gay-ja-chegou-nas-escolas-privadas.html>.

ORLÉANS E BRAGANÇA, Dom Bertrand de. *Psicose Ambientalista — Os Bastidores do Ecoterrorismo para Implantar uma "Religião" Ecológica, Igualitária e Anticristã*. São Paulo: IPCO, 2012.

PAIM, Antonio. *História do liberalismo brasileiro*. 2ª. ed. rev. e ampl. São Paulo: LVM, 2018.

PARISER, Eli. *The Filter Bubble — What the Internet is hiding from you*. New York: Penguim Books, 2011.

PASQUINI, Patrícia. "90% dos eleitores de Bolsonaro acreditaram em fake news, diz estudo." *Folha de S.Paulo*. São Paulo: 02 nov. 2018. Disponível em: <https://www1.folha.uol.com.br/poder/2018/11/90-dos-eleitores-de-bolsonaro-acreditaram-em-fake-news-diz-estudo.shtml>.

PHILANDER, S. George. *Encyclopedia of global warming and climate change*. Los Angeles: SAGE, 2008.

"Pôr bombas nos quartéis, um plano na EsAO." *Veja*. Rio de Janeiro: 28 out. 1987, p. 40-41.

"Repórter depõe no Exército e relata ameaças." *Jornal do Brasil*. Rio de Janeiro, 29 dez. 1987. Primeiro Caderno, p.4.

"Repórter de 'Veja' reitera informações sobre militares." *Folha de S.Paulo*, São Paulo, 30 dez. 1987, Política, p. A4.

ROSA, Vera; MONTEIRO, Tânia. "Gabinete do ódio está por trás da divisão da família Bolsonaro." *O Estado de S. Paulo*: 19 set. 2019. Disponível em: <https://politica.estadao.com.br/noticias/geral,gabinete-do-odio-esta-por-tras-da-divisao-da-familia-bolsonaro,70003017456.amp>.

ROSSI, Clóvis. "Gramsci e o 'amerocomunismo' são os novos inimigos a combater." *Folha de S.Paulo*. Montevidéu: 25 set.1988. Disponível em: <http://almanaque.folha.uol.com.br/brasil_25set1988.htm>.

SAINT-CLAIR, Clóvis. *Bolsonaro — O homem que peitou o Exército e desafia a democracia*. Rio de Janeiro: Máquina de Livros, 2018.

SANCHES, Valdir. "Ele não era de falar besteira." *Revista Crescer*. São Paulo: 02 mar. 2015. Disponível em: < https://revistacrescer.globo.com/Voce-precisa-saber/noticia/2015/03/ele-era-digno-nao-era-de-falar-besteira-diz-mae-de-jair-bolsonaro.html>.

SANTOS, Milene Cristina. *Intolerância Religiosa: do proselitismo ao discurso de ódio*. São Paulo. D'Placido, 2017.

SNOOK, I. A. *Concepts of indoctrination: philoshphical essays*. London, New York. Routledge, 2010.

TORRES, João Camilo de Oliveira. *O elogio do conservadorismo e outros escritos*. Curitiba: Arcádia, 2016.

THORSTENSEN, Vera; GULLO, Marcelly Fuzaro. O Brasil na OCDE — membro pelo ou mero espectador? Working Papers Series: CCGI No 8. FGV – São Paulo School of Economics, Maio de 2018

ULSTRA, Carlos Alberto Brilhante. *Rompendo o Silêncio*. Brasília: Editerra, 2003.

ULSTRA, Carlos Alberto Brilhante. *A verdade sufocada — A história que a esquerda não quer que o Brasil conheça*. Brasília: Ser, 2007.

WESTIN, Ricardo. "Crianças iam para a cadeia no Brasil até a década de 1920." *Agência Senado*. Brasília: 07 jul. 2015. Disponível em: <https://www12.senado.leg.br/noticias/materias/2015/07/07/criancas-iam-para-a-cadeia-no-brasil-ate-a-decada-de-1920>.

ROTAPLAN
GRÁFICA E EDITORA LTDA
Rua Álvaro Seixas, 165
Engenho Novo - Rio de Janeiro
Tels.: (21) 2201-2089 / 8898
E-mail: rotaplanrio@gmail.com